T0179616

Doce metros

Tatiana Ballesteros

Doce metros

Papel certificado por el Forest Stewardship Council®

Primera edición: abril de 2022

© 2022, Tatiana Ballesteros
© 2022, Penguin Random House Grupo Editorial, S.A.U.
Travessera de Gràcia, 47-49. 08021 Barcelona

Printed in Spain – Impreso en España

ISBN: 978-84-9129-648-5
Depósito legal: B-3190-2022

Compuesto en Mirakel Studio, S.L.U.
Impreso en Rodesa, Villatuerta (Navarra)

SL 9 6 4 8 5

A mi Sur, Este y Oeste: Yago, Rebeca y Astrid

A ti, mamá, mi Norte

A mi punto de partida: Carla y Chloe

A mi mayor arte: Laura

A mis amados perros

Y sin duda alguna, a todas las personas que un día gritasteis muy alto conmigo: «Hola, 2021»

1

Cuando quise darme cuenta, apenas me quedaba una hora para llegar a la estación de Atocha. Miraba por la ventanilla mientras el paisaje pasaba a cámara rápida. Al ritmo de las imágenes que se sucedían, escuchaba mi mejor música. Llovía, y todas las gotas que me acompañaban en el trayecto se aglutinaban en el cristal de la ventanilla del tren, dejando de manifiesto la rapidez con la que el tiempo pasaba. *«Tempus fugit»*, decía mi padre.

Mis ojos contemplaban su surco mientras intentaba fijar la mirada en una de ellas. Era como si el agua bailara también al son de la música que sonaba en mis oídos. Cada acorde, cada nota, cada ritmo. Fue imposible seguir una sola gota. Se fusionaban.

El tren había partido de Barcelona-Sants a las seis de la mañana. Aún era de noche cuando terminé de ejecutar la decisión que ya había tomado unas semanas atrás. Llegué a la estación y me subí al tren sola. Supongo que dejar atrás la vida que me había hecho tan feliz era un trago que debía saborear conmigo misma. Porque así soy yo, de las que se toman el café solo y sin azúcar, el jamón con la grasa y las decisiones con la dualidad perfecta entre la mente y el corazón. Siempre tuve la certeza de mantener una óptima y equilibrada balanza entre ambos, pero ese equilibrio solo lo entendía yo, y así quería que siguiese siendo.

Nunca fui de llevar mucho encima. Lo justo para poder vestirme cada día y asearme. Me agradaba la simplicidad de la apariencia —no era una mujer coqueta— y que mis cosas cupiesen en la parte superior del vagón, porque era más sencillo levantarme y cogerlas que recorrer medio tren hasta el compartimento de maletas grandes. Tampoco comprendí jamás por qué muchas personas viajaban con bultos pesados. Una vez que la voz en off del tren avisó de la llegada a la estación de Atocha, cogí mi austero equipaje y me colgué sobre el hombro mi viejo maletín marrón de cuero sintético, con algún que otro raspón, que siempre me acompañaba en todos mis viajes y aventuras. Luego me quedé en la puerta, impaciente por salir. Es cierto que sabía perfectamente que tenía que esperar a que el tren se parase por completo, pero desde pequeña disfrutaba de salir la primera del vagón. No hacerlo me creaba cierta ansiedad.

Llegué a las nueve y media pasadas y la claridad del día me cegó por un momento cuando me bajé de ese coche número doce que me había acogido durante el trayecto más complicado de toda mi vida. Aquel tren se convirtió en una lanzadera hacia mi nuevo hogar.

La gente corría por el andén en busca de una mirada, de un abrazo, de una persona. Algunos llegaban tarde a sus puestos de trabajo e iban a toda prisa, otros hablaban por el móvil a un ritmo frenético y varios se colgaban sus cámaras de fotos para deleitarse con las vistas de Madrid y capturarlas en esos recuerdos que duran para siempre. Parecía una escena ralentizada.

Recibí un mensaje en el móvil: «En la puerta principal te esperará un agente de la Policía Nacional para llevarte hasta la central. Comisario principal Gutiérrez».

Apenas había puesto un pie en la capital y ya echaba de menos a mi madre, mis amigos, Barcelona…, mi vida. Sin embargo, la oportunidad que el comisario principal Gutiérrez me había dado era de esos trenes que no puedes dejar escapar, porque probablemente nunca vuelvan. Porque los trenes tienen esa cualidad, nunca vuelven de la misma manera al mismo lugar.

Gutiérrez había creado, junto con el Ministerio del Interior, una nueva unidad de intervenciones especiales. Era una prueba piloto totalmente pionera en nuestro país. Un escalón intermedio entre la Policía Nacional y la Inteligencia española. Había reunido al mejor equipo que podía tener y, por suerte, yo estaba en él. Era criminóloga y había dedicado todos mis esfuerzos a ser la mejor analista de conducta especializada. Gracias a ello nunca me había faltado trabajo. Nada más salir de la carrera tuve la oportunidad de emplearme a fondo en el análisis conductual de los reos más peligrosos de un famoso centro penitenciario de Barcelona. Estuve allí varios años hasta que cambié mi rumbo profesional a un bufete de abogados para asesorarles en materia penal, pero me aburría tanto ese trabajo que terminé por crear uno propio privado. No iba conmigo lo de quedarme donde no me sentía cómoda.

A pesar de que la criminología en este país no es una ciencia excesivamente asentada, parecía mentira el volumen de trabajo que tenía en el despacho. Por suerte, y con el tiempo, me fui creando una buena reputación. Me encargué en varios casos de narcotráfico, secuestros, delincuencia organizada…, pero fue la desaparición de una joven la que impulsó mi carrera y mi nombradía. Por eso me encontraba recorriendo el jardín tropical de Atocha en busca del coche que me llevaría a mi nuevo futuro. El esfuerzo y la dedicación no tienen límites.

Gutiérrez era de esa clase de comisarios que habían dedicado su vida al cuerpo. Soltero y sin hijos, cuando salió de la academia de policía, ejerció en Castelldefels y en el resto de Cataluña hasta que fue trasladado a la capital. Eso me dijo cuando lo conocí. Tenía un exquisito renombre por su pureza profesional y humana y, seguramente por eso, había llegado al puesto más alto de la central de Madrid.

Gutiérrez no solo era policía, también era criminólogo. Fue una de esas personas que creyeron en el potencial mental y que decidieron aumentar sus conocimientos con la única ciencia interdisciplinar que une todos los aspectos relacionados con el crimen.

El día que realicé la entrevista formal con él, en mi propio despacho de Barcelona, me contó que no comprendía por qué las instituciones y los estamentos pertinentes desechaban la idea de incluir a los criminólogos en el lugar que nos pertenecía. Mantuvo una lucha intensa hasta que consiguió que se crease esta nueva Unidad. No quería ensombrecer al CNI y la labor que tenía en España, pero sí que existiese un paso intermedio entre las fuerzas y cuerpos de seguridad del Estado y la Inteligencia española. Lógicamente tenía los contactos necesarios para mover los hilos oportunos. Sea como fuere, logró un proyecto piloto que tendría un año de duración antes de ser oficialmente aprobado.

Fue un hecho histórico tanto para el Gobierno como para la sociedad, así que todos los medios de comunicación nacionales e internacionales se hicieron eco de la noticia. Algunos lo llamaban el FBI español y otros no mostraban ninguna confianza en la nueva Unidad. Nos convertimos en el suceso más comentado de aquel año.

El comisario hizo muchas entrevistas a decenas de criminólogos que, como yo, no habían desistido en su lucha por buscar un hueco laboral en esta sociedad. Unos ya eran policías; otros, detectives privados, y algunos trabajaban en el sector privado, como era mi caso, o habían encontrado su sitio como directores de seguridad de alguna gran empresa. Finalmente me escogió a mí. Cuando revisamos juntos mi currículo, se fijó en la formación que tenía, pero, sobre todo, en mis éxitos profesionales. Por suerte o por desgracia la formación académica no define el profesional que puedes llegar a ser.

—Señorita Paula Capdevila, está usted dentro de la Unidad de Intervenciones Especiales del Gobierno de España.

Esas fueron las palabras que me dijo por teléfono al día siguiente de la entrevista.

A medida que avanzaba por ese jardín tropical, arrastrando mi pequeña maleta, con mi maletín colgado y mis cascos puestos, deleitándome con Frédéric Chopin —el compositor preferido de mi padre—, sentía una nostalgia fuerte, un nerviosismo absoluto y una alegría desmesurada.

Tal y como me dijo el comisario principal Gutiérrez, un coche de la Policía Nacional de Madrid estaba esperándome fuera de la estación.

Un agente uniformado se bajó del vehículo y esbozó una sonrisa mientras agarraba mi maleta para introducirla en el maletero.

—Con que criminóloga, ¿eh? —me dijo mientras se sentaba otra vez frente al volante dispuesto a poner rumbo a la central.

—Así es, criminóloga —le contesté.

El silencio se instaló entre nosotros; yo no era de muchas palabras, y a juzgar por el aspecto y el lenguaje no verbal de mi compañero, por mucho que intentase ser cortés y educado, no tenía un buen día. De pronto, la radio del coche sonó muy fuerte. Apenas se podía entender qué decía la persona que lanzaba el mensaje.

—10-4 —contestó el agente de policía.

—¿Qué significa 10-4? —le pregunté con ignorancia y mi particular curiosidad por saber más.

Soltó una carcajada, no contestó a mi duda y siguió conduciendo hasta que llegamos a la central. Tenía el pelo perfectamente peinado y engominado, el uniforme impoluto y desprendía un olor bastante agradable. La mano derecha que sujetaba el volante tenía una señal más blanca que el resto del cuerpo. Por el retrovisor podía ver como de vez en cuando hacía algún gesto con la cara, digno de una conversación interior acalorada.

El lenguaje corporal es incluso más importante que el verbal. La información que nos cuenta es mucho más interesante que las palabras que una persona pueda decir. A todos nos ha pasado aquello de encontrarnos con alguien que nos hace sentir incómodos, aunque no sea antipático o desapacible, y que nos genera cierta desconfianza. Y lo mejor de todo es que no sabes explicar por qué esa persona en concreto te crea tal rechazo, pero la respuesta está en que existe una contradicción entre su comunicación y sus gestos, sus microexpresiones. Aquellas que de forma automática e involuntaria hacemos y que son imposibles de controlar; sin duda lo que más me fascina dentro de esta rama de análisis de conducta.

Paul Ekman fue el psicólogo pionero en el estudio de las emociones y la expresión facial. Explicaba cómo a través de estos gestos apenas perceptibles se podían analizar los mecanismos psicológicos y fisiológicos de los seres humanos. Y puso sobre la mesa la vinculación de las microexpresiones con las emociones básicas: la ira, el desprecio, el miedo, la alegría, la sorpresa, la tristeza y el asco.

Lo cierto es que aquel agente y su conversación interior intensa, sumados a mis pocas ganas de hablar con él y lo inevitable que me resultaba analizar sus gestos, hicieron que mis nervios se acrecentasen antes de llegar a mi nuevo destino.

Ya en la central, entramos por un garaje repleto de coches patrulla, antidisturbios y otros sin distintivos policiales. No era una imagen desconocida para mí. Había ido muchas veces a ver los de la comisaría de mi padre, ya que me entusiasmaba poder conocer cómo eran esos vehículos que pasaban a toda velocidad por la ciudad con el aviso de sus sirenas de que había ocurrido algo.

Él fue uno de los mejores inspectores de la Policía Nacional en Barcelona. Por desgracia, cuando tenía nueve años, falleció de un infarto fulminante.

Sin embargo, la sensación que sentí ante esta imagen fue muy diferente a la que tenía cuando era una niña, tal vez porque él ya no estaba para ver dónde había terminado después de todo o porque el paso del tiempo había hecho que ya pocas cosas me sorprendiesen.

Subimos en ascensor hasta la cuarta planta del edificio, donde se encontraba el despacho del comisario principal Gutiérrez. Al llegar recibí de golpe toda esa información no verbal de la que hablaba antes. Supongo que mis compañeros policías no estaban muy de acuerdo con que una civil entrase en la nueva Unidad de la comisaría como criminóloga adjunta y asesora, y más cuando ninguno de ellos, excepto uno, lograría pertenecer a ella. Es probable que muchos hubieran estado en la misma situación que yo y finalmente hubiesen tomado la determinación de unirse a las fuerzas y cuerpos de seguridad del Estado ante la imposibilidad de desarrollar su carrera criminológica de otra manera.

Sería el tiempo el que les dijera que mi presencia allí no era más que una ayuda para todos y mi única intención desempeñar mi trabajo de la mejor manera posible. No era competencia de nadie, sino compañera de todos.

—Toc, toc. —El agente que me había recogido en Atocha y que, al parecer, era el responsable de entregarme sana y salva golpeó la puerta.

—Que pase, agente Espinosa —dijo una voz desde el interior del despacho.

Abrió la puerta, dejó la maleta dentro y me hizo un gesto con el brazo para que entrase. Cerró la puerta y se fue.

—Señorita Capdevila, un gusto volver a verla. ¿Cómo ha ido el viaje? —me preguntó mientras estrechaba mi mano con fuerza. Ese gesto me gustó, pues se notaba que era un hombre con decisión.

—Por favor, llámeme Paula, señor —le contesté mientras la decisión de mi mano igualaba a la suya—. El viaje por suerte bien, cómodo y más corto de lo que pensaba. Con ganas de estudiar bien la ciudad de Madrid y empezar en la nueva Unidad.

—Eso es fantástico, señorita Capdevila. —Me sonrió emocionado.

—Paula, por favor. —Le devolví la sonrisa.

—Por supuesto.

Se levantó y me sirvió una taza de café solo. Me pareció un detalle que se acordara de que bebía el café de esa manera, y la verdad es que, aunque me había tomado uno en la estación antes de salir hacia Madrid, me iba a venir bien.

—Bueno, Paula, esta noche la llevarán hasta su nuevo piso, que está bastante cerca de aquí. Mañana por la mañana le enseñarán más detenidamente la central. La base de la nueva

Unidad será esta misma comisaría, en el ala oeste. No se preocupe porque tendrá tiempo de instalarse tranquilamente y adaptarse a esta nueva vida.

—¿Y ahora dónde vamos? —pregunté casi interrumpiéndole, pues intuía que ocurría algo.

—Es usted observadora. Su currículo no miente, está claro —dijo mientras se ponía su abrigo entallado, se anudaba la bufanda y conseguía una apariencia perfecta—. Nos vamos a la escena de un crimen —concluyó.

Salí del despacho sin olvidarme de mi viejo maletín. Le seguí por los pasillos bajo la atenta mirada de todos mis compañeros y entramos en el mismo ascensor que había cogido minutos atrás para ir al garaje por donde había entrado.

Esta vez, el coche era bastante más elegante y sin distintivos policiales aparentes.

Hubo una temprana y extraña conexión entre el comisario principal Gutiérrez y yo; creo que le provocaba ternura. Pronto tuve la sensación de que me trataba como a una hija y, de hecho, experimenté un sentimiento de tranquilidad y protección muy fuerte a su lado.

Me estuvo contando sus primeros pasos en Castelldefels, desde sus inicios hasta que llegó a Madrid. Lo cierto es que tenía una reputación que le precedía. Había sido testigo de casos de narcotráfico, terrorismo, trata de blancas, delitos de guante blanco, espionaje industrial, etcétera. Al parecer, el casarse con su trabajo le hizo ser el mejor en lo suyo, y el reconocimiento por parte de numerosas personas e instituciones no tardó en llegar. Era el clásico hombre que no quiere jubilarse porque su profesión es lo único que tiene. Su carrera había sido un constante devenir, aunque tampoco hablaba mucho sobre su trayectoria. Modesto y hermético, se sabían muchas cosas de él, pero ninguna concreta. Había ido rotando por varias ciudades hasta que finalmente se asentó en Madrid.

También me informó de quiénes serían mis compañeros dentro de la nueva Unidad de Intervenciones Especiales. Uno de ellos era el inspector Antonio Herrero, aunque todos lo conocían como Tony. Me hizo una descripción muy detallada de su personalidad, por lo que supuse que prefería advertirme antes de que me encontrase con él. Era un chico joven, más o menos de mi edad, unos treinta años. Moreno, alto, fuerte y atractivo. Hablaba de él como si fuera una persona algo prepotente y ególatra, pero a la vez me señalaba que era el mejor agente que había tenido en su equipo. Perspicaz, intuitivo y comprometido con su trabajo. También era el portavoz de la Policía Nacional en Madrid, así que estaba familiarizado con el mundo mediático, aunque debía de ser poco ortodoxo. Era bastante conocido allí.

La doctora Sandoval, médico forense y además perito en accidentología, balística, documentoscopia, papiloscopia y especialista en planimetría, era la joya de la corona de la nueva Unidad. Todo en uno, como decía Gutiérrez. Ella ya tenía sus cuarenta y todos. Divertida y seria a la vez. Había trabajado toda la vida en ello y parecía una especie de enciclopedia de la medicina legal y la criminalística.

Resultaba alentadora la buena posición en la que Gutiérrez les dejaba a ambos y, sobre todo, lo mucho que los conocía. Trabajar en equipo no era mi fuerte y temía que eso supusiera un inconveniente.

Había ido a Madrid muchas veces de pequeña con mis padres, especialmente en Navidad, pero apenas recordaba muchas de las cosas que fui viendo en el trayecto. La verdad es que volver a surcar las arterias de la ciudad me alegró bastante. Su excitada vida, sus edificios imperiales, la Cibeles, el Círculo de Bellas Artes, el edificio Metrópolis…; tenía una foto delante de ese edificio que me encantaba. Me venían a la cabeza imágenes de todo lo que estaba viendo, pero decorado con luces navideñas, como cuando iba con mis padres. Volví a sentir nostalgia y alegría a la vez.

Llegamos al lugar donde se encontraba la escena del crimen: el parque del Retiro. El comisario principal Gutiérrez bajó del coche y mientras yo me disponía a ponerme en el hombro mi maletín, la puerta se abrió de sopetón:

—Paula, ¿verdad? —me dijo un chico que encajaba con la descripción del comisario.

—Sí. Tony, ¿cierto? —le pregunté mientras bajaba.

—Vaya, veo que ya te has informado de quién soy —dijo con una sonrisa pícara.

—No, en realidad me han informado. ¿Dónde está el cuerpo? —le contesté.

Se quedó con el rostro un poco desencajado, supongo que no estaba acostumbrado a la indiferencia de una mujer, y me llevó hasta la escena del crimen donde aún se hallaba la víctima.

El comisario principal Gutiérrez nos observó a lo lejos y sin un ápice de duda me indicó que estaría en buenas manos. Se subió al coche y volvió a la central.

—Varón, de cuarenta a cincuenta años, caucásico. A juzgar por su aspecto, vive en la calle. El *rigor mortis* me cuenta que lleva, aproximadamente, doce horas muerto. Hoy es 12 de enero de 2008… —Todo esto se lo decía la doctora Sandoval a la grabadora que tenía encendida en la mano.

—¿Causa de la muerte? —pregunté cuando ella terminó.

—Cuando le realice la autopsia, te lo diré. —En ese momento miró hacia arriba y me vio. Estaba de cuclillas.

—Soy Paula, un placer. —Extendí mi mano, pero no obtuve respuesta.

—La criminóloga, ¿no? —preguntó mientras se levantaba y se quitaba el guante para estrecharme la mano.

—Eso es —contesté.

Mientras el equipo de la policía científica realizaba las fotografías pertinentes y recababa las pruebas que más tarde analizaría en el laboratorio, la doctora Sandoval procedía a llevarse el cuerpo para practicarle la autopsia y así poder determinar la causa de la muerte. Le pedí por favor que me dejase analizar el cadáver antes de retirarlo. Me gustaba ver las cosas con mis propios ojos.

Dejé mi maletín apoyado en un árbol y me puse los guantes para no contaminar cualquier prueba que pudiera existir. No tenía signos aparentes de toxicomanía. El pelo, enredado; la piel y la ropa, sucios. Dentro de los pantalones llevaba papel de periódico para resguardarse del frío. Tampoco había signos aparentes de violencia. Estaba debidamente documentado, lo que facilitaría el trabajo de identificación, y en el bolsillo derecho del pantalón guardaba unas galletas de perro.

A pesar de que no había signos de violencia, cuando vimos la escena, todos supimos que se trataba de un crimen. Por norma general, las personas nómadas cargan consigo todas y cada una de sus pertenencias, y en el caso de dejarlas en un lugar concreto, siempre suele ser visible para ellos. Al fin y al cabo, es lo único que tienen y rara vez se arriesgan a perderlo todo o a que se lo quiten. Pero no había ni rastro de ellas. Además, el primer agente que llegó a la escena dio aviso de que la víctima tenía varias uñas levantadas como signo de lucha. No existían indicios de violencia, pero sí había vestigios de defensa. Esperábamos encontrar ADN en las manos.

Cuando se llevaron el cadáver, Tony y yo nos quedamos en el lugar del crimen. Nos dimos una vuelta por los alrededores del parque para ver si encontrábamos sus pertenencias y confirmar si nuestra hipótesis era errónea, pero no hallamos nada similar.

Mientras paseaba por la zona, no pude evitar acercarme a una estatua que se erigía en el centro de la glorieta donde encontramos el cuerpo. Lo cierto es que la escultura me provocaba una sensación de admiración absoluta porque era impresionante, pero también un rechazo increíble. Era como si tuviera la energía necesaria para poder crear vibraciones contradictorias en mí. Se trataba de la estatua del Ángel Caído, recordaba haberla estudiado en Historia del Arte en su día. No podía dejar de observarla.

A lo lejos escuché los intensos ladridos de un perro; cada vez se aproximaban más y más al lugar donde habíamos encontrado a la víctima. Regresé a la escena del crimen, a pocos metros de la estatua, siguiendo los ladridos.

Tony ya estaba allí e intentaba calmar a un perro que no paraba de ladrarle. Me acerqué corriendo para ver qué estaba ocurriendo. Se trataba de un perro callejero. Una mezcla entre podenco y border collie. Estaba sucio y alrededor del cuello tenía una especie de collar verde hecho con una cuerda deshilachada. Tenía miedo, estaba con el rabo entre las piernas y no dejaba de ladrar. Me agaché y le acerqué la mano al hocico para que me oliese y sintiese seguridad. Me coloqué a un lado para permitir que él se acercase más a mí que yo a él. Lo conseguí calmar durante unos segundos, pero cuando uno de los agentes de la policía científica se aproximó para darnos una muestra de tejido que había encontrado en el suelo, el perro se volvió loco, comenzó a ladrar con más y más fuerza y salió despavorido.

Tony y yo nos miramos, y aunque no dijimos nada, los dos recordamos las galletas que la víctima tenía metidas en el bolsillo derecho del pantalón. Sin mediar palabra le seguimos. Nos hizo correr y correr hasta que salió del parque y nos llevó a una calle del barrio de Salamanca. No entendía muy bien la conexión entre ese barrio adinerado y el perro.

Por fin, se paró en seco, dejó de ladrar y se quedó mirando hacia la puerta metálica de un local semiabandonado en una callejuela de la zona. No tenía mal aspecto, sin embargo, en aquel recinto no había nada. Tony y yo abrimos la puerta, pero el perro ya se había colado por la apertura fina y estrecha que dejaba la entrada a medio cerrar.

Era un establecimiento vacío, sin luz y sin agua. Pequeño y frío. El perro nos llevó hasta las pertenencias de su dueño. Allí estaban las mantas con las que se tapaban, una mochila con algo de ropa sucia y comida pasada. Alguna botella de agua, otra de leche y comida de perro. No había drogas ni alcohol.

Enseguida llamamos a la científica para que viniese a la dirección en la que nos encontrábamos y siguieran tomando las pruebas necesarias para la investigación que teníamos por delante.

Es alucinante la capacidad que tienen los animales de mostrarnos lo que necesitamos ver en el momento oportuno. Pese a ser un perro callejero, estaba muy bien educado y era muy inteligente. Lo más seguro es que la víctima lo quisiese más que a muchas personas. Suele pasar. En incontables ocasiones los animales son mejores que nosotros mismos.

La doctora Sandoval llamó a Tony, se notaba que ya se conocían de antes. Ella acababa de llegar al Instituto Anatómico Forense y se disponía a comenzar la autopsia del cuerpo. Mi compañero puso el teléfono en manos libres para que escuchásemos los dos.

—Vale, chicos, me estoy vistiendo ya. Tardaré unas tres horas más o menos. Cuando termine, os llamo y venís para que os pueda dar mis primeras impresiones. El laboratorio procurará tardar lo menos posible, pero hasta mañana no tendrán los resultados —dijo.

—Gracias, Sandoval, nos cuentas cuando puedas. —Tony finalizó la llamada y se guardó el móvil.

Nos quedamos en aquel local esperando a que los de la científica llegaran. A juzgar por cómo estaba todo, la víctima debía de llevar bastante tiempo viviendo allí. Me abroché el abrigo y me subí el cuello porque hacía mucho frío. Un frío húmedo, del que se te mete hasta en los huesos gracias a las goteras e infiltraciones que había en las paredes y en el techo.

—Mira esto, Paula —me dijo Tony mientras se acercaba con una fotografía en la mano.

—Es la víctima, pero bastante menos desaliñado —concluí.

—Sale con una mujer en la foto, mandaré esto a la central para que den con ella. Parece mucho más joven aquí. —Se percató mi compañero.

—Sí. —Volví a mirar la fotografía—. Pero no tiene tanto tiempo, la calle desgasta mucho.

Escuché las sirenas de la patrulla que vino a custodiar el local y entonces me di cuenta. Me había dejado mi maletín apoyado en el árbol, en la escena del crimen. Cuando la científica entró, le dije a Tony que tenía que volver al parque y eché a correr sin mediar más palabras con él. Cuando quise darme cuenta, aquel perro me estaba siguiendo.

Hacía tanto frío que el vaho salía de mi boca como si estuviera fumando sin parar. Recorrí la misma distancia en la mitad de tiempo. Llegué y allí seguía mi maletín, apoyado en aquel árbol que lo había cuidado por mí. Suspiré y cerré los ojos aliviada.

El perro no paraba de dar vueltas alrededor de la escena del crimen, olfateando y rascando el asfalto de aquella glorieta.

—Saca a ese perro de ahí —escuché decir a Tony a mis espaldas exhausto. Había venido corriendo detrás de mí.

—¡Vamos, chico! —le pedí al perro haciéndole un gesto cómplice mientras me alejaba de la escena del crimen.

—Eh, eh, espera. ¿Qué vas a hacer con el chucho? —preguntó confuso.

—Quedármelo, está solo —le dije como si fuese lo más obvio del mundo.

—En mi coche no entra y Gutiérrez se ha vuelto a la central —dijo con cara de asco.

—Está bien, pues vamos andando —le contesté mientras me tocaba la pierna para que el perro viniese conmigo.

—Sandoval todavía no ha llamado, ¿dónde vas a ir? —me preguntó Tony recuperando el aliento.

—A por algo de comer para los dos —contesté.

—No tengo hambre ahora —me replicó.

—No me refería a ti. —Me di la vuelta y seguí andando.

Al salir, vi un Ford Mustang negro, totalmente encerado y brillante. No tuve ninguna duda de que se trataba del coche de Tony. Pasé por delante con Henry a mi lado, así es como llamé a aquel perro. Ni siquiera me paré mientras revisaba que todo estuviera en mi maletín.

—Paula, espera. Subid, venga. —Abrió el coche. Me detuve, miré a Henry y sonreí.

Nos subimos los tres. Henry iba en la parte trasera del coche, cansado y cohibido, se tumbó y no hizo ni un ruido más. A mi padre le hubiese encantado ese Mustang. Era un fanático de los automóviles, en especial de los diferentes, como el de Tony. Tenía una pequeña colección de maquetas de coches clásicos y de carreras.

Decidimos ir hasta una terraza con estufas a tomar un café y comer algo; en la mayoría de los establecimientos no se permitía la entrada con perros. Cada dos por tres miraba para ver cómo estaba Henry mientras Tony me hablaba. La verdad es que durante el trayecto apenas le escuché ni presté atención a sus diversas hipótesis respecto al cadáver; sentía como si me hablara muy bajito. Me dediqué más a observar Madrid por la ventanilla.

Aparcamos su preciado coche en un aparcamiento y llegamos hasta una plaza maravillosa. Me quedé prendada. Era bastante acogedora para estar en la capital, llena de terrazas perfectamente acondicionadas para disfrutar del aire fresco sin pasar frío. Los edificios que albergaban aquellos bares eran preciosos, cuidados, clásicos. Al sentarnos me quedé mirando fijamente la fachada de uno de ellos, con columnas de madera velando la entrada y una pared con una imagen preciosa de Madrid sobre los azulejos. Entonces, mientras echaba un vistazo a los balcones de arriba, pensé en la envidia que me daban las personas que vivían allí y podían asomarse para disfrutar de la vida en aquel lugar sin un ápice de frenetismo. La plaza de Santa Ana.

—Un cortado y un pincho de tortilla, por favor —le dijo Tony al camarero mientras yo salía de mi trance.

—Solo y con hielo, por favor. Un bocadillo de ternera y un cuenco con agua para el perro, gracias —pedí.

—Sí que tienes hambre —dijo Tony alucinado.

—Es para Henry. —Le acaricié, estaba sentado a mi lado.

—¿Se llama así? —me preguntó mientras se cruzaba de brazos.

—Ahora sí. —Sonreí.

—Bueno, ¿qué tal tu llegada? —Mi compañero hizo un intento por entablar conversación conmigo.

—Bien, ha sido llegar y besar el santo —le dije mientras retiraba mi maletín de la mesa para que el camarero pudiera dejar lo que habíamos pedido.

Vi que Tony fruncía el ceño con mi comentario.

—Entiéndeme, me refiero a que ha sido llegar a la capital y encontrarme con un caso interesante. —Empecé a darle su comida a Henry, realmente el pobre estaba hambriento.

—Bueno, para eso se ha creado esta Unidad de Intervenciones Especiales. En Madrid pasan muchas más cosas de las que la gente se imagina y últimamente homicidios está desbordado. He leído tus credenciales, tú también has visto la peor parte del ser humano. —Cogió su taza de café y dio el primer trago.

—Desgraciadamente sí. ¿Cuánto hace que trabajas con Gutiérrez? —Me apetecía seguir conversando.

—Pues desde que salí de la academia. Oposité a la escala ejecutiva de la Policía Nacional, me la saqué a la primera con buena nota y pedí como destino Madrid. Llevaré… —se quedó pensando— unos siete años ya.

—Vaya, sí que es tiempo trabajando con él. —Bebí un sorbo de mi café.

—Sí, y es todo un honor. Gutiérrez es como un padre para mí. Me ha enseñado cosas que no se aprenden en la academia y siempre ha confiado bastante en mí. —Sonó su teléfono, era Sandoval.

—Acabo de terminar, chicos, cuando queráis. —Ambos escuchamos sus palabras.

Pagamos lo que habíamos consumido y nos fuimos los tres de nuevo al coche para poner rumbo hacia el Instituto Anatómico Forense en el que trabajaba nuestra compañera. Esa era una de las condiciones que Sandoval puso para entrar en la central: seguir trabajando en su lugar de confianza. Era una mujer exigente en cuanto al trabajo.

Tardamos un poco en llegar, el tráfico en Madrid era imposible, pero tampoco me sorprendió mucho porque en Barcelona la situación era similar. Me seguían resultando curiosos los taxis blancos. Me gustaban más los de la Ciudad Condal, a mi parecer eran más elegantes.

Tony abrió un poco la ventanilla de detrás para que Henry no le dejase mal olor en el coche. Lo cierto es que olía bastante a perro, pero siendo callejero era lo más normal del mundo. Aun así tuvo el detalle de poner la calefacción sin que se lo pidiese, lo que agradecí, porque soy muy friolera —de las que se tapan con las sábanas en pleno verano— y estaba helada.

En el trayecto informamos a Gutiérrez sobre lo que habíamos visto en el local que la víctima tenía por hogar. Él organizaba los equipos de trabajo que apoyarían en la investigación a la Unidad de Intervenciones Especiales, pero sin tener más información de la estrictamente necesaria. Dos de nuestras premisas eran la discreción y la distancia con la Policía Nacional. Les necesitábamos, pero esta Unidad requería de confidencialidad.

Llegamos al Instituto Anatómico Forense y bajamos al sótano donde Sandoval tenía su sala de autopsias. Era un lugar aún más gélido que la calle, sombrío y siniestro. No había nadie allí y las luces del largo pasillo oscuro se iban encendiendo a medida que avanzábamos. Parecía sacado de una película de terror, pero era muy real.

Al entrar en la sala de autopsias, notamos un ligero hedor. Haciendo gala de mi exquisitez con los olores, arrugué la nariz y entré. En la mesa metálica estaba el cuerpo de la víctima, limpio, con el tórax y el cráneo recién cosidos. Sandoval estaba limpiando la mesa y las herramientas al ritmo de *Ain't No Mountain High Enough* de Marvin Gaye cuando nos pidió que cogiéramos el informe que le habían enviado desde la central.

—Sebastián Ramírez, cuarenta y seis años. Natural de Zaragoza. Divorciado y sin hijos. Tiene antecedentes por hurtos leves y robos. Nada grave. Su historial médico determina un trastorno depresivo mayor crónico y una adicción al juego.

Por lo que habían podido averiguar de él desde la central, era un autónomo al que le habían ido bastante bien las cosas en su pequeño negocio hasta que cayó en la ludopatía. A raíz de eso, su matrimonio comenzó a debilitarse hasta que el divorcio fue inevitable. Él terminó viviendo en la calle y nunca más tuvo contacto con su mujer. Los dos eran de Zaragoza, pero se habían trasladado a Madrid para emprender juntos. Tras la ruptura, ella se volvió a su localidad natal y él se quedó en las calles de Madrid.

—La autopsia, realizada por la doctora Míriam Sandoval, revela la existencia de aire en la cavidad izquierda del corazón y en el polígono de Willis. Se ha aplicado una ligadura en las arterias carótidas internas (en la base del cráneo), en las arterias cerebelosas superiores y en la arteria basilar. Y se ha retirado el cerebro mostrando la cara basal del encéfalo. Después, se ha empleado otra ligadura en las arterias torácicas internas en el segundo espacio intercostal. Una vez hecho esto, se ha abierto el pericardio para poder discernir mediante una bolsa de agua la existencia de burbujas en la cavidad pericárdica y se ha seccionado la arteria carótida interna por encima de la ligadura previamente ejecutada, haciendo visible el aire en su interior. Se determina que la causa de la muerte ha sido una embolia gaseosa que hizo que el corazón sufriera un infarto fulminante. —La voz de Sandoval salía de la grabadora. Ella misma había dado al play mientras se quitaba la bata de trabajo.

Nada más terminar de escuchar la grabación, tuve que atar a Henry con mi cinturón, porque reconoció perfectamente a su dueño y quería saltar a toda costa encima del cuerpo. Me dio tanta pena...

—Hay una cosa que no entiendo, Sandoval. ¿Cómo es posible que se haya producido una embolia gaseosa si no existe traumatismo craneoencefálico previo? —le preguntó Tony.

—Buena pregunta. Hay muchas maneras de que se produzca una embolia gaseosa. Desde un TCE como bien has dicho hasta por problemas con el submarinismo. Pero este caso es muy particular y se demuestra que nuestras hipótesis eran ciertas. Este hombre ha sido asesinado. —Se dirigió al cuerpo sin vida de la víctima—. ¿Veis este pequeño punto? —nos preguntó señalando el cuello con una linterna.

—Sí —respondimos los dos a la vez.

—Le inyectaron aire en vena. Entre setenta y cien centímetros cúbicos.

Estuvimos barajando varias teorías en la sala de autopsias con el cuerpo presente, la información que nos habían dado y las fotografías del lugar. La de la drogadicción se descartó incluso antes de saber aquello. La víctima no tenía signos visibles de toxicomanía. No había acudido nunca a ningún hospital ni clínica, o al menos no se tenía constancia. No obstante, teníamos que esperar al análisis toxicológico y de sangre. Sus pertenencias se encontraron a un kilómetro aproximadamente del cadáver. No se habían detectado signos de violencia, tan solo de defensa. La doctora nos explicó que cuando se inyecta una gran cantidad de aire la persona tarda en fallecer entre quince y treinta segundos, por lo que el asesinato, en principio, se produjo allí mismo. No existían indicios de que el cuerpo se hubiera trasladado desde otro lugar. Pese a eso, estaban registrando y analizando todas y cada una de las cámaras de seguridad del Retiro.

Las horas pasaron tan rápido que cuando quisimos darnos cuenta eran casi las siete de la tarde y aún no habíamos comido. Nos fuimos a la central para hablar con el comisario principal Gutiérrez y cogimos unos bocadillos de camino, dos de calamares y otro de ternera para Henry. Tony era una persona demasiado inquieta como para sentarse en un bar o restaurante a comer, me había dado cuenta de ello mientras tomábamos café en la plaza de Santa Ana.

Al llegar al despacho, el comisario principal Gutiérrez me encomendó llamar a la exmujer de la víctima e informarle de lo sucedido. Al parecer, los padres de Sebastián ya habían fallecido y ella era la única persona que podía interesarse por él.

—¿Victoria Sanz? —pregunté para asegurarme.

—Sí, soy yo. ¿Quién es usted? —replicó.

—Soy Paula Capdevila, criminóloga de la Unidad de Intervenciones Especiales. Es sobre su exmarido, Sebastián Ramírez... —No me dejó acabar.

—¿Ha terminado ya en la cárcel por ludópata e hijo de puta? ¿O es que ha robado un banco para pagarse su asquerosa adicción? —Se notaba el rencor.

—Verá, señora Sanz..., se ha encontrado esta mañana el cadáver de Sebastián.

—¿Cómo? ¿Qué ha pasado? —Su voz temblaba.

—Es pronto para decirlo, señora, pero se ha abierto una línea de investigación por un posible asesinato. ¿Sabe usted si Sebastián tenía algún enemigo?

—No... —lloraba—, Sebastián siempre ha sido una persona muy cruel y tiránica con todo el mundo, era como si no tuviese ningún tipo de empatía con nadie. Sé que se quedó en la calle después de vender nuestro piso de Madrid y malgastarlo todo en las máquinas. Pero de ahí a que alguien haya podido hacer eso… Dios mío, no.

Terminé la conversación tras darle las pautas necesarias para iniciar el traslado del cuerpo y seguir con la investigación. Le expliqué que el cadáver de su exesposo debía quedarse un tiempo más en Madrid. A Sebastián solo le quedaba la señora Sanz y, pese a todo el dolor que le había producido, esta quería que tuviera un entierro digno.

Después de todos estos trámites, recogimos mi maleta en el despacho de Gutiérrez y Tony me acompañó hasta mi nuevo apartamento en el centro de Madrid. Estaba tan cansada que lo único que hice fue dar un baño a Henry, pedir algo de cena y ver un rato la televisión. Ya tendría tiempo de instalarme adecuadamente. Las cajas de la mudanza llegarían al día siguiente.

El lugar era muy bonito, pequeño, diáfano, muy luminoso y con las paredes de ladrillo visto. Todos los espacios tenían un estilo moderno.

Me quedé dormida en el sofá viendo la televisión, acurrucada con Henry. Apenas alcancé a enviarle un mensaje de texto a mi madre para que no se preocupara y supiese que estaba sana y salva en mi nuevo hogar.

2

El reloj sonó a las cinco y media de la mañana. Me gustaba despertarme con ese suave sonido que solo hacen los despertadores de mesilla analógicos y que tanto me recordaban a mi casa. Mi padre tenía uno así, y, cuando sonaba, yo siempre abría un ojo sabiendo que me quedaban algunas horas más antes de ir al colegio. Sin embargo, tuve que hacer una excepción —no había llegado todavía mi paquete— y me puse la alarma en el móvil. Qué sonido más espantoso, nunca entenderé cómo la gente puede soportarlo.

Levantarme tan temprano era casi una obligación para mí. La disciplina diaria me mantenía estable. Me puse un pantalón de chándal, una sudadera con capucha, los cascos para escuchar música y preparé a Henry para que saliera conmigo, esta vez tendría compañía.

Las calles aún no estaban puestas, las farolas iban iluminando mis pasos y los de Henry. Respiraba rítmicamente y el vaho salía por mi boca, dejándome sentir el frío de la mañana. Qué bonito estaba Madrid vacío, podía contemplar mucho mejor las fachadas de todos los edificios a mi alrededor. Volvieron las luces navideñas de mis recuerdos. Aquella salida me sirvió para contemplar la zona en la que viviría a partir de ese momento. Me gustaba. Estaba llena de bares y tiendas pequeñas. Me hizo ilusión toparme con un mercado relativamente cerca de donde vivía. Tenía por costumbre comprar en mercados y comercios pequeños. Las grandes superficies me agobiaban. Tal vez el hecho de que mi madre tuviese desde siempre una tienda pequeñita en Barcelona me hacía apreciar más ese tipo de negocios.

Al volver a casa, le puse un poco de comida a Henry que sobró de la cena y me tomé el café que cogí de camino en una máquina expendedora. Me supo fatal, pero no tenía otra cosa. No era muy fan de ese tipo de café. Me di una ducha caliente y mientras me estaba vistiendo, Tony me llamó:

—Buenos días, compañera, estoy abajo esperándote. Nos vamos a trabajar.

Bajé las escaleras lo más rápido que pude para no hacerle esperar; detesto la impuntualidad. Me parece una falta de respeto. Los ascensores tampoco son mi fuerte. Entrar en uno me crea inseguridad porque no tengo el control absoluto de mis pasos, pero me suscitaba mucha curiosidad entrar en el de este edificio. Antiguo, enclaustrado en una jaula de hierro, con la caja y las puertas de madera, además de un pequeño cristal frontal que te permitía ver todos los pisos cuando estabas dentro.

—Buenos días, Tony —le dije mientras abría la puerta trasera del coche para que Henry entrase.

—¿Vas en serio? ¿Te traes al chucho? —me dijo dándose la vuelta.

—Obvio —le contesté.

De camino a la central pude observar un Madrid diferente al que había visto en mi temprana carrera. La gente ya estaba dispuesta a comenzar su jornada laboral, las persianas de los comercios se abrían y poco a poco se notaba que la ciudad estaba amaneciendo. Tony me ofreció su ayuda para instalarme en mi nuevo hogar cuando las cajas de la mudanza llegasen por la tarde, pero decliné su oferta. Lo que había en el interior de cada una de ellas formaba parte de mi intimidad y mi historia, no me apetecía que un extraño tocase nada. Apenas conocía a Tony. Seguía haciendo mucho frío, pero la calefacción estaba puesta y era agradable estar en el interior del automóvil. Quise aprovechar el trayecto para escribir de nuevo a mi madre y que supiera de mí nada más despertarse: «Buenos días, mamá. Esta tarde te llamo y te cuento. Pasa un buen día. Te quiero».

Aparcamos en el garaje de la central, en una plaza que Tony tenía reservada, y subimos al ala oeste habilitada para la nueva Unidad.

—Compañeros, en una hora me envían los resultados toxicológicos de la víctima y sus antecedentes médicos. —Sandoval llevaba ya un buen rato con Gutiérrez investigando el caso.

—¿Qué hay de las cámaras de seguridad? —quise saber.

—Nada, Capdevila, las cámaras no registraron ni un solo movimiento sospechoso y el único testigo que tenemos es el jardinero que encontró el cuerpo —respondió Gutiérrez.

—¿Cómo es posible que no haya nada al respecto? —preguntó Tony sorprendido.

—Eso tenemos que averiguar, Tony. De momento, debemos trabajar con lo que tenemos. Paula, necesito que te encargues de revisar el informe de la científica, lo enviaron ayer por la tarde noche. Tony, ven conmigo al despacho. —Cuando trabajábamos, Gutiérrez dejaba los formalismos y nos trataba de tú, pero nosotros siempre le tratábamos de usted; era una cuestión de respeto y jerarquía.

Revisando los informes, no podía comprender cómo era posible que no hubiese ninguna huella ni pelo ni ADN ni vestigio alguno que proporcionara algo de claridad al asunto. Si estábamos en lo cierto y nos encontrábamos ante un asesinato, ¿con qué tipo de asesino íbamos a tratar? Esa fue la primera pregunta que me hice a mí misma.

Llamé de nuevo a la exmujer de la víctima y me facilitó el nombre de un albergue social donde se quedaba de vez en cuando antes de tener a Henry. Me puse en contacto con ellos y me dijeron que había ido muy poco por allí. Había robado dinero alguna vez y era bastante conflictivo. Según el director del albergue, la exmujer tenía razón cuando decía que Sebastián era una persona bastante impertinente y cruel. Alardeaba de haber sido un gran empresario y de pasar solo una mala racha, menospreciando a las personas que estaban en el mismo sitio que él. Trataba mal a la gente y creaba un ambiente negativo alrededor.

Le pedí el coche a Tony para volver a la escena donde encontramos a la víctima. Quería echar otra vez un vistazo. Lógicamente no me lo dejó, pero me facilitaron un coche sin distintivos policiales para poder desplazarme con independencia. En la central me miraron con extrañeza cuando me vieron en compañía de Henry.

Tony se quedó en la oficina con la documentación y continuó analizando las imágenes de las cámaras de seguridad de los alrededores por si podía descubrir algo más relativo al caso.

La zona seguía acordonada, pero no había ningún agente. La gente que paseaba por allí se quedaba mirando sin saber exactamente qué había ocurrido. Sin embargo, algunos se paraban y hacían fotografías, el morbo y la curiosidad del ser humano son inevitables.

Lo cierto es que no había indicio de ninguna pista por la que poder empezar, estábamos esperando el informe toxicológico y médico, pero temíamos que no hubiera nada trascendente. Me acerqué de nuevo a aquella estatua del Ángel Caído, que tan mala sensación me daba. Era como si un campo magnético me atrajera hasta allí y a la vez me quisiese echar.

Uno de los jardineros del Retiro se acercó a mí y me preguntó si estaba investigando la muerte del mendigo. Seguramente me había visto en la escena del crimen. Le pregunté si fue quien encontró el cuerpo, pero me explicó que había sido un compañero suyo. Aunque mis colegas ya habrían interrogado a todos, le hice las preguntas oportunas para conseguir información extraoficial. No sabía nada más. El buen hombre tan solo quería que yo le diera más datos del caso, bendita curiosidad, pero amablemente lo despaché. Eso sí, me contó una historia muy interesante sobre la estatua que había llamado mi atención.

Me dijo que se encuentra a seiscientos sesenta y seis metros sobre el nivel del mar. Que, según cuenta la leyenda, es un monumento en homenaje al mal. Mientras me narraba esa creencia popular, observaba las alas desplegadas del ángel que, apoyado en una roca, tiene una serpiente enroscada alrededor del cuerpo. Resultaba inquietante escuchar ese relato mientras tenía enfrente al Ángel Caído. Creo que no soy la primera que alguna vez ha sentido una especie de energía o vibraciones que crean como una fuerza muy potente cuando se está en un sitio determinado.

Sonó mi móvil.

—Paula, vuelve a la central. Tenemos algo. —Era Tony.

Me fui para allá. Nada más llegar, Tony estaba en la salida del ascensor, esperándome. Me llevó hasta una nueva sala, desconocida para mí, donde se revisaban las cámaras de seguridad. Tenía varias televisiones acopladas a la pared, pantallas de ordenador a lo largo de una mesa y una luz tenue para que resaltaran las imágenes que habían grabado de los equipos de vigilancia. Me mostró lo que habían recogido las cámaras de la calle donde encontramos las pertenencias de la víctima. La de uno de los edificios de enfrente había captado el momento en el que Sebastián Ramírez salía del local, dejando la puerta metálica tal y como la hallamos nosotros. Iba con Henry. En la siguiente cámara, que coincidía con el recorrido, se le veía girar una esquina, levantar la cabeza y dirigirse a alguien con confianza, como si lo conociera. Y a partir de ese instante ya no encontramos más imágenes que nos pudieran ayudar a construir el trayecto completo. No era mucho, pero podíamos confirmar que Sebastián no estuvo solo.

La científica, sin embargo, no encontró nada significativo ni en el parque ni en el local. Tan solo las huellas de la víctima. El informe toxicológico ya había llegado. Alcohol: positivo; cannabinoides, barbitúricos, opiáceos, metanfetaminas, anfetaminas, cocaína, benzodiacepinas y fenciclidina: negativo. No había evidencia de toxicomanía.

Nos fuimos entonces de nuevo a la zona del local. Preguntamos en varios comercios y restaurantes de alrededor, contactamos también con vecinos. Algunos no sabían quién era la víctima; a otros les sonaba haber visto un mendigo merodeando por esas calles, y el único que conocía a Sebastián era el dueño de un restaurante que a veces le daba comida, pero siempre le había visto solo y con su perro. Era frustrante no encontrar nada al respecto, ni siquiera el arma del presunto crimen.

El comisario principal Gutiérrez había acudido a un acto oficial, así que Tony me enseñó la comisaría y me presentó a mis compañeros cuando volvimos del local.

Con las pruebas y los informes ya realizados, sabíamos que a Sebastián lo asesinaron inyectándole aire en vena. ¿Sería un ajuste de cuentas? Teníamos que averiguarlo.

Fue un día fugaz e infructuoso. Decidí coger los informes y el dosier del caso y seguir estudiándolo en casa, así aprovecharía también para instalarme adecuadamente. Esa misma tarde llegaron las cajas de la mudanza. De camino a mi apartamento, le compré a Henry un collar y una correa en condiciones, un par de cuencos para comer y beber y pienso especial para que estuviese bien alimentado.

El apartamento contaba con un salón amplio y luminoso con vigas de madera, una cocina abierta y un dormitorio con el baño incluido. Instalé mi zona de trabajo en una pequeña mesa que había en el salón y en la pared frontal puse mi mapa de investigación. Me gustaba trabajar así, igual que había visto siempre a mi padre cuando era pequeña.

Al anochecer, llamé a mi madre.

—Hola, hija, ¿cómo estás? No he sabido de ti desde que llegaste. —Me tranquilizó su dulce voz.

—Ya, mamá, lo siento. He empezado con buen pie aquí.

—¿Un asesinato? —Me conocía perfectamente.

—Así es. Mamá, ya te contaré despacio. ¿Tú cómo estás?

—Bien, hija, como siempre, he estado en el taller haciendo mis manualidades y han venido los tíos a verme.

Mi madre ya estaba jubilada y se dedicaba a relajarse con manualidades: pintaba botellas de vidrio, hacía objetos con papel de periódico reciclado…, ese tipo de cosas. Llevaba a una artista en su interior. Hablar con ella era un punto de fuga para mí, me calmaba. Como encontrar un lienzo en blanco y que ella diera salida a todos los problemas. Estuvimos hablando de qué me había parecido Madrid a mi llegada y de cómo era en aquel momento, pero también de los compañeros, la central, la nueva Unidad y el apartamento. Se alegró mucho de que hubiese acogido a Henry. Sabía lo mucho que adoraba a los animales. Estaba profundamente emocionada y orgullosa porque era consciente de la importancia que le daba a este trabajo y lo que significaba para mí encontrar siempre la justicia con ética y moral.

Nunca quise ser policía, aunque mi padre lo fuese. No me veía con un arma, uniformada e investigando casos de esa manera. Me interesaba mucho más la mente humana, la razón por la cual una persona es capaz de llegar a hacer ciertas cosas o por qué nunca las haría. Conocer la profundidad mental y emocional de un ser humano.

Estuve recordando con mi madre el día que resolví mi primer caso. Tendría unos siete años. Mis tíos y mi primo vinieron a cenar una noche a casa. Tenía la costumbre de esconder mis golosinas favoritas debajo de la cama, entre los listones de madera del somier. Nadie conocía ese escondrijo, ni siquiera mis padres. Aquel día, cuando la velada terminó y todos nos fuimos a dormir, me dispuse a tomar mis dulces, pero, para mi sorpresa, habían desaparecido. Y en ese momento comencé mi primera investigación oficial. Apunté en un cuaderno todos los pasos que habían dado mis familiares, cuántos se habían levantado de la mesa, durante cuánto tiempo... Mi madre lo rememoraba con mucho cariño. Finalmente, cuando mis padres ya estaban dormidos, cogí un poco de harina de la cocina, precinté la cama con cinta de embalar para proteger la escena de aquel terrible crimen y espolvoreé la harina en busca de huellas. Cómo me emocionaba siempre recordar estas cosas.

Al final, lógicamente, el autor del delito era mi primo. Sí, él conocía mi escondite y yo no lo sabía. A la mañana siguiente, mi padre me encontró dormida en el suelo con cinta de embalar a mi alrededor y harina por todas partes. Me despertó, me preguntó qué había pasado y me ayudó a investigar más a fondo. Él era así, siempre tenía en cuenta lo que era importante para mí, aunque fuese una tontería.

Cuando colgué a mi madre, ya era bastante tarde. Henry estaba como un tronco en el sofá, así que aproveché para ultimar algunos detalles de mi mapa de investigación. Pero algo inesperado interrumpió mi trabajo, sonó el timbre de la puerta. ¿Quién sería a esas horas? Mientras me acercaba a abrir pensé en Tony, en un vecino en busca de sal, en un niño sin ganas de dormir… Cuando no espero algo y ocurre, me inquieta. Así me encontraba en aquel momento. La luz del pasillo estaba encendida, pues se activaba por el movimiento. El silencio era absoluto. Y allí no había nadie. Salí y recorrí el pasillo hasta llegar a las escaleras. Ni un alma. Me asomé al ascensor, pero estaba parado en la quinta planta y la verdad es que no había escuchado su engranaje atronador. Ni un ruido ni una sombra…

Volví sobre mis pasos para entrar otra vez en mi apartamento. Seguía muy intranquila. No había nadie allí, pero sentía como si alguien me estuviese observando. Me agarré los brazos, hacía mucho frío. Henry se había despertado y había salido a la puerta para ver qué pasaba. Cuando quise darme cuenta, estaba olfateando y ladrando a un sobre marrón y de tamaño folio colocado encima del felpudo.

«Paula Capdevila». Tan solo ponía mi nombre. Me metí en casa con Henry y eché dos veces el cerrojo. Me senté en el sofá, contrariada y agitada. ¿Sería una novatada de Tony? No eran horas para entregar una notificación ni un paquete ni una carta. Lo observé con cuidado, estaba perfectamente cerrado. Lo volteé varias veces y lo puse a contraluz para intentar ver el contenido antes de abrirlo, pero era totalmente opaco. Al final me decidí a abrirlo.

Por su orgullo cae arrojado del cielo
con toda su hueste de ángeles rebeldes
para no volver a él jamás.
Agita en derredor sus miradas,
y blasfemo las fija en el empíreo,
reflejándose en ellas el dolor más hondo,
la consternación más grande,
la soberbia más funesta
y el odio más obstinado.

John Milton

Releí tres veces aquella media cuartilla de lo que parecía un poema que desconocía escrito a ordenador con letra cursiva antes de darme cuenta de que en el sobre había algo más. Lo cogí por la esquina inferior para que el objeto que contenía cayera sobre la mesa sin necesidad de meter la mano dentro. Y entonces lo vi. Mis pulsaciones se aceleraron, la respiración se me paró durante unos segundos, las manos se me fueron enfriando cada vez más y mis pupilas se dilataron tanto que tuve que pestañear rápidamente para entender qué estaba viendo. Por un momento pensé que estaba soñando y que me había quedado dormida en el sofá. No daba crédito a lo que tenía delante de mis narices. No hacía falta ser criminóloga ni policía ni forense para saber qué había en la mesa de mi apartamento. Una jeringuilla. El arma del crimen de Sebastián Ramírez.

3

El día que seas la mejor investigadora del mundo tendrás que tener los ojos bien abiertos, la mente muy fría y los pies sobre la tierra». Las palabras que me dijo mi padre cuando me ayudó a investigar el robo de mis chucherías retumbaban como una estampida en mi cabeza. «Los ojos bien abiertos, la mente muy fría y los pies sobre la tierra. Los ojos bien abiertos, la mente muy fría y los pies sobre la tierra. Los ojos bien abiertos, la mente muy fría y los pies sobre la tierra». Una y otra vez escuchaba sus palabras como si estuviese a mi lado en aquel momento.

—Paula, ¿estás bien? —Tony me agarró del hombro mientras observaba por la ventana de mi apartamento. Lo miré.

Nada más ver el contenido de aquel sobre llamé al comisario principal Gutiérrez para contarle lo sucedido. La nueva Unidad Especial no tardó ni veinte minutos en llegar con compañeros de apoyo de la científica y de la Policía Nacional. Acordonaron el edificio entero. Las luces azules de los coches patrulla iluminaban la oscuridad de la noche. Todo estaba en silencio. Los vecinos del edificio de enfrente se asomaron a las ventanas para mirar qué ocurría. Las puertas de mi pasillo estaban abiertas, y mis vecinos, intrigados, en bata y pijama, mientras observaban mi apartamento, pero nadie decía ni una sola palabra. Supongo que a todos nos entraría la curiosidad al ver esa situación y nos asustaría de la misma manera. Mi apartamento se convirtió en el centro de una nueva investigación y el edificio en el testigo principal.

—Vamos a examinar el apartamento palmo a palmo en busca de cámaras, micrófonos..., lo que sea. Están hablando con el presidente de la comunidad para gestionar la supervisión de la cámara de vigilancia que hay en el portal...

No dejé que terminara su exposición e interrumpí a Gutiérrez.

—¿Y el sobre? —le pregunté.

—El sobre ya está custodiado por Sandoval, se va ya mismo a analizarlo. Siéntate, vamos a hablar. —Se sentó él primero—. ¿No has visto nada raro? ¿Alguna persona que no te cuadrase? ¿Un sonido extraño?

—No. No lo sé. No. Acabo de llegar, ni siquiera conozco a los vecinos. —No sabía qué decir.

—Cuéntame todos tus pasos desde que entraste a casa. —Sacó una libreta. Tony estaba expectante a mi lado, acariciando a Henry.

—Pues... llegué a casa, me avisaron por el telefonillo los de la mudanza, subieron las cajas y me puse a colocarlo todo. Hice mi mapa de investigación, cené, hablé por teléfono y llamaron a la puerta. —Me cogía el cuello con la mano.

—¿Por ese orden? —preguntó Tony.

—No lo sé. —Me empezó a doler la cabeza. Estaba confusa.

—Tranquila, es normal que estés en shock. Voy a por un vaso de agua. —Se levantó y Henry le siguió.

—Aquí ya hemos terminado, pero necesito que descanses esta noche. Mañana va a ser un día complicado y quiero que estés al cien por cien. Se va a quedar un coche patrulla custodiando el edificio y dos agentes en la puerta del apartamento —dijo Gutiérrez.

—Yo me quedo también, señor. Si no te importa, claro, duermo en el sofá. —Tony me miró para ver qué opinaba.

—Sí, vale. No os preocupéis, estoy bien. Aunque la verdad me vendrá bien la compañía.

—De acuerdo, mañana venid a la central más tarde. Sandoval y yo nos ocuparemos de todo hasta que lleguéis —ordenó Gutiérrez mientras se iba detrás del resto.

Me levanté al baño, abrí el grifo del agua fría y me lavé la cara. Necesitaba un impacto fuerte para volver en mí, pero también cerrar los ojos y no pensar.

—Duérmete, te vendrá bien —me aconsejó Tony mientras se acomodaba en el sofá con una manta de mohair que mi madre me había regalado.

Me metí en la cama y Henry se acurrucó conmigo. Fue como si supiese mi estado de ánimo. No era tristeza ni angustia ni miedo. Estaba desubicada y mi cabeza no paraba de dar vueltas, pero el cansancio me venció. Enseguida me quedé dormida.

Me desperté dos horas más tarde por inercia. Ni siquiera me había dado tiempo a poner la alarma en mi despertador de mesilla, que ya me había llegado en una de las cajas. Me dolía la cabeza, tenía la boca seca y los ojos pegados. Tenía esa sensación de resaca que suele ocurrir cuando no has descansado nada. Eres consciente de que no has tomado ni una gota de alcohol, pero tu cuerpo parece que sí. Me puse el chándal, preparé a Henry y me fui a correr. Los dos agentes que habían estado de guardia en la puerta de mi apartamento me dijeron que se quedarían custodiando el piso, pero que los otros dos que estaban abajo me acompañarían. No pude decir que no, aunque no me hacía excesiva gracia que un coche de la Policía Nacional fuera a diez por hora detrás de mí.

Apenas estuve media hora corriendo y volví, pues me sentía francamente incómoda y cansada. Además era más tarde de lo que pensaba, ya había gente por la calle…, no era el día para entrenar. Al llegar de nuevo a mi apartamento, Tony ya estaba despierto, con dos cafés hechos y una bolsa de churros. Odio los churros. Son grasientos.

—He traído el desayuno. Tomo el café contigo, me acerco a mi casa a darme una ducha y voy directo a la central. Nuestros compis se encargan de llevarte hoy —dijo mientras sorbía un poco de café. Estaba muy caliente.

—Gracias, Tony, no hacía falta. No tengo mucha hambre. Voy a darme una ducha, te veo en la central. —No tenía muchas ganas de entablar más conversación.

Necesitaba esa ducha de agua ardiendo. Mientras me caía el agua caliente por la cabeza, escuché que Tony cerraba la puerta. Recordé en aquel momento las gotas de lluvia que me acompañaron hasta Madrid en mi viaje en tren mientras otras gotas surcaban la mampara de la ducha. No podía parar de pensar en aquel mensaje.

Por su orgullo cae arrojado del cielo
con toda su hueste de ángeles rebeldes
para no volver a él jamás.
Agita en derredor sus miradas,
y blasfemo las fija en el empíreo,
reflejándose en ellas el dolor más hondo,
la consternación más grande,
la soberbia más funesta
y el odio más obstinado.

John Milton

Me lo había aprendido de memoria. Ese era uno de mis fuertes. La memoria. Naturalmente el mensaje iba dirigido a mí. Por más vueltas que le daba no encontraba ningún sentido a esas palabras. Dejé de pensar, a veces cuando necesitas dar con algo es necesario dejarlo de lado para poder llegar a una conclusión. Terminé de arreglarme y me fui a la central. Esta vez no me llevé a Henry conmigo.

—Paula, ¿qué tal has dormido, cariño? —Me abrazó Sandoval.

—Bueno, al menos he dormido algo. ¿Y tú? —No me gustaban mucho los abrazos.

—Uy, yo nada, corazón, necesitaba hacer esto. —Estaba acelerada—. Vamos al ala oeste, Tony y Gutiérrez ya están allí.

Todas las miradas de la central se centraron en mi cara. No sabían exactamente qué había pasado, por la confidencialidad de la Unidad Especial, pero no se les escapaba que algo había ocurrido. Fue una sensación incómoda. Llegamos a nuestra sala de juntas del ala oeste.

—Buenos días, ¿bien? —Gutiérrez levantó la mirada. Asentí con la cabeza—. Vale, chicos, os informo. La cámara de vigilancia de la portería no funciona. La tienen de manera disuasoria, pero desde hace bastante tiempo está rota. Hemos revisado las cámaras aledañas de la zona. Una de un cajero automático ha captado un coche más o menos sobre la hora que se produjo la llamada al timbre, Paula. Estamos en ello. Del resto, nada —terminó Gutiérrez.

—El sobre no tiene ninguna huella, ni total ni parcial. La solapa es autoadhesiva por lo que no hace falta saliva para cerrarlo. El papel no tiene tampoco huellas. Papel offset ahuesado de ochenta gramos y tinta de impresora normal y corriente. Por aquí no tenemos nada de lo que tirar —concluyó Sandoval mientras nos iba dando la documentación.

—¿Y la jeringuilla? —pregunté.

—Ahí le has dado, cariño. La jeringuilla es estándar. Se vende en todas las farmacias de España. No tiene huellas, tan solo ADN sacado de la punta de la aguja.

—Sebastián Ramírez —afirmó Tony.

—Exacto. La jeringuilla del sobre es el arma del crimen de nuestra víctima.

Tenía bastante claro que ese iba a ser el resultado, pero siempre hay que esperar a la contundencia de las pruebas. La persona que estuvo la noche anterior a menos de diez metros de mí, con la única separación de una puerta y una pared, me entregó el arma del crimen. ¿Sería el asesino o un cómplice? ¿Por qué me otorgaba ese beneplácito precisamente a mí?

—Y ¿el mensaje? —preguntó Tony.

—Pues mira, el mensaje es una chaladura y no le encuentro ningún sentido. El autor es John Milton, un poeta inglés del año mil y muchos atrás que escribió este poema a Satanás o algo así.

—¿Cómo? —Mi cabeza se iluminó de inmediato—. Déjame el ordenador —le pedí a Sandoval.

Tecleé tan rápido que ni siquiera era consciente de lo que estaba poniendo: «John Milton-poema-satanás-ángel caído». Parecía estar escribiendo un telegrama. Y Google me dio la respuesta en menos de cuatro segundos. «Ricardo Bellver, artista madrileño, se inspira en unos versos del gran poeta inglés John Milton para crear la escultura del Ángel Caído situada en el parque del Retiro».

«Lo sabía», pensé. Mi cara esbozó una sonrisa de las que no se olvidan, de las que dan gusto, de las que reflejan todo el orgullo del mundo. De esas.

—La jeringuilla es el arma del crimen. El mensaje es la escena —les dije a mis compañeros girando la pantalla del ordenador.

Tenía claro que ese sobre lo dejó el asesino. No era ningún cómplice. Y me había visto merodear alrededor de aquella escultura; por tanto, había vuelto a estar a escasos metros de mí. «Por el amor de Dios, cómo no pude verlo», pensé.

—Señor, necesito interrogar al jardinero que encontró el cuerpo y también al que tiene turno de mañana.

—Hay varios jardineros, Paula —me dijo sorprendido.

—Esta es la descripción del que quiero. —Le apunté en un papel las características físicas del señor que estuvo hablando conmigo sobre la estatua del Ángel Caído.

—De acuerdo, me pongo con ello, Capdevila. —Se levantó y se fue.

—Tony, necesito también al repartidor de la empresa de mudanzas que trajo mis cajas desde Barcelona.

—Oído. —Se fue.

—Te acaba de venir la luz, ¿eh? —señaló Sandoval con las piernas encima de la mesa, estirada en la silla con una sonrisa en la cara.

—El asesino de Sebastián sabe quién soy, me ha visto. Ha tenido que estar cerca de mí a la fuerza y yo no he sospechado nada. ¿Por qué? Esa es la pregunta que ahora tengo que responderme.

—¿Piensas que puede ser alguno de los jardineros?

—No lo creo, pero puede que vieran algo. Necesito hablar con ellos.

—Ese es tu campo, amiga. —Se levantó de la silla y se estiró—. Me voy a mi laboratorio, quiero seguir analizando las pruebas que tenemos por si se me hubiese pasado algo.

Me quedé sola en la sala de juntas, meditando. Necesitaba mi tablón de investigación, mi mapa. Intenté reconstruir los pasos previos del asesinato de Sebastián Ramírez como si fuera la persona que lo asesinó.

Tenía un pálpito, una sospecha, un presentimiento. El perfil de un asesino por venganza o ajuste de cuentas no tiene por costumbre, ni mucho menos, regalar al investigador las pruebas más concluyentes del acto ilícito. Tampoco el perfil homicida pasional tiene esas características. No me cuadraba que pudiese ser algo aleatorio en el tiempo. Mis hipótesis iban cogiendo cada vez más fuerza dentro de mi cabeza. Repasaba una a una los cientos de teorías criminológicas que existían. Sin darme cuenta, estaba intentando autoconvencerme de que la explicación no era la que me decía mi instinto. Quería justificar de alguna manera que lo que realmente estaba pensando no podía ser. No ahora. No en Madrid. No conmigo al frente en una nueva Unidad.

Un *modus operandi* y una firma. Salieron de mi cabeza tres palabras. Tres palabras que leía perfectamente en mis pensamientos. Tres palabras que no podía obviar. Tres palabras que, al final, terminé por escribir. Solo tres. «Asesino en serie».

Saqué la libreta de mi maletín y comencé a apuntar cosas como si fuese una autómata. Fui consciente de lo pronto que era para decirle a mis compañeros de unidad mi teoría, pero ¿y si estaba en lo cierto? ¿Y si realmente estábamos ante un asesino en serie y lo que había ocurrido no era un hecho aislado? Sería algo histórico porque en España no había tantos casos de asesinos en serie como en Estados Unidos, por ejemplo.

Me vino a la cabeza «el matamendigos», uno de los casos de asesinos en serie más atroces sucedidos en nuestro país. La Audiencia Provincial de Madrid declaró probados once asesinatos. Sus crímenes eran sanguinarios y el perfil de aquel hombre, que terminó en prisión, era muy diferente al del criminal que yo tenía que atrapar. La victimología es fundamental para crear el perfil de un asesino, pero sus actuaciones, su manera de matar, su forma de comunicarse conmigo…, todo eso me daba más información de la que podía imaginar cuando salí de la carrera.

Decidí en aquel momento no decirle nada a mis compañeros. Prefería esperar a saber si encontraban más pruebas al respecto. Pedí algo de comida china para que me la llevasen a la central y me preparé el interrogatorio de los jardineros.

Un rato después me informaron de que les habían citado por la tarde. Le pedí a Tony que interrogara al repartidor que me trajo la mudanza a casa y que indagase sobre la empresa. Gutiérrez se dirigió a mi edificio para seguir investigando y preguntando a los vecinos de la zona.

Era la primera vez en toda mi carrera que trabajaba en grupo. Por una parte, me sentía en un territorio hostil. Estaba acostumbrada a trabajar sola; sin embargo, la conexión y profesionalidad que todos mostrábamos era impecable. Sentía que éramos un equipo. Antes de continuar con la investigación, le mandé un mensaje a mi madre: «Hoy volveré tarde a casa, pero te llamo cuando llegue. Te quiero». Seguí revisando la documentación y preparándome el interrogatorio y, de pronto, me di cuenta de que Henry llevaba toda la mañana solo en casa. «Joder», exclamé en alto para mí sola.

No estaba acostumbrada a tener perro, aunque siempre había querido uno. Adoraba a los animales por encima de todas las cosas, pero mi trabajo y ritmo de vida no eran compatibles con ellos. Sin embargo, ahora era diferente. Estaba tan volcada en el caso que se me había olvidado por completo. Todavía no había llegado la comida china, pero pedí un taxi y me fui a por él.

El taxista no paraba de hablar. No es que me molestase ni mucho menos, pero mi cabeza estaba en el caso. Estaba nerviosa, inquieta, necesitaba recoger a Henry lo antes posible para poder regresar pronto. Recibí una llamada de Tony al móvil.

—¿Dónde estás?

—En un taxi. He salido un momento a por Henry, no quiero que se pase todo el día solo.

—Habérselo dicho a los agentes que están allí, te lo hubieran traído. Paula, no puedes salir de la central sin avisar, puede ser peligroso. Estás bajo protección —me recriminó.

—Es igual, así cojo algunas cosas de casa. No te preocupes, allí hay agentes.

—Vale, te espero aquí, la comida china ya ha llegado. —Colgó.

Me bajé corriendo del taxi, todavía había un coche patrulla y varios agentes. No sabía si sentirme protegida o vigilada. De todos modos no tenía tiempo de ponerle muchas pegas a nada.

—¡Henry! —Me alegré de verlo moviendo el rabo—. Lo siento, mi niño, ya nos vamos juntos. Cojo unas cosas y salimos. —El agente de la puerta entró para atar a Henry mientras yo cogía los bártulos—. Gracias —le dije al salir.

—Mucho gusto, señorita Capdevila.

—Oye —lo llamé—, ¿el comisario principal Gutiérrez sigue aquí? —le pregunté.

—Mmm... —titubeó—, el comisario no ha estado aquí, señorita Capdevila.

Me pareció raro porque estaba segura de que había dicho que iba a inspeccionar el edificio y hablar con los vecinos. «Tal vez vendrá por la tarde», pensé.

—Ey, chico. —Henry se abalanzó sobre Tony al verlo.

—Ya hemos llegado.

—Vamos a comer algo rápido, los jardineros vienen pronto —dijo Tony olvidando su mosqueo por haberme ido sin avisar de la central. Tenía razón.

La puerta de la sala donde estábamos se abrió de golpe y entraron Sandoval y Gutiérrez. Querían ver los interrogatorios por si podían aportar algo más.

—¿Hay comida para todos? —dijo Sandoval con ese tono risueño que siempre tenía. Los dos asentimos.

—Yo me voy a mi despacho, chicos, tengo que seguir haciendo cosas, cuando sea el interrogatorio vuelvo —se excusó Gutiérrez.

—Vamos, jefe, tiene que comer algo. —Le invitó Sandoval alzando una gamba de los tallarines.

—Ya he comido algo mientras investigaba el edificio de Capdevila y a los vecinos —dijo como si estuviese ausente.

Mis ojos se abrieron como platos en aquel momento. Se fue y seguimos comiendo los tres. ¿Nos estaba mintiendo?

No entendía por qué había dicho eso cuando no era cierto. «Qué raro», pensé para mis adentros.

—¿Te pasa algo? —Tony me miraba.

—No, no. Estaba pensando en el interrogatorio. —Seguí comiendo.

—Estoy llena, a punto de explotar, amigos. Necesito caminar para bajar esta tripa. ¿Cuándo llegan los sospechosos? —Sandoval se estiró hacia atrás.

—En una hora —contestó Tony con la boca llena.

—Pues con tu permiso, Paulita, me llevo a esta preciosidad para que me acompañe a pasear un rato. Lo necesito. —Mientras me hablaba, le hacía carantoñas a Henry.

—Claro. —Mi perro estaba encantado de salir a la calle.

Había interrogado muchas veces y conocía varias técnicas. No obstante, al no encontrarme ante un testigo hostil, no podía optar por una forma de interrogatorio dura. Me decidí por el método PEACE: «Preparación y planificación, interacción y explicación, relato, cierre y evaluación». Realmente necesitaba saber si habían visto algo determinante. No creía que ellos fueran sospechosos ni cómplices ni nada por el estilo. Aunque nunca se sabe y siempre hay que dejar un pequeño atisbo de duda en ciertas ocasiones; más aún cuando hablamos de una investigación de asesinato. Me tomé un café en la terraza para respirar aire fresco y entré. Ya estaban allí.

Los interrogué por separado, primero al que encontró el cuerpo y luego al que habló conmigo en la estatua del Ángel Caído. Les pregunté lo mismo y no cambié ni el tono de voz ni la sintaxis ni la velocidad al hablar. Las respuestas fueron casi iguales. Obviamente la única diferencia entre ambas entrevistas fue una de las preguntas:

—¿Cuándo y cómo encontraste el cuerpo de la víctima? —le pregunté al jardinero.

—Pues a la hora y media de entrar a trabajar más o menos, no sé. Estaba tendido en el suelo y la verdad es que al principio pensé que solo estaba durmiendo, ya sabe... los mendigos se duermen en cualquier lugar. —Me molestó ese comentario.

—Así que desde que lo vio en el suelo hasta que se decidió por ver si estaba bien, pasaron unos minutos ¿no?

—Sí..., algo así, sí.

No tenían ninguna información relevante. Estaban muy nerviosos, pero es algo perfectamente natural cuando te interrogan para una investigación de asesinato. Dos hombres normales, con una profesión normal, una vida normal y una familia normal. Lo único que les preocupaba era que pudieran perder su trabajo por esto. Maldita crisis económica, angustiaba a cualquiera.

Tony tampoco sacó ningún dato relevante de su entrevista. Sandoval no vio nada significativo tras el cristal y me dio la sensación de que Gutiérrez no había prestado mucha atención cuando, después de los interrogatorios, nos reunimos para hablar de ello.

Fue un día difícil. Cuántas emociones encontradas. Ojalá hubiese podido contarle a mi padre todo lo que estaba ocurriendo, porque no me cabía la menor duda de que me hubiese ayudado a ver algo que se me escapaba. No tenía los ojos tan bien abiertos ni la mente tan fría.

Nos fuimos todos a casa después de un arduo día de trabajo. Necesitábamos descansar.

Mi apartamento seguía custodiado, y eso me provocaba sentimientos contradictorios, no me proporcionaba mucha calma saber que estaban ahí por una buena razón, aunque también me sentía más protegida. Llamé a mi madre.

—Hija, ¿cómo estás? Cuéntame… —Ella se daba cuenta de todo sin decir nada.

Le expliqué qué había pasado. No era ortodoxo ni protocolario, pero ella era mi mejor confidente. Se lo relaté tal y como había sucedido. Se preocupó, pero no quería transmitírmelo.

—Madre mía, hija. Pero ¿estás con custodia policial? —suspiró.

—Sí, mamá, no te preocupes. Hay agentes fuera de casa.

—Pero… ¿por qué a ti?

—Esa es una muy buena pregunta, mamá…

4

βarcelona es mi lugar favorito en el mundo, no solo he nacido y crecido allí, sino que a lo largo de los años he podido apreciar con más fuerza su variedad y diversidad. Da igual en qué época del año vayas, nunca falta gente que quiere verla. Es cosmopolita, una joya turística, pues tan pronto te encuentras con un baño en el Mediterráneo como con una oferta cultural asombrosa. Echaba de menos mi ciudad, a mi madre y a mis amigos.

Soy una persona introvertida y discreta y socializar no es mi punto fuerte. Pero cuando conservas el mismo grupo de amigos toda la vida, salir con ellos a tomar algo, comer o cenar es mucho más sencillo. Reconozco que en muchas ocasiones les costaba Dios y ayuda sacarme de casa o del despacho, pero finalmente lo conseguían.

Cuando llegué a la capital eché un poco en falta eso. No teníamos por costumbre hablar todos los días por teléfono, incluso a veces pasaban meses hasta que nos volvíamos a ver, pero lo bonito de las amistades es darte cuenta de que, pase el tiempo que pase, al volver a quedar todo sigue igual. En el mismo orden.

Me gustaba estar en casa conmigo misma y mi soledad. Esta última la he disfrutado siempre. De hecho, la compañía que más me gusta es la mía. Es cierto que puede resultar un trabajo tedioso reconciliarnos con nuestra soledad, pero cada día tengo más claro que es fundamental para poder tener un equilibrio emocional y, sobre todo, para saber gestionar nuestras emociones.

Los sábados en Madrid eran fascinantes. Había pasado más de un mes desde que encontramos el cadáver de Sebastián Ramírez y todavía no habíamos hallado nada relevante en la investigación, pese a no cesar ni un solo segundo de trabajar en ello. Me asomaba al balcón de vez en cuando con Henry a observar a la gente pasar mientras me tomaba una taza de café ardiendo y me daba cuenta de cuánta vida tenía la ciudad. Si por algo nos caracterizamos los españoles, es por nuestra cultura de bares y ocio, y estoy totalmente de acuerdo con ella. Es un estilo de vida. Tal vez en Noruega no lo comprendan de la misma manera, pero aquí sí. Y no es que yo fuese mucho de bares y de juerga, pero me gustaba ver a la gente disfrutar de ello.

Necesitaba desconectar un poco de tanto caos en la investigación. Por el momento estábamos algo parados, sin ninguna prueba nueva y sin ningún hilo del que tirar.

Mientras tanto, también nos ocupamos de algún que otro caso, aunque de menor interés, al menos para mí.

La Policía Nacional seguía custodiando mi casa, pero de una forma más relajada. Y eso me tranquilizaba. Era buena señal.

Encendí el televisor dispuesta a ver alguna película de esas que echan por las tardes los sábados. Suelen ser nefastas, pero me entretenían. La compañía de Henry me hacía apreciarlo aún más. Detectaba en él la nobleza absoluta de los perros. Era maravilloso lo bien que conectábamos los dos. Se suele decir que tener un perro en tu vida te hace verla de una manera totalmente diferente, y sí, es así.

La pantalla de mi móvil se iluminó, lo tenía en silencio. Era Sandoval.

—¿Qué ocurre, Sandoval? ¿Todo en orden? —Me extrañó la llamada a esas horas y descolgué rápido.

—Sí, Paulita, sí, todo en orden. Vístete que nos vamos a tomar algo. En veinte minutos estoy en tu portal. —Colgó.

No me dio ninguna opción a declinar la oferta y sospecho que colgó tan rápido por ese motivo. Miré a Henry como avisándole de que se quedaría solito un rato. Teníamos una conexión especial y sé que me entendía perfectamente, pues se tumbó en la otra esquina del sofá y empezó a cerrar los ojos. Curioso, ¿verdad?

Abrí mi armario dispuesta a elegir una ropa más adecuada para la ocasión, pero no tenía una gran variedad de vestuario. Pantalones vaqueros o de pinza, camisetas básicas, americanas, jerséis de varios tipos, pero ninguno excesivamente especial… Cogí unos vaqueros ajustados, un jersey de punto con un poco de escote y unos zapatos que iban a juego con el color de la parte de arriba. Saqué de una bolsita roja el collar que me gustaba llevar para momentos así, un corazón anatómico de oro. Tal vez hubiera sido mejor una perla o algún collar más fino, pero no era mi estilo. Sonó el telefonillo.

—Ya bajo.

Esta vez cogí el ascensor, que hasta el momento no lo había usado. Dudé sobre cómo funcionaba el mecanismo de las puertas. No estaba acostumbrada a un modelo tan viejo. Cuando por fin conseguí cerrar correctamente, pulsé el botón más antiguo que había visto en la vida y se puso en funcionamiento.

Una de las cosas que menos me gustan de los ascensores son los olores. Suelen ser o muy buenos o muy malos. Y no es que yo los frecuente mucho, pero cada vez que me subo a uno pasa lo mismo. O bien tienes ese gratificante olor a recién limpio o a la colonia de algún vecino que le gusta perfumarse, o bien te encuentras con un olor desagradable como lejía sucia o, peor todavía, sudor. No puedo con los malos olores. Es una especie de problema patológico, pero me supera. Ese día el ascensor olía a azahar.

—Paulita, qué bueno verte. —Me dio un abrazo. Lo recibí con los brazos estáticos hacia abajo. No era muy fan de ese tipo de efusividades.

—¿Dónde vamos? —le pregunté.

—A una tasca andaluza que te va a encantar. Está aquí al lado. De hecho vives en una zona magnífica para frecuentar bares. —Comenzó a andar.

Sandoval me caía bien y estábamos conectando mucho. Su personalidad tenía una mezcla bastante curiosa. Era una mujer superinteligente, estilosa, graciosa, risueña y templada. Alta y guapa. Cuando la escuchabas hablar, no se te pasaba por la cabeza que fuera una de las mejores forenses del país. A sus casi cincuenta años se conservaba mejor que yo, la verdad, y pasear con ella significaba que se giraran a mirarla cada dos por tres. Llegamos al lugar. Me gustó la decoración y el ambiente, muy marinera y con música flamenca de fondo. Nos sentamos en un barril para dos al lado de la cristalera que dejaba ver la calle y su gente. Para ser sábado no había mucho barullo, pero no quedaba ni un sitio.

—Una cerveza, por favor —pidió Sandoval al camarero que vino a tomarnos la comanda.

—Un vino blanco, por favor. Semidulce a ser posible.

—¿Eso es lo que tomáis en Barna? ¿Vino blanco? —Se rio y sonreí—. Bueno, qué. Cuéntame qué tal te estás adaptando a tu nueva vida, a tu apartamento... y a tu perro. —No abandonó su tono alegre.

—Bien, la verdad es que mejor de lo que pensaba. Supongo que con este caso...

—Chisss. No hemos venido a hablar de trabajo —me interrumpió.

—¿Dónde vives? —decidí seguirle la corriente.

—Cerca de aquí. Bueno, cerca, entiéndeme. Veinte minutos, media hora. Tu apartamento está superbién situado. Y con Tony, ¿qué? —Se apoyó sobre el barril con los codos y puso las manos bajo su barbilla, esperando una respuesta.

—Pues con Tony…, nada. —Me reí extrañada por una pregunta tan directa que ni me había planteado—. Apenas le conozco. Me siento a gusto trabajando con él, pero nada más. —Negué con la cabeza sin parar de reír.

—Venga, Paulita, que veo cómo os miráis… Te aviso, Tony es un cabrón. Está todo el día de picaflor y le encantan las mujeres, cosa que comprendo perfectamente, pero a ti te mira diferente. Hazme caso, que lo conozco. —Bebió un trago largo de cerveza en cuanto terminó la frase.

—¿Te gustan las mujeres? —pregunté curiosa y queriendo cambiar de tema.

—Así es. De hecho, hace unas semanas lo dejé con mi pareja.

—Vaya, lo siento mucho. —Mi rostro quiso ir en sintonía con mis palabras.

—Cosas que pasan. Se acabó el amor, supongo… o al menos el de ella.

—¿Llevabais mucho juntas?

—Cinco años.

Los vinos y las cervezas se fueron sucediendo en medio de risas y confesiones absurdas entre chicas. Desde nuestros primeros amores hasta los romances más alocados. Nuestras familias, amigos… Aquella tarde nos contamos en cuestión de horas toda nuestra vida. Sandoval era bastante mayor que yo, pero tenía una mentalidad tan libre y limpia que en ningún momento pensé que podría ser mi madre. Sentí que estaba comenzando una bonita amistad entre nosotras. Y aunque estuviese empeñada en ver tres pies al gato con Tony, me sentí muy a gusto con ella. Tanto que terminamos pidiendo unos chopitos riquísimos y alguna tapa más. Agradecí que tomase la determinación de llamarme y quedar. Aquella tarde noche pude ver en Sandoval una mujer no solo determinada y fuerte, sino extraordinaria, cargada de humanidad. Una persona con una vida muy interesante y con una personalidad arrolladora.

—Voy al baño. —Me levanté del taburete algo mareada. No estaba acostumbrada a beber.

Me quedé mirando una barca incrustada en una de las paredes, o al menos la proa. Me encantaba entrar a lugares, fueran de la índole que fueran, con decoración tan extravagante y llamativa. Los baños simulaban camarotes. Me miré en el espejo antes de entrar y observé que mis ojos me delataban. Maldito alcohol. ¿Por qué se refleja tanto en las caras de las personas? No dejaba de ser una manera de que te pudieran juzgar. Me reí yo sola de mis reflexiones.

Al salir, vi al camarero hablando con Sandoval. Aceleré el paso porque no quería que me invitase e intenté adelantarme para pagar yo. Pero cuando llegué al barril, vi sobre él una cosa que no me esperaba.

El tiempo se paró unos segundos. No daba crédito. «¿Será el alcohol?», pensé para mis adentros; pero no, no era el alcohol. Era real, muy real.

Sandoval me miraba en absoluto silencio, tragando saliva y sin saber qué decir. Las risas y las confesiones se habían terminado. El hombre había llevado a la mesa un sobre marrón, de tamaño mediano con mi nombre en el dorso. No podía ser cierto. Mientras ella llamaba al comisario principal Gutiérrez, me fui como una flecha hacia el camarero. Le pregunté que quién le había dado ese sobre, cómo era, dónde se encontraba, si estaba sentado o había entrado solo a eso, cuánto tiempo había pasado... Fue el peor interrogatorio de toda mi vida.

—Necesito que se concentre y que haga memoria visual. Por favor. —Estaba desesperada, deseaba que me dijese algo útil, pero no se acordaba.

La memoria es la capacidad de almacenar recuerdos, pasados o recientes, que tiene tres pasos: codificación, almacenamiento y recuperación. Si uno de esos pasos fracasa, todo se viene abajo. Y a veces es incluso peor, pues tendemos a rellenar espacios vacíos de nuestra memoria con datos que no siempre son ciertos.

Además, nuestra memoria a corto plazo puede retener la información una media de treinta segundos. Así que llegué tarde. El camarero solo alcanzó a decirme que se trataba de un hombre, pero que apenas le vio la cara por una bufanda gruesa que tenía sobre la boca y la cabeza cubierta por un gorro. Nada más. Puede parecer increíble que no se acordase de la persona que le había dejado el sobre, pues no suele ser habitual ese tipo de comportamientos en un bar, pero el cerebro es así. Como cuando quieres memorizar un número específico y te lo repites varias veces hasta que otra persona te habla y lo olvidas por completo. Fragilidad de la memoria del testigo, lo llaman. No obstante, no podía esperar que un camarero que llevaba horas trabajando sin parar recordase la descripción física completa de aquel hombre.

—¿Este local tiene cámaras de seguridad? —pregunté.

—Sí, hay una que apunta al salón principal y otra a la caja registradora.

—Vale, necesito verlas.

—Tengo que avisar a mi jefe… —Estaba nervioso.

—¡Avísele! ¡Corra! —elevé la voz.

Mientras, Sandoval había salido corriendo del bar para dar una vuelta entera a la manzana. Volvió sin ver nada. Tony y Gutiérrez ya estaban de camino. Me apoyé de espaldas contra la barra y me froté la cara y los ojos con las manos, que aún estaban húmedas después de habérmelas lavado en el baño. Miré a mi alrededor y todo el mundo me observaba como si estuviese loca. Con lo fácil que hubiese sido sacar una placa y no tener que dar más explicaciones. Entretanto, Sandoval le pidió a otro camarero que sacara de la cocina una bolsa, de esas con cierre fácil. Metió el sobre dentro y lo guardó como si fuera su vida. No lo abrimos porque intuíamos lo que contenía. Había estado allí, ¡maldita sea!, otra vez a escasos metros de mí. «¿Por qué yo? ¿Por qué a mí?». Una voz interrumpió mi conversación interior.

—Soy el dueño del negocio. No puedo enseñarle las cámaras de seguridad sin una orden judicial —me espetó en toda la cara.

—¿Perdone? —Me quedé en shock con esa respuesta.

Ese hombre debía haber visto muchas películas estadounidenses para soltarme lo de la orden judicial, como si supiese qué significaba. Idiota.

—¿Quiere que le arreste por obstrucción en una investigación abierta por asesinato? —Tony llegó justo a tiempo enseñando su placa.

—Aaah, no, no. Por aquí están las cámaras. —Nos enseñó el camino.

Gutiérrez entró unos minutos después a la oficina del dueño. Sandoval ya se había ido corriendo a analizar el segundo sobre.

—Es que ninguna cámara apunta en la dirección de la zona de la barra donde ese tipo le ha dado el sobre a mi camarero. —El dueño estaba nervioso.

—Retroceda —ordenó Tony.

—Ahí, pare. —Señaló con el dedo.

La barra estaba decorada con motivos marineros, llena de botellas y copas y se encontraba en una pared cubierta con un inmenso espejo. En una zona de la imagen se veía el reflejo del camarero extendiendo el brazo y cogiendo un sobre.

—¿Puede aumentarla? —le pedí al dueño.

—¿Usted se piensa que este cacharro da para tanto? —me respondió sarcástico.

—Cállese —le espetó Gutiérrez—. Quedan requisadas todas las cintas de vídeo que tenga desde hace una semana.

Salió de la oficina y le hizo una seña a uno de los agentes para que procediera a ello. Nos fuimos del bar bajo la atenta mirada de todos los comensales y empleados.

—¿Qué ha pasado exactamente, Paula? —me preguntó Tony extrañado mientras me ponía su abrigo por encima de los hombros. Parecía recién levantado de la cama.

—No lo sé, Tony. Estaba cenando con Sandoval, me he levantado al baño y, cuando he vuelto, había un puto sobre encima de la mesa. —Me entraron ganas de llorar.

—Vale, tranquila. Tranquila. —Me abrazó.

—Siento molestaros a estas horas, os ha llamado Sandoval... —Y no me dejó terminar.

—Paula, no. Tranquila. Está todo bien, ¿vale? Vamos
a coger a ese hijo de puta. Tenemos que ir al instituto con
Sandoval. Debemos ver qué hay en el sobre. —Asentí con la
cabeza y nos fuimos a su coche.

Estaba mareada, disgustada y cabreada. Tony me ofreció una botella de agua para que se me pasasen lo antes posible los efectos del alcohol de aquella tarde. Apoyé mi cabeza en la ventanilla mientras se me iban cayendo las lágrimas
una a una, sentí un mareo profundo.

«¿Qué narices está pasando?». Durante el trayecto no
paraba de repetirme esa frase una y otra vez. Iba con la mirada perdida viendo las luces una a una, como destellos dispuestos a cegarme. De pronto vi un Madrid muy diferente,
más oscuro y sombrío, que me estaba guardando un secreto
que necesitaba saber a toda costa. Madrid no me contaba toda
la verdad y, por un momento, me enfadé profundamente
con la ciudad.

—Hemos llegado. —Noté la mano de Tony sacándome
de ese trance.

El Instituto Anatómico Forense, donde estaba Sandoval investigando y analizando sus cosas, me volvió a provocar mal rollo. Parecía un edificio recién salido de una película de terror psicológico a lo *Expediente Warren*. Estaba muy
oscuro y la única farola que alumbraba la entrada parpadea-
ba a punto de fundirse. Tony me rodeó el cuello con su brazo, hacía muchísimo frío y creo que yo tenía aún más de lo
normal. Todo parecía una pesadilla. La oscuridad, el edificio,

el sobre, aquellos chopitos. Tenía ganas de vomitar y no era el alcohol, sino los nervios. Si no hubiese estado Tony conmigo, no creo que hubiera podido recorrer sola ese largo pasillo hasta llegar a Sandoval. De hecho, no entiendo cómo ella podía hacerlo, de noche y la mayoría de las veces con cadáveres esperándola. Me asombraba cada vez más.

—Joder, qué susto, chicos. —Sandoval se giró con los cascos puestos. Más bien brincó.

—Lo siento, te he mandado un mensaje —dijo Tony.

Se quitó los auriculares y los dejó encima de la mesa donde guardaba toda la documentación. Encendió el resto de las luces de la sala para que pudiéramos ver mejor y nos llevó hasta el sobre. Me incomodaba tanto ver mi nombre allí escrito…

—Bueno, estoy esperando unos resultados, pero, en principio, no hay huellas ni parciales ni totales.

—Joder, ¿qué es? ¿Un puto fantasma? —Tony estaba enfadado.

—No sé si es un fantasma, pero desde luego es muy listo. Toma, Paula, este es el mensaje que te ha enviado esta vez. No lo he leído más que una vez, pero tampoco lo entiendo. Mira a ver si tú… —Le quité el folio de las manos.

La música es el vino que inspira a los nuevos procesos generativos, y yo soy el dios Baco que presiona hacia fuera este vino glorioso para la humanidad y os hago espiritualmente borrachos.

Beethoven

Lo leí una y otra vez mientras me sentaba en el ordenador de Sandoval a buscar la cita con la esperanza de que Google volviera a darme la respuesta. Las nuevas palabras estaban escritas otra vez en el mismo tipo de papel.

—¿Y la jeringuilla? —preguntó Tony.

—Estoy esperando los resultados de ADN, pero sin una muestra previa como en el caso de Sebastián con la que compararla..., puede tardar bastante, Tony, ya sabes. A no ser que ya estén en la base de datos. —Los escuchaba hablar de fondo.

Google no me daba ninguna respuesta válida para entender el mensaje. Y cada vez me ponía más y más nerviosa. Sobre todo escuchando susurrar a Tony y Sandoval con ánimo de no preocuparme más de lo estrictamente necesario.

—Chicos, necesito que me ayudéis con el mensaje. Porque es la siguiente escena del crimen. —Me levanté con la hoja en la mano.

—Joder, claro, voy a activar a las patrullas en busca de un nuevo cadáver. —Tony llamó por teléfono.

—Dispara —dijo Sandoval atenta.

—«La música es el vino que inspira a los nuevos procesos generativos, y yo soy el dios Baco que presiona hacia fuera este vino glorioso para la humanidad y os hago espiritualmente borrachos. Beethoven» —repetí despacio cada una de las palabras.

—A ver, vamos a pensar con claridad, Paula. El mensaje anterior hacía alusión a la estatua del Ángel Caído del Retiro. —Sandoval se dirigió hacia su ordenador mientras seguía reflexionando—. Por lo que tenemos que buscar una

estatua que sea de… ¿Beethoven? —Tecleó en el ordenador—.
¡Hay una! Una cabeza dedicada a Beethoven, un busto, en
el parque de Berlín. —Se levantó a coger su abrigo.

—¡Vamos! —dije.

Salimos corriendo del instituto para coger el coche de Tony
e ir lo más rápido posible. Sandoval se puso en contacto con
Gutiérrez de inmediato y Tony, por la radio que tenía, dio
aviso a las patrullas adjuntas a nuestra Unidad de Intervenciones Especiales para que se dirigiesen de manera urgente
al parque de Berlín. Nosotros estábamos bastante lejos.

Con el coche ya en marcha, Tony cogió de debajo del
asiento una sirena y la puso sobre la parte superior. «Qué
situación más emocionante», pensaba para mis adentros. La
verdad es que mis sentimientos eran bastante contradictorios.
Íbamos recorriendo Madrid a ciento veinte kilómetros por
hora, sorteando los vehículos, que se apartaban al escuchar
y ver la sirena del coche de Tony. Abrí la ventanilla y noté el
aire a una velocidad tan vertiginosa que sentí como si estuviese cayendo a más de tres mil metros de altura desde un
avión, dispuesta a activar un paracaídas.

«Te tenemos, cabrón, ya sabemos dónde está la siguiente víctima», pensaba. Mis deseos por estar cada vez más cerca del asesino hacían que olvidara que íbamos al encuentro
de otra víctima. ¿Quién sería esta vez? Pensaba en su familia
y en sus seres queridos. Creo que lo peor que te puede ocurrir en esta vida no es perder a alguien amado, sino que te lo
arrebaten de esa manera. Y además no poder encontrar una

explicación. Como no pudimos dársela a la exmujer de Sebastián Ramírez cuando nos hizo esa pregunta tan sencilla y complicada a la vez: «¿Por qué?».

Las luces de la policía, las de las ambulancias y el corrillo de gente que se había aglutinado alrededor de aquella estatua nos orientaron, aunque no supiésemos dónde se encontraba exactamente. El coche frenó de improviso y salimos corriendo hacia la escena del crimen. Mi maletín se quedó dentro. En condiciones normales nunca hubiera hecho eso, y no por las copas de vino que me había tomado unas horas atrás, sino por la adrenalina que mi cuerpo desprendía de una forma tan agresiva.

Gutiérrez ya estaba allí. Lo vi a lo lejos. Era lo suficientemente alto y característico como para reconocerlo a unos metros de distancia. Llegamos.

—Capdevila… —No le dejé terminar.

—¿Dónde está? —pregunté exhausta de correr.

—Estamos peinando la zona. De momento no hemos encontrado nada —me respondió.

—¿Cómo? Tiene que estar aquí. —Cogí la linterna que Tony siempre llevaba en el cinturón, junto a su pistola, y salí en busca de aquel cadáver que, estaba convencida, descubriríamos.

Tan solo se veían luces de linternas fundidas con las pocas farolas que alumbraban esa parte del parque. El cordón policial cada vez se llenaba de más y más curiosos dispuestos a tener una historia que contar al llegar a casa. Incluso vimos algún que otro flash que no pudimos impedir. Tal vez en otros casos podían hacerlo, pero desde luego en este no. Si esas fotos comenzaban a moverse, podía ser perjudicial para la prueba piloto y poner en peligro la investigación.

Peinamos la zona palmo a palmo y no encontramos absolutamente nada. Ni un cadáver ni una prueba, nada. Me senté en uno de los bancos del parque, con la linterna apuntándome a los pies, completamente desolada. Respiraba hondo y estaba a punto de hiperventilar por tantísimas emociones en tan poco tiempo. Sandoval se sentó a mi lado.

—Lo siento, estaba segura de que ese era el lugar que indicaba el mensaje —me dijo.

—No te preocupes, yo he pensado lo mismo.

—No entiendo nada... —Me llevé la mano al cuello.

—¿Y si no hemos leído correctamente el mensaje? —Su tono se fue acelerando mientras sacaba una copia que se había metido en el bolsillo del pantalón—. «La música es el vino que inspira a los nuevos procesos generativos, y yo soy el dios Baco que presiona hacia fuera este vino glorioso para la humanidad y os hago espiritualmente borrachos». —Lo leyó de nuevo en alto.

—Tal vez la clave no sea Beethoven. En el mensaje anterior tampoco era John Milton, sino lo que inspiró a Bellver a hacer la estatua del Ángel Caído —pensé en alto.

—¿Qué le inspira a Beethoven a decir esta frase? —preguntó Sandoval extrañada.

—El dios Baco —contesté yo.

—¿El dios del vino? —me miró perpleja.

—Joder, Sandoval, nos hemos confundido de parque.

—De pronto me vino la inspiración y eché a correr.

Cuando encontré a Tony y Gutiérrez al lado de la cabeza de Beethoven, sin apenas dar explicaciones, les dije que me siguiesen porque ya sabía dónde estaba la víctima número dos.

«Los ojos bien abiertos, la mente muy fría y los pies sobre la tierra». Otra vez las palabras de mi padre retumbaron en mis oídos, como si estuviese a mi lado diciéndomelas en ese momento exacto. Subimos los tres al coche de Tony, dispuesto a ser el guía del resto de las patrullas.

—Paula, ¿dónde vamos? —preguntó Tony con el pie derecho a punto de presionar el acelerador.

—Al parque del Capricho.

—A todas las unidades. Paseo de la Alameda de Osuna, 25. Nos dirigimos al parque del Capricho. Repito. Parque del Capricho. —Cerró la transmisión por radio.

De los pocos parques que conocía bien en Madrid. Cuando mis padres y yo veníamos a la ciudad, nos gustaba ir allí a pasear y merendar una vez nuestro vuelo aterrizaba en Barajas.

Mi padre siempre me decía que era el parque más bello de la capital y el más desconocido a pesar de todo. Recordaba que había un búnker de la Guerra Civil. A mi padre le encantaba contarme las historias de todos los lugares que visitábamos. Era un hombre extraordinariamente culto y procuraba trasladarme toda esa sabiduría, algo que heredó de mi abuelo. Le echaba tanto de menos...

Al llegar, el parque estaba cerrado, no era de extrañar porque solía tener un horario muy limitado. Pero eso no supuso un problema para nosotros en un momento tan delicado y angustioso como ese. Tony sacó del maletero unas tenazas cortacadenas y reventó la cerradura de la puerta principal.

Corrí en dirección al templete de Baco que custodiaba la mejor zona del parque. La luz que proyectaba la linterna iba trazando un camino a medida que avanzaba más rápido y más segura. A lo lejos escuchaba las sirenas de las ambulancias, que estaban llegando al parque por si la persona que encontrásemos tuviese un resquicio de vida.

Mi mente iba a cámara lenta y mis pasos, a cámara rápida. Sentía como Tony, Sandoval y Gutiérrez corrían detrás de mí. Notaba su calor y apoyo. Si hubiera visto esa escena como si fuese Baco en aquel momento, habría pensado que éramos como los Vengadores de Marvel, dispuestos a capturar al antagonista de la historia. Pero aquello no era una película, pues íbamos al encuentro de un cadáver.

Allí estaba, tirada en el suelo. Todos frenamos en seco al verla tumbada en las escaleras del templete, con los ojos cerrados. Menos Sandoval, ella se agachó para buscarle el pulso aunque fuese débil. No lo encontró. Era oficialmente la segunda víctima.

5

L a nueva Unidad de Intervenciones Especiales, creada
por el Ministerio del Interior, alerta a los ciudadanos
de la capital de un asesinato». «La nueva Unidad de Intervenciones Especiales se equivoca de escena del crimen en un
nuevo caso de homicidio». «¿Es la nueva Unidad de Intervenciones Especiales el nuevo FBI español?».

Aquellos fueron, entre otros muchos, los titulares que
inundaron la prensa española. Y no solo la prensa, las televisiones, las radios e internet se hicieron eco de la investigación. No tardaron ni horas en publicar todo eso.

Como criminóloga no estaba de acuerdo en hacer públi-
cos ciertos casos por el entorpecimiento que provocaban muchas veces los periodistas. Entre lo que nos cuentan en los medios de comunicación y la realidad existe un abismo bastante
grande. Aunque por norma tenemos buenos profesionales en

este país. Periodistas que investigan, que contrastan, que trabajan correctamente, pero hay una pequeña parte que no lo hace tan bien. Especulan, no contrastan información, tergiversan, manipulan y, sobre todo, embrollan a la sociedad. Desde hacía varios años estábamos inmersos en una confusión constante entre lo real y lo ilusorio.

Todo el país era consciente desde el principio de que se había creado una nueva Unidad de Intervenciones Especiales, y esa información fue recogida por todo el mundo como algo novedoso y positivo para España. La gente incluso estaba muy contenta de que fuese así. Sentían más seguridad. Sin embargo, las noticias que sacaron cuando montamos aquel espectáculo en el parque de Berlín sembraron una gran duda entre la ciudadanía.

Ahora cobraban más sentido los flashes que vimos, toda esa gente que se aglomeró. Sin duda las redes sociales y la facilidad para transmitir una historia, verdadera o no, habían hecho mucho daño en los últimos años y era sencillo que algo se hiciese viral en muy poco tiempo.

En la mayoría de los artículos y noticiarios tan solo informaban de que la Unidad se estaba haciendo cargo de un asesinato. No obstante, alguna que otra comentaba nuestro error de haber buscado en el parque erróneo. Incluso nos acusaron de haber podido salvar una vida si hubiésemos dado con la escena del crimen correcta. Todo especulaciones, porque ninguno conocía la realidad. No sabían que una persona enviaba cartas a la Unidad o, mejor dicho, a mí. Ni que tenía la sospecha de que se pudiese tratar de un asesino en serie. Y lo prefería, porque de saberse cundiría el pánico.

Las personas no estamos preparadas para vivir ciertas situaciones. Todos somos conscientes de la cantidad de criminales que han existido a lo largo de la historia. La literatura, las series o las películas narran asesinatos, crímenes, secuestros, etcétera. Pero vivirlo de cerca es diferente.

Es como si en algún momento de nuestras vidas nos avisaran de que un meteorito va a caer sobre la Tierra y tenemos que mandar astronautas al espacio para que lo desintegren antes de que entre en contacto con las capas más externas del planeta. O como si de pronto todas las noticias nacionales alertaran a la sociedad de un caso de bioterrorismo que ha infectado el agua potable de todo el país. O de una tormenta solar que arrasará las comunicaciones y provocará un apagón mundial. O peor, como si de pronto estallara una pandemia que hiciera peligrar nuestras vidas y las de nuestros seres queridos. La sociedad muchas veces no está preparada para que la realidad supere a la ficción.

—Esther Lozano. Veintitrés años, natural de Colombia. Vino a España hace dos años y medio con una beca para estudiar en la Universidad Complutense. Estudiante de Derecho, brillante, por cierto. La sangre de la jeringuilla coincide con el ADN de la segunda víctima. La causa de la muerte es la misma que la de Sebastián, como era de esperar, y... —Tony interrumpió a Sandoval para hacerle una pregunta concreta.

—¿La violó?

—No, no hay agresión sexual —respondió. Era muy importante ir descartando motivaciones en el asesino. Y cuando aparece una mujer muerta, por desgracia, la violación tiene peso.

Seguí analizando el informe preliminar que nos habían enviado desde la central para tener más conocimiento de quién era ella. Una estudiante brillante con algún antecedente penal por resistencia a la autoridad. Al parecer, había participado en un botellón en la vía pública de Madrid, y después de que los vecinos avisaran a la Policía Municipal, varios agentes fueron a frenar el botellón y a imponer las sanciones administrativas oportunas. Esther se negó cuando quisieron identificarla. Según cuenta el informe, ella explicó que no había bebido nada, aunque tenía claros signos de ebriedad, se alteró y echó la culpa a sus compañeros de fiesta. Además de resistirse, agredió a un agente. Fue un hecho aislado, pero lo suficientemente importante como para que tuviese una sentencia firme y le crease antecedentes.

Nos trasladamos a la central para poder iniciar los trámites y empezar otra investigación con una nueva víctima. El ala oeste de la comisaría se había convertido en nuestra zona de confort para casi todo.

—No entiendo cuál es el motivo por el que ha asesinado a estas dos personas. No tienen nada que ver la una con la otra. No hay nada en común —expresó Tony en alto, aunque se lo estaba diciendo a sí mismo.

—Ciertamente no, Tony —afirmé—. Voy a llamar a los familiares de Esther. ¿Tenemos su teléfono?

—Sí, es este. —Me lo facilitó Sandoval.

No parecía venir de una familia conflictiva ni tener ningún tipo de adicción o problema subyacente, a diferencia de la primera víctima. Es más, su familia, que seguía viviendo en Colombia, gozaba de ciertas facilidades económicas gracias al empleo de su padre, un empresario de éxito en Bogotá.

Nunca me acostumbraré a dar este tipo de noticia a las familias, pero era nuestro deber y prefería hacerlo yo. No existía ningún dato relevante que pudiera hacernos pensar que Esther tuviese enemigos en Madrid. Su padre me contó que era una buena chica que se dedicaba cien por cien a los estudios. Supongo que su detención por resistencia a la autoridad era un detalle que su familia ignoraba. Pronto cogerían un vuelo para venir a España.

Tony y yo fuimos hasta la Universidad Complutense el lunes a primera hora para dar con algún compañero o amigo de Esther y poder seguir investigando este caso.

—Buenos días, soy Tony Herrero, inspector de policía, y ella es mi compañera Paula Capdevila, criminóloga. Venimos de la nueva Unidad de Intervenciones Especiales. Necesitamos el expediente de Esther Lozano Mejía.

Nos estábamos dirigiendo a la señorita que estaba en administración.

—Buenos días…, em…, sí, claro. Voy a avisar al decano de la universidad, si no les importa. —Estaba atónita.

—Por supuesto, de hecho queremos hablar también con él —intenté tranquilizarla.

Estuvimos un rato en la sala de espera que se encontraba al lado del despacho de administración. La Facultad de

Derecho de la Complutense era bastante grande y estaba bien situada. No paraban de entrar y salir estudiantes.

—Disculpen la espera. Vengan conmigo a mi despacho, por favor. —Nos atendió el decano.

Recorrimos buena parte de la facultad hasta que llegamos a su despacho bajo la atenta mirada de muchos de los chavales.

—Siéntense, por favor. ¿En qué puedo ayudarlos? —nos dijo mientras se acomodaba.

—Verá, señor decano, Esther Lozano, alumna de Derecho en esta universidad, ha sido asesinada. —Tony no se andaba con muchos rodeos.

—¿Esther? Madre mía…, ¿cómo? ¿Dónde? ¿Tiene que ver con el caso de los parques? Santo cielo… —Se llevó la mano a la boca.

—Hemos descubierto que vivía sola y no tenía compañeros de piso. Necesitamos saber si la universidad tiene alguna información al respecto.

—Claro, por supuesto. Mi compañera ya les ha facilitado su expediente, como podrán ver es una alumna ejemplar, bueno, era. —Frunció el ceño compungido—. La conocía bastante gente, tenía buena relación con sus compañeros, estaba en un grupo de debate… No sé qué más puedo decirles…

—Nos gustaría hablar con sus compañeros —le pedí.

—Naturalmente. —Cogió el teléfono.

—María, por favor, dime si se está impartiendo alguna clase en la que estuviese Esther y el aula. Ajá, vale. Gracias. —Colgó a la señorita de administración—. Les acompaño.

La clase que interrumpimos era de Derecho penal. El decano se acercó a la profesora y, susurrando, le explicó la situación por encima. Los ojos de aquella mujer reflejaron su tristeza e impresión ante la noticia. Entonces, pidió a un chico y dos chicas que salieran con nosotros y continuó de la mejor manera que pudo. Supongo que recibir una información así en plena clase no era plato de buen gusto.

Le pedimos al decano que nos dejase a solas con ellos y los llevamos a la cafetería. Cuanto más distendido fuese el momento, mejor. Tony les explicó qué había sucedido.

—¿Cómo? ¿Está muerta? —preguntó una de las chicas.

—¿Es lo que ha salido en el telediario, el caso de los parques? —apuntó la otra.

—Madre mía..., por eso no me cogía el teléfono —dijo el chico.

—¿Qué relación teníais con Esther? —les pregunté.

—Pues es nuestra amiga, joder, vino en segundo curso desde Colombia, ufff. —Se puso a llorar una de las chicas.

—¿Qué podéis contarme del entorno de Esther? Sabemos que vivía sola.

—Sí, vivía sola. Pues no sé, estudiaba muchísimo, le gustaba la fiesta. Lo normal... —relató la otra chica.

—¿Mantenías alguna relación sentimental con ella? —me dirigí al chico.

—No. A veces nos liábamos, pero nada serio, éramos amigos y ya —respondió tranquilo.

—¿Algún enemigo, alguien que tuviese algún problema con ella?

—Que nosotros sepamos no… —contestó el estudiante y, a continuación, miró a sus compañeras—, solíamos estar los cuatro juntos siempre. A ver, Esther tenía un carácter complicado, era una tía muy maja pero muy egoísta, y es cierto que no a todo el mundo le caía bien, pero de ahí a matarla…

Nosotros sabíamos que el asesino de Esther no estaba relacionado con la universidad ni su entorno, pero necesitábamos saber más cosas de ella y su día a día. Me parecía curioso que tanto la exmujer de Sebastián Ramírez como los amigos de Esther Lozano tuviesen algún «pero» sobre la personalidad de las víctimas. No era malo, pero sí cruel. No era mala, pero sí egoísta.

Por norma general, cuando sucede un hecho así, las personas de alrededor solo cuentan las cosas buenas y bonitas del fallecido. Es como si al morirse el sujeto en cuestión se convirtiera en alguien bueno, aunque fuese malo. O, mejor dicho, como si hablar mal de un difunto fuera un pecado capital. En fin, seguíamos sin nada relevante.

Les rogamos a los chicos discreción al respecto, aunque sabíamos que pedirles eso a unos chavales de veintipocos años era misión imposible. Pero lo hicimos igualmente.

Salimos de la cafetería dispuestos a subir al coche cuando sucedió lo que menos me hubiese podido esperar en aquel momento. Mi cara debió de ser todo un poema.

—Disculpen, disculpen. ¿Son ustedes los agentes de la nueva Unidad de Intervenciones Especiales? ¿Han descubierto al asesino de la chica del parque? ¿Es cierto que estudiaba en la Complutense?

Una manada de periodistas salió de debajo de las piedras y nos asaltaron a Tony y a mí descaradamente. Cada vez aparecían más y más de distintos medios. Más micrófonos, más cámaras y más personas. Hubiera jurado que surgían de pronto sin venir de ningún lugar. Espantoso.

—¿Es cierto que la víctima podría seguir viva si no se hubiesen confundido de parque? —Esa pregunta hizo que Tony frenase en seco.

—¿Perdone? ¿Nos está acusando de negligencia? —Se encaró un poco al periodista.

—Tony, vámonos, es mejor no decir nada. —Tiré de él para que nos fuésemos lo más pronto posible.

Una periodista se puso literalmente frente a mí, me cortó el paso y, con el móvil grabando a cinco centímetros de mi cara, me hizo una pregunta que me dolió y cabreó a partes iguales.

—Es usted Paula Capdevila, ¿verdad? —Lo dio por hecho—. ¿Cómo se siente al ser la primera criminóloga del país en trabajar cerca de las fuerzas y cuerpos de seguridad del Estado y equivocarse de parque? —¡Zas! Como un jarro de agua fría.

—Bueno, ya está bien.

Tony se estaba cabreando bastante y tiró de mí poniendo su brazo como separación entre los periodistas y yo. Conseguimos llegar al coche mientras seguían grabando y haciendo fotos. Pese a estar acostumbrado a los medios de comunicación, a él también le superaba la situación y era incapaz de mostrarse más templado y controlado ante ellos.

¿Cómo narices sabían que estábamos allí? Era posible que el decano hubiese llamado a los medios de comunicación. A saber si para él eso era más publicidad para su universidad. También podía haber sido María, la de administración, o los chavales. Quién sabe.

Bastante teníamos encima como para convertirnos en los rostros representativos de la mayor cagada de toda mi carrera. Confundirme de parque. Y me lo soltó así, sin ningún tipo de consideración.

En fin, en aquel momento, mientras miraba al frente como si las cámaras y los periodistas no existiesen, me subieron los calores hasta la cabeza del mal humor que tenía encima. Sonó un mensaje en mi móvil: «Hija, qué guapa sales por la tele. ¿Qué está pasando?». Mi madre, siempre prudente y cuidadosa. Casi no había terminado de leerlo cuando el comisario principal Gutiérrez me llamó:

—Paula, volved enseguida a la central. Estáis en todas las televisiones. —Colgó cabreado.

—Joder, Tony, nos acaban de sacar en todos lados.

—Esta gente es estúpida, no vuelvo a prestarme a ser el portavoz de nada.

Al parecer éramos la noticia del día y no precisamente por algo bueno y heroico. La pregunta que me había hecho esa mujer fue aprovechada como titular en muchos medios. Jamás había tenido un problema laboral. Nunca. Estaba muy enfadada.

—Acabo de llamar al Ministerio del Interior para que cese de inmediato el caos mediático que se ha formado en torno a este caso. No podemos poner en riesgo nuestra investigación. ¿Cómo se han enterado de ciertos detalles? —Gutiérrez estaba bastante disgustado.

—No lo sé, señor. Yo tampoco lo entiendo —respondí.

—Pues debemos tener un topo, señor. Está muy bien que tengamos apoyo policial, pero, si esto continúa así, habrá que tomar cartas en el asunto —dijo Tony. Nos era imposible controlar todo y puede que algún agente se fuese de la lengua.

—Estoy de acuerdo, Herrero. —Estaba cansado—. ¿Algo relevante sobre la chica? —nos preguntó.

—Nada, señor, lo que ya sabíamos. —Se frotaba los ojos.

Hacía tiempo que veía raro a Gutiérrez y ya tenía la mosca detrás de la oreja cuando nos mintió sobre dónde estaba el día que, supuestamente, había ido a mi apartamento a seguir coordinando e investigando.

—¿Está bien? —le pregunté.

—Sí, estoy bien. Solo es cansancio. Id de nuevo a El Capricho y ayudad a Sandoval. Ha vuelto allí para ver si saca algo en claro al respecto.

—Claro. —Nos levantamos y nos fuimos.

Varios compañeros de la central nos gastaron bromas por los pasillos hasta que bajamos al garaje. Para ellos era muy gracioso lo que estaba ocurriendo a nivel mediático, pero a mí no me hacía ninguna gracia, la verdad. Cuando me senté en el asiento del copiloto, cogí mi móvil para buscar lo que iban publicando.

«Qué bochorno», pensé cuando vi mi cara en los vídeos que habían colgado las diferentes plataformas. Yo no estaba ahí para eso.

—Déjalo, Paula…, es mejor que ni lo veas —me dijo Tony mirándome de reojo.

—Oye, Tony, ¿no ves a Gutiérrez raro? —le pregunté.

—¿Raro? ¿En qué sentido? Él es raro de por sí… y misterioso. —Sonrió.

—No sé, lo veo como muy cansado y… —Quería decirle que me había mentido, pero no sabía cómo.

—¿Y…? —me preguntó.

—El día que pedimos la comida china, recuerdas, ¿no? —Asintió con la cabeza—. Gutiérrez dijo que había estado en mi edificio con la investigación de mi apartamento y demás, pero yo fui a por Henry, pregunté a uno de los agentes y el comisario no había estado allí.

—Y ¿qué quieres decirme con eso? —me preguntó extrañado.

—Pues que nos mintió, Tony, que no estuvo ahí.

—Bah, no le des ninguna importancia a eso, Paula, Gutiérrez tiene su edad, a saber dónde estaría. No te preocupes por eso que todo está bien con él, ¿vale? Además, necesito que los dos estemos al cien por cien con este caso. No podemos dejar que este tipo nos vacile como lo está haciendo.

Tenía razón, tal vez me estaba preocupando por cosas que no tenían ninguna relevancia en vez de prestarle toda mi atención a los dos crímenes.

El Capricho estaba acordonado y lleno de periodistas. Un espectáculo lamentable. Hasta el punto de tener que cruzar un pasillo de reporteros para poder llegar a la escena del crimen donde se encontraba Sandoval.

—¿Habéis visto eso? —nos dijo señalando a los periodistas.

—A nosotros nos han asaltado en la universidad —le conté.

—Madre mía... Bueno, chicos, aquí no hay nada. Por más que busco y rebusco, no hay absolutamente nada.

—Es que no puedo entender cómo este sujeto no deja ni rastro —señaló Tony desesperado.

Me lo pensé mucho antes de soltarles mi teoría respecto a que estábamos ante un asesino en serie. No quería quedar como una sabelotodo ni como una conspiranoica ni como la típica criminóloga que ve asesinos en serie o trastornos mentales por todas partes. Pero estaba completamente convencida de que estas dos víctimas solo eran el principio de una larga trayectoria de este individuo.

—Chicos, tengo una teoría que no os he comentado antes, pero cada vez creo más en ella. —Los dos se quedaron mirándome esperando a que continuase—. Un asesino en serie —lo solté tal cual.

Se hizo un silencio atronador y respiré profundamente mientras los miraba en busca de una respuesta. Y los dos hablaron a la vez.

—Estoy de acuerdo —me apoyó Sandoval.

—¿Estás loca? —me contradijo Tony.

—Tony, piénsalo, son dos víctimas asesinadas igual, con escenas del crimen similares.

—Yo lo veo de cajón. —Le trató de convencer Sandoval.

—Vamos a ver, chicas. Pensad con la cabeza. Sobre todo tú, Paulita, que eres criminóloga. Solo son dos víctimas, no tres. No pueden ser más diferentes entre sí. Estamos en Madrid, no en Míchigan, y no, no es posible.

—Tony, hazme caso. Es un asesino en serie. Todo, absolutamente todo, cuadra. El *modus operandi*, la firma, los mensajes. TO-DO. Dos víctimas asesinadas con aire inyectado en vena, ¿te parece casualidad?

Seguimos debatiendo al respecto, pero un poco alejados de la zona donde encontramos a Esther Lozano para que el resto de los compañeros de la científica no nos escucharan. A esas alturas de la película no confiábamos mucho en nadie, y lo que les estaba explicando era un tema lo suficientemente serio y peligroso como para que se mantuviese bajo secreto absoluto.

—Paula, que no. Asesino en serie: individuo que asesina a TRES o más personas en un lapso de treinta días o más, con un periodo de «enfriamiento» entre cada asesinato y cuya motivación es la gratificación psicológica que le proporciona cometer dicho crimen. Lee, por favor. —Cogí su móvil.

—Tony, esto es Wikipedia. Y no necesito que me recuerdes la definición de asesino en serie que, como comprenderás, me la sé de memoria. —Me molestó ese gesto por su parte—. Os estoy diciendo que tenemos que tener los ojos bien abiertos, la mente muy fría y los pies sobre la tierra. —La frase me salió sola. Cómo sentía a papá—. Existe una gran posibilidad de que el autor del crimen de Sebastián y Esther sea un asesino en serie y que esto solo sea el principio de algo más, ¿de acuerdo? Y sí, os lo digo como criminóloga experta en análisis de conducta.

—Estoy de acuerdo con ella, Tony. —Volvió a apoyarme Sandoval.

—Pues si tan claro lo tienes, ¿por qué no tengo encima de la mesa un perfil del supuesto criminal?

—¿Perdona? Trabajo contigo, no para ti. Ese informe sería en tal caso para Gutiérrez. Y lo haré cuando considere oportuno, no cuando tú me lo digas. ¿Estamos?

—Eh, eh, vale, chicos. —Sandoval quiso mediar.

El sonido de una rama partiéndose, como si alguien la estuviese pisando, nos alertó a los tres que, de inmediato, nos giramos hacia la arboleda que había detrás del templete de Baco.

—¿Quién anda ahí? —Tony se dio la vuelta por completo. Volvimos a escuchar otro ruido—. ¡Conteste! ¿Quién está ahí? —Comencé a inquietarme cuando Tony se llevó la mano a su pistola.

Volvimos a escuchar otro ruido. Sandoval me cogió del brazo para que retrocediese con ella. Estaba claro que entre esos matorrales había alguien que no quería salir. Tony seguía hablando y cada vez el sonido de las ramas quebrándose era más y más fuerte. Él continuaba insistiendo para que la persona que estaba ahí se identificase. Sandoval y yo estábamos cada vez más nerviosas. ¿Por qué narices no salía nadie? Tony comenzó a desenfundar su arma, despacio, sin hacer ruido. Y apuntó hacia los matorrales de donde salía el sonido.

—¡Última vez que lo digo! ¡Salga con las manos en alto o disparo! —Estaba nervioso.

—Vale, vale, vale. Por favor, no dispares. —Por fin escuchamos la voz de alguien.

—¡Sal! —gritó Tony mientras seguía apuntando.

El sonido de las ramas se intensificó hasta que un chico joven salió con las manos en alto y una mochila. Bajó su mano derecha para ajustarse las gafas que se le caían.

—¿Quién coño eres? —preguntó Tony volviendo a guardar su pistola.

—Soy periodista.

Me llevé las manos a la cabeza.

—¿Hasta dónde has escuchado? —le pregunté enfadada.

—No, no he oído nada… —Estaba temblando.

—Joder, lo ha oído todo. —No retiré mis manos de la cabeza.

—Ven aquí. Quedas detenido. —Tony cogió sus esposas y le dio la vuelta.

—¿Qué? ¿Por qué? Si no he hecho nada. —El chico estaba cada vez más asustado.

—Por espiar a agentes de la autoridad. Maldita sea. Sucio buitre periodista. Largo de aquí. No quiero verte la cara. —Tony recapacitó.

En el fondo sabía que no podía detenerlo por eso, que sería peor si lo hacía y que, a esas alturas, era inútil que no se filtrase la conversación. Los tres nos miramos con preocupación. Sabíamos qué significaría que la prensa se hiciese eco de un posible asesino en serie.

—¿Ves lo que has provocado, Paula? Que en horas todo el país tiemble de miedo con tus hipótesis. —Tony estaba muy enfadado.

—Yo no tengo la culpa de que ese chico estuviese ahí, Tony, solo os he dicho mi teoría para que me ayudéis a capturarlo. —Yo también elevé el tono.

—No es un asesino en serie, Paula. —Me miró a los ojos y al terminar la frase se marchó.

No entendía por qué se enfadaba tanto con mi hipótesis y tampoco comprendía por qué me culpaba a mí de que ese chico estuviese ahí escondido. Sabía que no tenía que haber dicho nada hasta que mi planteamiento tuviese más consistencia, pero tampoco quería esperar a que encontrásemos otra víctima para tomar en serio mi idea. Pretendía conseguir llevar la investigación por otro lado y de otra manera.

Ya no podía crear un perfil victimológico como el que tenía en mente porque las víctimas eran muy diferentes. Me sentía angustiada, perdida y sobrepasada por todo lo que estaba sucediendo, y encima Tony se había enfadado conmigo sin saber muy bien por qué.

De hecho, no me esperó para volver con él a la central e informar a Gutiérrez de lo que acababa de ocurrir. No podía permitir que mi superior se enterase de mis sospechas, como profesional en la materia, por la prensa y no por mí. La verdad es que lo lógico hubiese sido redactar un informe con pruebas y analizar punto por punto la hipótesis tan terrible que tenía en la cabeza. Yo no actuaba así en el trabajo. La rectitud era mi premisa y la llevaba a cabo en cada caso. Pero sentía que todo se me estaba yendo de las manos.

Sandoval y yo no comentamos nada en el camino de vuelta. Quería llorar, gritar, pegarle puñetazos a un saco de boxeo, a la cara de Tony, a la de ese periodista metementodo o a la del asesino. Estaba tan enfadada con Madrid por ocultarme ese terrible secreto. Cómo podía no desvelarme la identidad de ese sujeto.

Me encontraba ante el caso más difícil de toda mi trayectoria. Mi reputación se estaba poniendo en tela de juicio. Había cometido un error de primero de carrera al soltar mi hipótesis como si estuviera leyendo la lista de la compra, sin un informe previo. Tony pensaba que me estaba volviendo loca o que me estaba excediendo.

—Paula…. —Sandoval quiso intentar que hablásemos mientras daba el intermitente para girar en la calle de la central.

—No digas nada, lo que tenga que ser será.

—Paula, eres una gran profesional. Esto le vendría grande a cualquiera y tienes todo mi apoyo, ¿vale?

—Gracias.

Al subir en el ascensor noté de nuevo esa incertidumbre que sentí el primer día que llegué a la central. Nada más abrirse las puertas mis compañeros cuchicheaban y me miraban como si lo que estaba ocurriendo fuera mi culpa. Supongo que ya se habría filtrado la noticia a la prensa. No necesitaban más que cinco minutos para escribir un titular y lanzarlo para que corriese como la pólvora. No importaba cómo afectase a la persona en cuestión.

—¿Podemos pasar, señor? —Sandoval se asomó al despacho del comisario principal Gutiérrez. Tony ya estaba dentro.

—Pasad. —Estaba enfadado. Tony se levantó de la silla para dejarme sitio.

—Se lo he tenido que contar —me dijo sin mirarme a la cara y con el mentón hacia arriba.

—Verá, señor, yo… —No me dejó terminar.

—Capdevila, no entiendo qué ha podido pasarte para cometer un error tan grave. Me parece fantástico que confíes en tus compañeros, pero todas tus hipótesis y teorías, y más de ese calibre, tienen que estar por escrito en mi mesa antes que en cualquier lado. No me puedo creer tu imprudencia de hablar de esto en la escena de un crimen repleto de periodistas.

—No sabía que escuchaban, señor —le repliqué.

—Capdevila, cuando yo hablo, te callas —me contestó tajante y serio—. Es inadmisible lo que ha ocurrido. El ministro del Interior, el comandante de la jefatura, el coronel de las Fuerzas Armadas y el maldito presidente del Gobierno quieren una reunión conmigo mañana a primera hora. Toda la prensa del país tiene en las portadas de sus informativos, programas, periódicos físicos y digitales tu cara y la de Tony encima del titular: «Un criminal en serie anda suelto por Madrid. El asesino del aire en vena». Y todo esto dicho por Paula Capdevila, criminóloga de la Unidad de Intervenciones Especiales.

—Dios mío… —dijo Sandoval susurrando mientras cogía aire.

—Como comprenderás, necesito… No necesito, te ordeno un informe que pueda entregar a todas esas personas que he nombrado para que entiendan tus declaraciones y no me exijan que te despida de inmediato. O peor, que nos cierren este proyecto piloto. —Se levantó y con un gesto nos pidió amablemente que nos fuésemos.

Salimos los tres del despacho. Todos nos miraban. Me fui a la sala de juntas para intentar estar sola y redactar ese informe. Le pedí a Sandoval un poco de espacio, Tony ni siquiera me miró. Me senté, saqué mi móvil del maletín y tenía cincuenta llamadas, ciento ochenta wasaps e innumerables correos electrónicos. «Es el fin de mi carrera —pensé— y de mi reputación».

La puerta se abrió. Era Tony.

—Déjame tranquila y vete. —No quise ni mirarlo.

—Siento haber sido brusco contigo.

—¿Brusco? Brusco no es la palabra. Has puesto en duda no solo mi profesionalidad, sino mi cordura. Y has jugado muy sucio hablando con Gutiérrez antes que yo. Me siento vendida y traicionada. Así que ahora, por favor, déjame que redacte ese informe. —Cogí el portátil que siempre había en la sala de juntas y lo encendí.

—Lo he hecho por ti. Era mejor que se lo dijese yo. Y no he puesto nada en tela de juicio. Esté más o menos de acuerdo contigo, no han sido las formas. Somos profesionales, no amigos.

Se fue y esa última frase me dejó bastante mal cuerpo.

Entendía perfectamente el enfado y la preocupación de Gutiérrez, había luchado mucho para que la nueva Unidad se crease y había confiado en todos nosotros para ello. Una parte de mí también entendía a Tony; no sé qué hubiese hecho en su situación, aunque tal vez lo habría gestionado de una manera menos conflictiva.

Sin embargo, para mí tenía toda la lógica del mundo. «¿Cómo no podía verlo Tony?», pensé. Para empezar, no es común que alguien asesine inyectando aire en vena a una persona, y mucho menos a dos. La relación era más que obvia.

Las escenas del crimen, los mensajes… todo. «¿Por qué tenía tanto miedo a que fuese verdad?». Una de las cosas que más me asombraban de Tony era su templanza en determinados momentos y su desenfreno en otros. Nadie nos explica en la carrera ni en la academia cómo debes actuar en según qué situaciones, eso se aprende con la vida. Pero tenía la sensación de que este caso no solo me venía grande a mí. En toda su carrera como inspector de policía no se había tenido que enfrentar jamás a un asesino en serie.

Por mucho que fuésemos profesionales en la materia, el miedo es algo que no puedes controlar cuando se trata de salvar la vida de las personas. Eso tampoco te lo enseñan.

6

Me desperté cuarenta y cinco minutos más tarde de lo normal. La alarma había sonado, pero no tenía fuerzas para irme a correr tan temprano. No quería salir de casa y que algún periodista me estuviese esperando en la esquina de mi calle. No podía parar de darle vueltas al hecho de haber redactado mal ese informe, de no otorgar veracidad a mis sospechas o, peor aún, de quedar como una inútil de manual. Se lo había dejado a Gutiérrez nada más terminarlo encima de la mesa de su despacho y me había ido a casa.

Me levanté, bebí un vaso de agua de un trago, me puse una gorra y unas gafas de sol y cogí a Henry para irnos a dar una vuelta. Qué sensación tan terrible la de salir aquel día y darme cuenta de que la policía había ido a desayunar. Me sentí tan desprotegida que me entró una agorafobia fuera de lo normal, pero Henry no podía esperar para dar su paseo y hacer sus necesidades. Desde que todo comenzó no me sentía cómoda de tener protección y vigilancia en la puerta de mi casa, me parecía surrealista la situación. Sin embargo, a medida que pasaba el tiempo yo misma me sentía más frágil. Una parte de mí tenía la seguridad de que el asesino del aire en vena me habría matado de haberlo querido, pero otra parte también sabía que este tipo de criminales pueden elegir asesinarte por un motivo que desconoces. Además, que la prensa anduviera a la caza de cualquier sucia imagen de mí me creaba ansiedad.

Al salir del portal, miré varias veces a ambos lados en busca de alguien que pudiera estar siguiéndome: un periodista, un reportero… o un asesino.

—Vamos, chico, corre —le dije a Henry que sabía todo lo que me ocurría sin hablar. Era mi mejor amigo en ese momento.

Cruzamos la calle, giramos la esquina y llegamos hasta el parque más cercano. Madrid ya tenía las calles puestas, la gente estaba en marcha y empezaba un nuevo día. Qué agobio tan grande cada vez que alguien se cruzaba en mi camino. Era imposible que me reconociesen tal y como me había vestido, pero no estaba segura de nada.

Sandoval me llamó dos veces, pero no quise cogerle el teléfono. A juzgar por las horas, Gutiérrez estaría entrando en la reunión más importante de su carrera y de la mía. No quería saber nada hasta que terminase y el mismo Gutiérrez me informara.

También tenía varias llamadas de mi madre, pero me sentía incapaz de hablar con ella y contarle la cagada tan monumental que había cometido. Bajo ningún concepto quería que se sintiese decepcionada o dolida conmigo. Sabía que ella jamás me juzgaría, pero en el fondo cualquier padre que vea fracasar a su hijo debe sentir un dolor intenso y decepción.

Seguí caminando con Henry. Se paraba con cualquier cosa: otro perro, una mariposa, una ardilla... Le gustaba todo lo que veía y siempre se acercaba a saludar. Era bueno, muy bueno. Me gustaba observarlo y ver su inocencia.

No era un gran parque, sino más bien una zona verde que separaba las calles. Pero era lo suficientemente grande como para poder pasear con él, tranquilos. Qué raro se me hacía a veces pensar el motivo por el que Henry estaba a mi lado. Podía ser una anécdota bonita de contar o algo siniestra. La verdad es que nos entendíamos muy bien pese al poco tiempo que llevábamos juntos.

Dicen que la conexión que los perros tienen con sus dueños va más allá de lo normal, que el vínculo que se crea entre ambos es tan fuerte que pocas personas pueden llegar a entenderlo. Y tienen razón. Nos convertimos en uña y carne. No hacía falta tener una conversación larga y profunda para ello... Bueno, la verdad es que yo sí tenía esas conversaciones con él mientras me escuchaba con atención. Decidí soltarlo un rato para que no sintiese que esa cuerda le quitaba libertad y cogí un palo del suelo para tirárselo y que echase a correr; le encantaba ese juego.

Me quedé mirando una fuente pequeña que decoraba aquella zona tan tranquila. La poca agua que echaba no era muy clara, pero me daba mucha paz escuchar cómo caía. Mi madre siempre me decía que el sonido de la naturaleza tiene un efecto sanador en el cuerpo humano, en especial el del agua. Muchas personas necesitan escuchar el mar, el rumor de una cascada o la lluvia, como si fuese música para el espíritu.

De pronto oí sus ladridos incesantes, que me sacaron de ese trance de calma y sosiego. No lo veía, así que corrí en la dirección del sonido para ver qué estaba pasando. No era normal que Henry ladrase de esa forma. Solo le había escuchado una vez así, el día que lo conocí después de que su anterior dueño fuese asesinado. Cada vez ladraba más y más fuerte. Más y más rápido. Algo estaba ocurriendo.

—¡Henry! —le grité mientras silbaba, pero no paraba de ladrar.

La gente que pasaba por ahí me miraba inevitablemente. No era muy difícil adivinar que estaba buscando a mi perro, y en otro momento me hubieran dado igual esas miradas, pero en aquel instante me agobié pensando que alguien podía reconocerme.

—Henry, ¿qué ocurre? —Por fin di con él.

Seguía ladrando sin parar.

—Ey, Henry, ¿qué pasa? —Intentaba cogerle la cara para que me mirase, pero seguía ladrando sin parar y no me hacía caso.

Enganché la correa a su collar y al levantarme y girarme de nuevo, lo vi. Aquel banco de madera, curtido de tiempo, desgastado, con varias pintadas en algún listón. Supuse que había sido testigo de los mejores besos adolescentes y de la soledad de algún anciano.

Para mí fue el banco de la discordia, de la inquietud y del desconcierto. Una muestra de la maldad más aterradora del mundo. Y de nuevo aquella vorágine de sensaciones que me había asolado ya dos veces. Otro sobre de color marrón con mi nombre escrito en el dorso. ¿Sería cierto lo que estaba viendo? ¿O por el contrario Tony tenía razón y estaba tan obsesionada con este caso que empezaba a perder la cordura?

Mi móvil sonó de nuevo y, sin apartar la vista de aquel sobre, lo saqué del bolsillo de mi pantalón de chándal y miré quién era: mi madre. No podía responder en ese momento. «Lo siento, mamá», pensé. Cuando por fin cesó la llamada, recibí un mensaje. «Hija, llámame, es muy importante. Tengo algo que decirte». «Lo siento, mamá, pero no es el momento», volví a pensar.

Miré hacia todos los lados, me giré, me di la vuelta, anduve por varios sitios, pero las únicas personas que había allí eran parejas de ancianos paseando, runners o dueños de más perros. ¿Cómo podía ser posible? Había vuelto a estar a escasos metros de mí y no le había visto.

—¡Maldita sea! —grité en alto intentando controlar la ira que inundaba cada palmo de mi cuerpo.

Henry seguía ladrando a aquel sobre, como si supiese de qué se trataba. Como si reconociese la situación que ambos estábamos viviendo. Y entonces caí, justo en ese momento caí. Henry había visto al asesino de Sebastián. Era el único ser vivo que lo conocía, que lo había olido. Cómo podía haber sido tan estúpida.

Habría sido inútil echar a correr para que Henry le rastrease. Otro sobre significaba otra víctima y el tiempo se echaba encima. Gutiérrez estaba en la reunión tratando de explicar mi teoría a un grupo de líderes que podía colgar nuestras cabezas y arruinar nuestras carreras. Sin embargo, yo tenía la prueba más fehaciente de todas delante de mis narices. Ya no eran dos cuerpos, ahora eran tres. Y la definición de Wikipedia, de Ressler y de toda la criminología junta me estaban dando la razón. Pero me quedé estupefacta al entender que el asesino ya no dejaba tiempo entre víctima y víctima. Habíamos encontrado el cuerpo de Esther unas horas atrás y ahora ¿otro? ¿Dónde estaba su periodo de enfriamiento? ¿Estaría el asesino degenerando? ¿Cuál era su pulsión?

Empecé a correr con Henry e iba tan rápido que la gorra se voló y no quise ni volver a por ella. Saqué mi teléfono y marqué un número.

—Tía, te he llamado varias veces —me contestó una preocupada Sandoval.

—Sandoval, escúchame, es muy importante. Necesito que pares la reunión de Gutiérrez.

—¿Te has vuelto loca, Paula? Está el maldito presidente del Gobierno ahí dentro, no sabes lo que hay desplegado aquí.

—Por favor, confía en mí. Voy para allá. —Colgué.

Sabía que ir hasta mi apartamento y luego dirigirme a la central me quitaría tiempo, así que fui a la calle principal, alcé la mano y paré un taxi.

—No admito animales dentro del taxi, señorita —me dijo mientras entrábamos los dos.

—Soy policía, arranque ya. —Qué bien me hizo sentir decir esa frase y que además fuese efectiva. «Menos mal que no me ha pedido que me identifique», pensé.

Sandoval volvió a llamarme.

—¿Has parado la reunión? —Apenas podía hablar, estaba asfixiada.

—No. Acaban de hacer un descanso y han salido varios. Estoy escuchando lo que dicen, Gutiérrez sigue dentro. —Se calló un segundo—. Joder, la cosa va mal, están hablando de cerrar la Unidad y suspendernos a todos —siguió susurrando.

—Sandoval, confía en mí, voy para allá y voy a solucionarlo. —Colgué—. Pise fuerte el acelerador —le dije al taxista mientras me asomaba entre los asientos delanteros.

Nunca había visto correr los segundos tan despacio. Parecía que ni el tiempo ni el taxi avanzaban, y eso que la velocidad que había cogido era digna de multa. Sorteaba a los otros coches como podía. En más de una ocasión casi nos chocamos con otros vehículos, pero el taxista aceleró como si no hubiese un mañana. No sé si por decirle que era policía o porque estaba viendo la cara de agobio que tenía.

Llegamos a la puerta de la central y salí de aquel automóvil como si mi vida dependiese de ello, y en cierto modo era así. Escuché al taxista gritar que le pagase, pero solo tenía tiempo para correr hasta la sala de juntas de la Unidad donde estaban reunidos los mandamases del país, dispuestos a disolvernos, inhabilitarnos y hundirnos la carrera y la vida. Subí las escaleras lo más rápido que pude, saltando de dos en dos los escalones. Henry me seguía con la lengua fuera. Abrí la puerta que conectaba con la cuarta planta, alertando a toda la central, y aunque todos me miraban y me hablaban, seguí mi camino.

—Paula, ¿qué cojones estás haciendo? —Me frenó Tony en la puerta de la sala de juntas.

—Déjame pasar, Tony, es muy importante. —Estaba casi hiperventilando.

—Estás perdiendo el juicio, Paula, lárgate de aquí.

Entonces le enseñé el sobre. Ese maldito sobre marrón que solo podía significar una cosa.

—Déjala pasar, coño —escuché a Sandoval por detrás.

Me giré, le sonreí y me hizo un gesto para que entrase. No llamé a la puerta.

—Capdevila, ¿qué significa esto? —Gutiérrez se levantó sobresaltado y asombrado.

—Señor. —Hice un gesto con la cabeza, le enseñé el sobre y cerré la puerta.

Se sentó contrariado.

—Caballeros, disculpen la intromisión, pero es de vital importancia que me escuchen. —Dejé a Henry sentado al lado de la puerta y me fui hacia la pizarra que estaba pegada en la pared—. Soy Paula Capdevila, criminóloga de la Unidad de Intervenciones Especiales. Soy consciente del craso error que he cometido y les aseguro que no es mi forma de trabajar. Pueden inhabilitarme, despedirme, suspenderme o mandarme a otro país, pero necesito que me escuchen. —Respiré un poco y seguí con mi exposición—: Tenemos una alerta nacional de extrema urgencia. Y no son solo teorías o hipótesis. Ya no son dos víctimas las que han sido halladas con el mismo *modus operandi* y la misma firma. Son tres.

—¿Puede explicarse mejor? —dijo el ministro del Interior.

Entonces saqué el sobre y se lo mostré.

—El asesino acaba de dejarme cerca de mi casa otro sobre. Eso significa que hay otro cadáver y se cumple el patrón de asesino en serie. —Cogí el rotulador y me puse a escribir en la pizarra.

»La primera víctima, Sebastián Ramírez, fue hallada en El Retiro sin signos de violencia. La autopsia determinó que la causa de la muerte fue una embolia gaseosa producida por una inyección de aire en vena. La segunda víctima, Esther Lozano, fue encontrada en El Capricho en las mismas condiciones que la primera víctima. No había signos de agresión sexual. En ambos casos el asesino me dejó dos sobres con mensajes y el arma del crimen, una jeringuilla. En el primero me dio el sobre después de haber localizado a la víctima y en el segundo, antes. Hoy acabo de recibir otro y puede que la víctima esté viva o muerta, pero es nuestro deber encontrarla y seguir investigando este caso. Pueden suspenderme a mí por la imprudencia que he cometido, pero dejen continuar a la Unidad para que atrapen a ese sujeto, porque nadie podrá hacerlo mejor que ellos —concluí.

La sala enmudeció durante unos segundos hasta que el presidente del Gobierno se levantó de su asiento, se abrochó la chaqueta que previamente se había desabrochado para sentarse y tan solo dijo:

—Señorita Capdevila, espero que tenga razón y encuentren pronto a ese hombre. Manténgame informado, comisario principal Gutiérrez —le dijo a mi superior mientras lo miraba.

Se levantaron uno a uno de la mesa, sin mediar muchas palabras más, y se fueron de la sala de juntas. El último, el ministro del Interior, se acercó a mí, me estrechó la mano y me dijo:

—Admiro su valentía al entrar en esta sala. Espero que la tenga para atrapar a ese criminal. Yo la creo. —Se dirigió a la puerta—. Ah, una cosa más. —Se dio la vuelta—. Deje en buen lugar a esta nueva Unidad, yo también me juego mi carrera con ella. Cuídese, señorita Capdevila, parece que ese asesino tiene una obsesión con usted. —Sonrió.

Me quedé de pie, estática, mientras salían de la sala. Cuando por fin solo quedábamos Gutiérrez y yo, me senté desplomada en una de las sillas, apoyé los codos en la mesa, me sujeté la cabeza y resoplé.

—Paula. —Lo miré—. Eres una inconsciente, una irresponsable y una maleducada. —Él siempre tan amable cuando quería—. No sé cómo has tenido la osadía.

—Señor… —No me dejó terminar.

—Pero eres la mejor criminóloga que podría haber elegido para esta Unidad.

Me eché a llorar como una niña pequeña. Me había quitado un peso tan grande de encima que sentía que había adelgazado varios kilos. Henry enseguida vino a consolarme y me dio lametazos en la cara. La puerta volvió a abrirse y miré sin respirar pensando que alguno se había arrepentido o quería echarme la bronca por lo sucedido. Pero me calmé, eran Tony y Sandoval.

—¿Se puede saber qué coño ha pasado? —dijo Sandoval mientras se sentaba a mi lado y me agarraba la mano.

Volví a llorar.

—Sandoval, ese lenguaje… —le increpó Gutiérrez.

—¿Señor? —Tony seguía de pie esperando una explicación.

—Pues acaba de pasar que la señorita Capdevila ha salvado a la Unidad de ser disuelta con efecto inmediato. Mis argumentos no los persuadían mucho y estaban a punto de firmar la disolución cuando ha entrado Paula y les ha convencido. —Se reía por no llorar.

—¿Paula? —Tony se dirigió a mí con los brazos cruzados.

Puse el sobre encima de la mesa y les dije:

—Ya son tres víctimas. Vamos a trabajar. —No empleé un tono soberbio, pero sé que él se sintió mal.

Ya sabíamos que no nos encontraríamos con ningún tipo de prueba, tan solo el ADN de la siguiente víctima y una pista de la escena del crimen. Pero ese no era motivo para que Sandoval no analizara con la precisión más profesional del mundo cada palmo del sobre y su contenido.

Me sentí tanto aliviada como angustiada. Querer llevar la razón en algo así no era una cuestión de vanidad. Me calmó mucho haber podido frenar la inminente disolución de la Unidad, haber llegado a la conclusión yo sola y antes que nadie de que este caso se trataba de un asesino en serie y, sobre todo, haber entendido algo más del asesino del aire en vena, tal y como le apodaban en los medios.

Pero la angustia no se iba de mi cuerpo, mi mente y mis entrañas. Sentía que estaba abriendo una puerta para adentrarme en una habitación oscura, húmeda y sin ventanas. Y sabía que se cerraría detrás de mí. ¿Había un interruptor secreto que pudiese darme algo de luz? Necesitaba averiguarlo. Pensaba sola en la sala de juntas mientras mis compañeros se fueron a seguir trabajando.

Había aprendido algo del asesino del aire en vena: quería que yo le entendiese. ¿Por qué si no me mandaría todos esos mensajes? No creía que quisiera ser descubierto para protagonizar un arresto, un juicio, una condena y la cárcel como último destino, pero sabía que deseaba decirme algo a través de esos terribles crímenes. Si realmente mataba por placer, no se habría puesto en contacto con nadie. Mi intuición me decía que la motivación de sus crímenes iba más allá.

A partir de ahí empecé a elaborar un perfil mucho más acotado, una autopsia psicológica. En cierto modo, no pude evitar pensar en uno de los asesinos en serie más conocidos de la historia de Estados Unidos. Aquel que envió cartas y acertijos a los periódicos locales con pistas sobre su identidad. Un criptograma con ocho filas y diecisiete símbolos distintos por descifrar para averiguar su verdadera identidad. El asesino del Zodiaco.

Un caso que, después de más de cincuenta años de investigaciones, todavía no se ha resuelto. Ni huellas ni ADN ni nada. Con un *modus operandi* mucho más perturbador que el de nuestro asesino y, en especial, más violento.

Nuestro sujeto no ocasionaba dolor a sus víctimas. Es más, juraría que ni siquiera las aterrorizaba, a diferencia de Zodiac. Es como si este asesino tuviese…, cómo decirlo, ¿piedad?

Me resultaba curioso ese detalle. ¿Por qué otorgaba a sus víctimas una muerte dulce? ¿Por qué no agredía los cuerpos? ¿Por qué mantenía, salvando las distancias, la integridad de la víctima? ¿Por qué me regalaba la ubicación del cadáver? Apuntaba cada pregunta en mi libreta. Apenas le quedaban ya hojas, había sido mi compañera durante bastante tiempo, así que antes de continuar, decidí que este caso se merecía una libreta nueva.

Teníamos otra pista, otro mensaje, otro sobre, otro indicio y otra víctima. No creía que estuviese viva. Mi discurso fue ambiguo cuando hablé en aquella sala de juntas, pero no era cierto. Su *modus operandi* era claro y firme, al igual que su forma de comunicarse. Lo cierto es que se estaba convirtiendo en un caso de seguridad nacional. Me daba la pista para encontrar un cadáver, no una persona viva. Y cada vez tenía más claro que lo hacía como un signo de caridad. Como si me estuviese regalando a mí, y solo a mí, el poder de localizar a una persona que había sido asesinada sin dolor y con compasión.

Tal vez, en ese momento de más alivio y angustia, es cuando tuve la idea que lo cambiaría prácticamente todo en esta historia. El asesino del aire en vena se comunicaba conmigo, pero ¿qué pasaría si yo intentaba conectar con él?

7

¿De dónde vengo?... El más horrible y áspero
de los senderos busca:
las huellas de unos pies ensangrentados
sobre la roca dura [...]

Gustavo Adolfo Bécquer

Ese era el mensaje que contenía el tercer sobre de aquel banco que nunca olvidaré. Bécquer siempre me gustó. Mi padre no solo tenía una delicada sensibilidad para la música clásica, también para la poesía. Seguramente, de no haber sido policía, hubiese sido artista. Y es que él contemplaba la belleza oculta de las cosas en todo lo que le rodeaba. Era esa clase de persona que podía apreciar un atardecer en absoluto silencio con tal de poder vivir en primera persona el crepúsculo y luego tratar de expresarlo con palabras en su libreta.

En eso también salí a él. La libreta. Era como una máxima para nosotros. Nos urgía anotar todas las cosas que nos salían del alma. No importaba si era sobre trabajo, amor, familia, amigos o el día a día..., daba igual. Mi padre me enseñó a inmortalizar los pensamientos a través de la escritura.

Siempre decía que una fotografía podía eternizar un momento, un rostro, un paisaje o un instante. Y que gracias a esa fotografía podías teletransportarte de nuevo a ese lugar para recordar. Sin embargo, tenía la absoluta creencia de que si inmortalizabas tus reflexiones en papel, perpetuabas un pensamiento o un sentimiento, y eso no podía dártelo nada más que la escritura.

Cuántas veces me habrá ocurrido que al leer diarios de mi adolescencia o infancia ni siquiera me puedo reconocer en mis palabras. Como si hubiese evolucionado tanto que ya no fuese la misma persona. En realidad, es así. Nunca soy la misma persona cuando escribo que cuando leo ese contenido tiempo después. Eso es lo bonito del ser humano, ¿no? Darte cuenta de lo mucho que has evolucionado, avanzado y crecido.

No puedo contar las decenas de libretas que tengo almacenadas en mi casa de Barcelona ni las muchísimas que también guardamos de mi padre. Confesaré que, cuando murió, cogí su última libreta, la más pequeña de todas. Él decía que había empezado a usar de este tipo para que le cupiese en el bolsillo del pantalón, pues le era muy incómodo cargar siempre con ella, y tenía razón. Así que cogí esa última y la llevo siempre conmigo, en mi maletín.

Hay personas que llevan piedras preciosas, un haba, una moneda, un trébol… como amuleto. Y apostaría a que más del ochenta por ciento de la población lo hace. Yo tenía la libreta de mi padre. Pequeñita, con una goma de color azul oscuro en la parte de abajo que la cerraba. Me gustaba meter la mano en el maletín y tocarla. Nunca la había abierto y tampoco quería. En cierto modo sentía que iba a invadir su intimidad, aunque ya no estuviese.

Nos dirigíamos al parque de la Quinta de la Fuente del Berro. Ahí se encontraba la estatua de Gustavo Adolfo Bécquer. Resulta que él y su hermano vivieron muy cerca de allí durante un corto periodo de tiempo. MADRID A BÉCQUER, se leía en la placa que había a los pies de esta magnífica escultura.

Cuando cruzabas la puerta de aquel parque, era difícil entender que estabas en pleno Madrid. Por un lado, junto a una de las arterias de la capital y, por el otro, en un barrio de bien. Me quedé prendada de aquel lugar en cuanto entré. Los pavos reales andaban sin ningún miedo entre los viandantes. También había un estanque con patos y una arboleda muy cuidada. Se podía escuchar el sonido de los pájaros al cantar y el agua que corría de los múltiples estanques… Cerré los ojos y respiré hondo el aire que me obsequiaba ese pequeño pulmón de Madrid.

—Es ahí —me dijo Tony mientras se lo señalaba a Sandoval y a los demás compañeros.

Desperté de mi trance. Sandoval se había adelantado para examinar el cadáver. Allí estaba, otra mujer. Tendida en el suelo sin vida. Sin signos de violencia, como si una muerte natural hubiera terminado con su paseo por el bonito parque. Pero no, la realidad era que se había convertido, sin saberlo ni quererlo, en la víctima número tres del asesino del aire en vena.

Miraba su cadáver y parecía que estaba dormida. Nuestro asesino quería que así fuese. Seguía pensando que tenía piedad con las víctimas. La científica buscaba alguna prueba por los alrededores. Se acordonó toda la zona y se cerró por orden del comisario principal Gutiérrez.

—Mujer, de entre cincuenta y cinco y sesenta años. Bastante bien conservada, apostaría a que tiene la cara retocada… —dijo pensativa mi compañera.

—Sandoval, al grano —le pidió Tony.

—Bueno, llevará aquí unas siete horas más o menos. Causa de la muerte, supongo cuál es. No hay signos de violencia ni de defensa. Como ya sabéis, debo seguir un protocolo. Así que hasta que no haga mis cositas, no puedo contaros más.

Se quitó los guantes y se los tiró a Tony a la cara. Después sonrió con una mueca y se fue. Seguía enfadada por lo que me había hecho. Tony ordenó a uno de los compañeros de la Nacional que le pidiera al ayuntamiento las cintas de seguridad de las cámaras del parque, así como las de la M-30 y las de las calles aledañas.

Sandoval dijo algo muy sabio antes de tirarle los guantes a Tony a la cara: había que seguir unos protocolos de actuación que nos exigían la burocracia y la ley. Pero ¿y si no lo hacíamos? Rondaba por mi cabeza la idea de comunicarme con el asesino del aire en vena. Era una locura y lo sabía, pero sentía que podía ser una opción.

—¡¿En serio?! ¡Largo de aquí! —Escuché a Tony gritar a lo lejos.

Ahí estaban de nuevo un montón de periodistas, con sus cámaras al hombro y sus micrófonos con los logos de todas las cadenas habidas y por haber... También la prensa extranjera. Eran como alimañas, ninguno sabíamos de dónde salían, pero estaban en todo.

En ese momento me sentía bastante más calmada y con una perspectiva mucho más filosófica. Supongo que entendí que todos hacíamos nuestro trabajo y que a ellos tampoco les quedaba más remedio que estar ahí. Molestando, eso sí, pero al fin y al cabo no creo que fuese agradable para ellos pegarse al móvil para que sus jefes les mandasen a cualquier hora y a cualquier lugar con tal de encontrar la mejor noticia. Aunque nunca lo supimos con total certeza, siempre sospechamos que alguno de los agentes que nos ayudaban se iba de la lengua y les avisaba.

Me acerqué para evitar que Tony quisiese arrestar a alguno o se encarase. Tenía mal pronto cuando quería. Desde la Universidad Complutense, Tony ya no sabía ser diplomático con la prensa, y era normal.

—Señoras y señores, sabemos que están aquí haciendo su trabajo. Sin embargo, déjennos hacer el... —No me permitieron terminar.

—¿Quién es la víctima número tres del asesino del aire en vena? ¿Por qué se han reunido con el presidente del Gobierno recientemente? —Y así innumerables preguntas casi sin respirar.

Me asombraba la manera tan agresiva que tenían de realizar algunas de ellas y, sobre todo, de dónde sacaban la información. Periodismo y sensacionalismo juntos, buscando titulares y noticias sin cesar.

Conseguí llevarme a Tony de esa caza de brujas. Alguno parecía conocer exactamente el tono concreto que debía escoger en cada pregunta para alterarnos y que soltásemos de todo por la boca. Para eso tampoco te preparan. No lo imparten ni lo estudias en ningún lugar. Es una cuestión de autocontrol y respeto por el caso. Era costoso, pero no quedaba otro remedio si queríamos coger a ese malnacido que estaba sembrando el caos en Madrid.

Observaba de nuevo el parque y podía sentir cada vez más la energía que la naturaleza me trasladaba. Una mezcla de desencanto y miedo, otra de tranquilidad e inquietud. Continuaba dando vueltas y vueltas en mi cabeza a la idea de ponerme en contacto con el asesino. Él ya sabía quiénes éramos todos y, lógicamente, ese era su as en la manga. Pero hice caso a mi intuición, que nunca me había fallado y siempre me había llevado al lugar en el que tenía que estar en cada momento.

Mientras Tony seguía ocupado hablando con los compañeros para coordinar el operativo de búsqueda de posibles pruebas y Gutiérrez no dejaba de hablar por el móvil como acostumbraba a hacer, me dirigí de nuevo hacia la prensa que, justo en aquel momento, parecía que se había tomado un descanso. Los periodistas estaban hablando los unos con los otros o fumándose algún cigarrillo. Mi atrevimiento no tenía límites, lo sabía. Pero mi intuición tampoco.

—Quiero hacer una declaración. —Me puse frente a ellos.

Sus ojos se abrieron como platos, sus sonrisas denotaron que estaban seguros del éxito informativo y los pilotos rojos de las cámaras al hombro comenzaron a encenderse.

—Recientemente, hemos sufrido tres pérdidas humanas a manos de un asesino que, por el momento, sigue en paradero desconocido. La investigación continúa su curso día a día y este caso está en las mejores manos, gracias a la Unidad de Intervenciones Especiales. A raíz de varias informaciones tergiversadas y artículos poco certeros, me veo obligada a pedir encarecidamente a la prensa de este país prudencia y respeto profesional. —Mientras soltaba aquel discurso comedido, no paraba de mirar de reojo a Tony y Gutiérrez que, a lo lejos, me observaban atónitos sin saber muy bien qué estaba haciendo—. Dicho esto, quiero declarar que el asesino del aire en vena se ha estado comunicando oficialmente con nosotros. —Las preguntas comenzaron a caer como una tormenta, pero alcé la mano para que se callasen—. Por lo tanto, y sabiendo que el autor de los hechos estará viendo estas declaraciones, le insto formalmente a que se ponga en contacto conmigo, Paula Capdevila, de una manera mucho más cercana y así conocer sus intenciones y poner fin a los asesinatos. Muchas gracias.

Tony, que había venido corriendo mientras decía mi discurso frente a los micrófonos, me cogió del brazo y tiró de mí en dirección contraria a los periodistas, que entraron en un bucle de preguntas e informaciones a cámara que, seguramente, les había solucionado la mañana. Todo ello con un cordón policial de agentes que tuvieron que impedir que traspasasen el parque.

Gutiérrez se paró frente a mí, estático, callado y con una mirada totalmente demoledora. Juzgándome tan solo con su presencia. Tony, a mi lado, aún me sujetaba el brazo con fuerza mientras respiraba hondo y entrecerraba los ojos a la vez. No hicieron falta las palabras. Los tres nos metimos en el coche de mi compañero y pusimos rumbo a la central.

—Espero que seas consciente de lo que acabas de hacer —dijo Gutiérrez en el asiento del copiloto, sin girarse.

—Así es, señor. Soy muy consciente. El asesino del aire en vena se comunicará conmigo más pronto que tarde. Cuanto más consiga desestabilizarle, más sencillo será cogerlo.

—Paula, te has puesto en peligro —dijo Tony sin apartar la vista del volante.

—No lo creo, Tony. Si hubiese querido hacerme daño, ya lo habría hecho. —Noté una mirada cómplice entre ellos.

Sabía que se preocupaban por mí más allá de lo estrictamente profesional. Habíamos creado un grupo muy bueno. Pero necesitaba que el asesino supiese, públicamente, que no le tenía ningún miedo.

Al llegar a la central, sentí de nuevo la complicidad entre mis compañeros. Empezaba a cansarme esa manera que tenían de cuestionar todas las decisiones que tomaba. Para mí tampoco era fácil estar ante uno de los peores casos que Madrid había tenido en las últimas décadas. Notaba tirantez y desconfianza.

Nos quedamos revisando las cámaras de seguridad de la zona que ya nos habían facilitado. Tony, callado y en silencio, tenía los ojos pegados a todas las pantallas, rebobinando una y otra vez imágenes que creía interesantes. Gutiérrez estaba en su despacho.

—¿Por qué os habéis mirado antes Gutiérrez y tú de esa forma? —Tenía que preguntárselo.

—¿Antes? ¿Cuándo? —preguntó sin moverse.

—En el coche. —No quitaba el ojo de las imágenes que se iban sucediendo.

—No nos hemos mirado de ninguna manera particular. Nos preocupamos por ti y lo que has hecho es una temeridad. Pero empiezo a acostumbrarme a eso. —Tecleó en el ordenador.

—¿A qué exactamente? —Fruncí el ceño.

—A tu temeridad, Paula. —Por fin se giró—. Como comprenderás no me hace ninguna gracia que te hayas dirigido públicamente a ese individuo. Has creado una unión entre los dos que él está deseando.

—Eso quiero.

—¿Para qué? ¿Para ser la víctima número cuatro?

—Para evitarla, Tony, para evitar otra víctima más. Quiero desestabilizarle.

—¿Y tú? ¿Te estás desestabilizando también? —Se levantó de la silla y se fue sin darme opción a responder.

Cuando salió por la puerta, una compañera asomó la cabeza para informarme de que muchos medios de comunicación estaban llamando a la central para concertar entrevistas conmigo en programas de prime time. No me pilló de sorpresa que ocurriera algo así. En cuanto les das la mano te cogen el brazo. Típico. Así que le pedí por favor que dijese a todos lo mismo: por ahora no haría ninguna declaración más. Cuando eso cambiase, ya sabía dónde encontrarlos.

Salí a por un café, necesitaba algún excitante en mi cuerpo que me mantuviese en alerta. Una parte de mí estaba segura y tranquila con lo que había hecho. Sabía que enfrentarme a él directamente era una buena jugada para desbaratar sus siguientes pasos. Por otro lado, tenía miedo e inseguridad.

Me froté la nuca y cogí mi móvil. No le había hecho ni caso y sabía que mi madre estaría preocupadísima. No me equivoqué, tenía varias llamadas perdidas suyas y dos mensajes de texto: «Paula, por favor, llámame, necesito hablar contigo» e «Hija, es importante, devuélveme la llamada, te he visto por la televisión». «Por la noche la llamaré», pensé.

Saqué la única moneda que me había guardado en el bolsillo para coger un café solo y cuando estaba a punto de meterla en la ranura escuché la voz de Tony que conversaba con alguien. Tras seguir de dónde venía su voz, intuí que estaba girando por la esquina.

—Tienes que contárselo ya. Va a poner en riesgo toda la investigación y su vida. —La voz se alejaba. «¿Con quién está hablando en secreto?», pensé.

Metí la moneda, pulsé el botón y me acerqué un poco para no dejar de escuchar aquella conversación. El sonido de la máquina entorpecía las palabras de Tony.

—No quiero seguir engañándola. —No estaba muy segura de haber escuchado eso.

¿Engañando a quién? Por un momento pensé que estaba hablando por teléfono con alguien, pero cuando la máquina terminó, me llegó nítida la voz de su interlocutor: el comisario principal Gutiérrez.

No logré escuchar con claridad su respuesta, así que cogí mi café, me dirigí hacia la esquina y allí estaban los dos, hablando bajito, hasta que les alcancé. Ambos me miraron y de inmediato se quedaron callados.

—Continúa revisando las cámaras —le dijo Gutiérrez a Tony y volvió a su despacho.

Me puse al lado de mi compañero.

—¿Pasa algo? —Bebí un sorbo.

—No, estaba informándole de la situación de las cámaras de seguridad. Sandoval quiere hablar con nosotros. Coge tus cosas y nos vamos.

Me acababa de mentir en toda la cara. «No quiero seguir engañándola», «tienes que contárselo ya»… ¿Se refería a mí? Estaba claro que esa mirada de complicidad que ambos tuvieron en el coche era por algo. Lenguaje no verbal. Cogí mi maletín y nos fuimos rumbo al instituto para hablar con Sandoval.

De camino, le pedí a Tony que parase en una papelería que había cerca del instituto. Necesitaba urgentemente una nueva libreta para empezar de cero con este caso. La verdad es que no me gustaba ninguna. Las que tenían eran o para adolescentes, o demasiado grandes o muy finas. Así que regresé al coche sin ella.

En la radio sonaba *Somebody to Love* de Queen. Siempre tenía puesto Rock FM o por el contrario algún pen drive con música rockera y potente, a juego con su personalidad. Yo era más de música clásica, pero escuchar rock de vez en cuando me venía bien.

—Oye, Tony, una cosa… —Me acomodé en el asiento para mirarlo—. Te perdono. —Me miró *ipso facto*.

—¿Cómo? —Soltó una carcajada.

—Que te perdono. Ya sabes, por ser un capullo conmigo. —Sonreí.

—Vaya, gracias por perdonar que sea un capullo contigo, Paula. —Suspiró sin dejar de sonreír—. Me preocupo por ti, nada más —aclaró.

—Aaah, ¿y eso? —le pregunté.

—Cariño fraternal de compañeros de unidad. —Subió el volumen de la música mientras mantenía su sonrisa pícara.

Volví a acomodarme en el asiento para mirar de frente y no pude evitar sonreír como una quinceañera. Tenía sentimientos encontrados respecto a Tony. Su compañía me gustaba y, sobre todo, me proporcionaba tranquilidad. Me gustaba estar con él. Era un hombre brillante, perspicaz e inteligente, aunque luego quisiese enmascarar todo eso con chulería y pasotismo. Pero, por otro lado, sentía y sabía que me estaba ocultando algo. Desconocía qué en ese momento, pero sí tenía claro que era ajena a algo que no quería desvelarme.

Tony tenía la penosa costumbre de tocarse la nariz cuando estaba ocultando algo o se sentía inseguro. Muy típico de las personas que mienten. Por suerte o por desgracia para algunos, las mentiras tienen las patas muy cortas. No quise indagar más sobre lo que había escuchado al lado de la máquina de café, aunque no lo iba a dejar así; pero ahora mismo era primordial para mí encontrar al asesino del aire en vena. ¿Se pondría en contacto conmigo? En el fondo sabía que sí, pero albergaba ciertas dudas al respecto. Al menos, del modo en que lo haría.

Poco después volvimos a recorrer ese largo pasillo con luces que se iban encendiendo a medida que avanzábamos. Cada vez lo veía más siniestro y familiar. Empezaba a acostumbrarme al miedo que me daba adentrarme en las entrañas del reino de Sandoval. Si ella podía aguantarlo, yo también.

—Compañeros, ¿os digo la causa de la muerte o me lo ahorro? —Después de su pregunta retórica, añadió—: Almudena Dueñas Alonso, cincuenta y nueve años, aunque parezca que tenga menos. Empresaria de mucho éxito en una farmacéutica suiza afincada en Madrid. Es la responsable de la sede de aquí. Soltera y entera, sin hijos y con familia en Extremadura. Vive por y para su trabajo y…, aquí viene lo curioso. Con antecedentes penales por acoso laboral. Ojo con Almudena. —Nos dio el informe de la sentencia.

En él se detallaba cómo había recibido dos denuncias de dos personas diferentes de su empresa que la demandaban por acoso laboral, injurias, calumnias, agresiones verbales… Me paré a leer: una de las demandantes inició otro proceso de incapacidad temporal por enfermedad común con el diagnóstico de «trastorno adaptativo mixto (ansioso/depresivo)». Blablablá…, acudió al Servicio de Urgencias del Hospital Gregorio Marañón con un cuadro ansioso secundario a problemática en el trabajo… Las litigantes demandaban a la directora general Almudena Dueñas Alonso por acoso laboral.

—Qué curioso, ¿no? —les indiqué a mis compañeros.

—¿El qué? —me preguntó Tony.

—Que nuestras tres víctimas tengan antecedentes penales.

—Tienes razón, Paula —corroboró Sandoval.

—Bueno, pero no son asesinos ni violadores —apuntó Tony.

—No, pero tampoco debían ser buenas personas.

—¿Estás justificando sus muertes? —Mi compañero estaba alucinando.

—Por supuesto que no, pero, tal vez, él sí.

Regresamos a la central para ponernos en contacto con los familiares de la tercera víctima y su entorno cercano. Le pedí a Tony que realizase la horrible llamada para informar de su pérdida. Y yo contacté con una de las mujeres que años atrás la había demandado. En ese momento trabajaba en una farmacia no muy lejos de la central, así que quedé con ella en que nos veríamos allí.

De camino a la farmacia envié un mensaje de texto a mi madre: «Mamá, perdóname, estoy muy liada. Hablamos esta noche. Estoy bien, tranquila. Te quiero».

Al llegar al establecimiento, vi detrás del mostrador a una mujer joven, alta y rubia. Esa clase de mujer guapa y con aspecto de empoderada. Una mujer que tal vez fuera la envidia de su jefa.

—Soy Paula Capdevila —le dije.

—La he reconocido, sí. De la televisión, ya sabe. —Sonrió y me pidió que fuéramos a la parte de atrás mientras su compañera atendía.

No me hizo mucha gracia eso de que me reconociese.

—¿En qué puedo ayudarla, agente? —me preguntó.

—No, no soy agente. Soy criminóloga. Estoy investigando el asesinato de Almudena Dueñas Alonso.

—Vaya…, ¿tiene algo que ver con el asesino en serie?

—No estoy autorizada para responder a esa pregunta. Cuénteme. Tengo entendido que demandó a la víctima por acoso laboral.

—Así es… —Se apoyó en la pared. Le afectaba el tema—. Almudena me contrató como jefa de control de calidad en la empresa. Al principio estaba muy contenta. Tenía un buen sueldo, un buen puesto, viajaba… En fin, todo lo que había soñado. Y nuestra relación era muy buena. Todo cambió cuando el delegado de Europa de la empresa vino a reunirse con Almudena para un tema burocrático. Él solo hablaba inglés y ella no podía mantener una conversación fluida, así que me pidió que estuviese presente para traducir. Todo fue bastante bien hasta que ella salió un momento y me quedé a solas con el delegado y, bueno…, digamos que su actitud sobrepasó ciertos límites. Así que me fui del despacho llorando y bastante angustiada a mi casa. Ella me llamó en varias ocasiones, pero no le cogí el teléfono. A la mañana siguiente, cuando estaba más calmada, fui a trabajar y le conté qué había sucedido. Pensé que tomaría cartas en el asunto y entendería por qué me había ido, pero me encontré todo lo contrario. Me increpó por haber tratado mal al delegado y me dijo algo así como que era normal que él se hubiese confundido por cómo le había hablado durante el encuentro. Y le juro que en ningún momento me dirigí a él de una manera que no fuese profesional y educada. A partir de esta conversación, Almudena se convirtió en una persona totalmente diferente y me di cuenta de que lo que me había vendido hasta ese instante era mentira. Era fría y calculadora, no tenía ningún tipo de empatía con nada ni nadie. Era... un monstruo. Y me hizo la vida imposible en el trabajo...

—¿Conoce a la otra víctima de sus ataques?

—Sí. Con el paso del tiempo, una compañera de la empresa, que se dedicaba al laboratorio, se enteró de lo que me estaba sucediendo y un día me contó que a ella le había pasado algo similar. Tuvo un roce con Almudena y desde entonces le hacía la vida imposible. Incluso llegó a tirarle un vaso de agua a la cara. Eso no lo hace una buena persona. Es que no se imagina cómo era esa señora. No tenía ninguna empatía, es como si ni siquiera tuviese corazón.

—¿Sabe de alguien que quisiese hacerle daño? —pregunté y ella suspiró.

—Le voy a ser sincera, creo que mucha gente. Con el paso del tiempo me enteré de más actitudes así. Pero dudo que alguien haya hecho eso por venganza, no sé. Me cuesta creerlo. Yo desde luego no he tenido nada que ver en su muerte.

—Descuide, no estoy aquí porque sea una sospechosa. Gracias por la información, ha sido de gran ayuda. —Me fui.

Tal y como sospechaba, tenía otra víctima con una personalidad difícil de llevar, por decirlo suavemente. Las tres víctimas tenían un único punto de unión: no eran buenas personas. O al menos se habían comportado mal con su entorno. Las tres víctimas tenían antecedentes penales, cada una de ellas por cosas muy diferentes, y sus vidas, posiciones y trayectorias eran totalmente dispares. Una vez terminé el interrogatorio, me fui a casa.

Después de mis declaraciones habían reforzado la seguridad en mi edificio y en la puerta de mi apartamento. Sí, estaba más tranquila, aunque algo dentro de mí me decía que yo no era un objetivo para el asesino del aire en vena. Necesitaba ver a Henry y darme un buen paseo con él por los alrededores de mi casa, aunque el comisario principal Gutiérrez hubiera dado la orden de que no me dejaran sola ni un segundo.

8

Lombroso, considerado el padre de la criminología, pensaba que las causas de la criminalidad están estrechamente relacionadas con la forma, es decir, con las causas físicas y biológicas de la persona en cuestión. Y no solo eso, sino que para él —profundamente influenciado por Darwin— la concepción del delito es el resultado de tendencias innatas de orden genético, observables en ciertos rasgos fisonómicos de los delincuentes habituales. Por ejemplo: determinadas formas de mandíbula, asimetrías craneales o arcos superciliares. Sin embargo, también pensaba que en los factores criminógenos se incluía la orografía, el clima, la densidad de población, la alimentación e incluso la religión.

No era tan sencillo investigar a un asesino en serie como podía parecer en las películas o incluso como nos hacían creer las bases de las teorías de alguno de los pioneros en criminología. Un asesino en serie tiene muchos puntos que estudiar: la serialidad, la naturalidad, la continuidad, la planificación… y había muchos de ellos que todavía tenía que analizar y descubrir.

De momento, ya intuía un cierto patrón en las víctimas. Patrón que me sugería que podíamos estar ante un justiciero. Además, había un fuerte vínculo entre el asesino, el arte y la libertad. Siempre dejaba a sus víctimas en exteriores con una poderosa carga cultural. Y no era una simple coincidencia, sino una conducta muy representativa de él. Por otro lado, el hecho de que cometiese sus crímenes sin ser visto por nadie y sin dejar huellas ni pruebas ni rastros me daba la información de que estábamos ante una persona meticulosa, inteligente y templada. Eran crímenes organizados y relacionados entre sí. Tal vez fuese esa la parte más difícil de una investigación así. Pero la vinculación era obvia. Mismo *modus operandi*, misma firma, mismos pasos… No cabía duda alguna.

Pese a eso, no podía quedarme en lo puramente empírico, tenía que ir más allá. Si me limitaba a lo que veía, sería mucho más complicado para mí sacar la verdad a la luz. Salí a pasear con Henry, necesitaba despejarme y pasar tiempo con él. Dos compañeros, agentes de la Policía Nacional, me seguían vestidos de paisano.

Después de haber casi retado al asesino del aire en vena, Gutiérrez me había puesto todo tipo de protección y vigilancia. No sabíamos en qué momento se pondría en contacto conmigo, aunque yo tenía muy claro que lo haría.

El tiempo jugaba en nuestra contra y estábamos a la espera de su siguiente paso. Aunque lo sentía como horas, hacía semanas que había movido mis cartas para que el asesino respondiese; había perdido por completo la noción del tiempo. No volvimos a tener noticias de él. Por momentos pensaba que retarlo en público le había espantado y nunca podríamos encontrar al culpable de esos crímenes o, al contrario, le había cabreado y en cualquier momento atacaría con más fuerza. Odiaba esa incertidumbre. Teníamos tres víctimas identificadas. Y aunque los sobres me los había dejado en lugares diferentes, tenía el pálpito de que aquel banco significaba algo para él. Decidí volver a escoger la ruta que anteriormente me había llevado al lugar donde encontré el tercer sobre. Intentaba pasarme a diario con la excusa de pasear a Henry mientras la desesperación me inundaba; sin embargo, con tanta escolta policial me era imposible hacerlo a mi manera. No obstante, urdí un plan para deshacerme de la vigilancia intensiva y poder llegar sola hasta allí.

Si yo pensaba que ese banco era significativo, ¿lo creería él también? Así lo sentía. Si el asesino del aire en vena deseaba ponerse en contacto conmigo, no lo haría con tanto espectador cerca.

Sabía que si soltaba a Henry iría directo a aquella zona verde donde estaba el banco. Por otra parte, necesitaba deshacerme de los dos hombretones que llevaba detrás. Así que puse en marcha mi plan para darles esquinazo y desaté a Henry. Comenzó a correr y yo detrás de él mientras los dos policías me gritaban que parase. Todos corrimos calle abajo hasta que los esquivé al meterme en un portal. Los agentes nos perdieron de vista a los dos, a Henry ya ni se le veía, pero continuaron buscándonos desesperados. Salí del portal y volví sobre mis pasos para coger un atajo que sabía que me llevaría directamente al banco donde esperaba que hubiese alguna comunicación del asesino para mí. En el camino vi a mi perro, que seguía a paso rápido.

—Henry, más despacio —dije medio susurrando cuando los dos alcanzamos casi a la vez esa zona.

No había nadie. El silencio se apoderaba de la poca claridad que había allí. Tan solo una farola daba algo de luz a tanta oscuridad. Lo escuché ladrar de nuevo con esa intensidad con la que ladró la vez anterior. Lo sabía, sabía que tenía que seguir mi intuición e ir hasta ese banco. Henry llegó antes que yo, pero me encontré con algo que no esperaba ni por asomo. Varias linternas enfocaron mi rostro, cegándome directamente. Y pude vislumbrar a varias personas detrás, algunas dejaban ver el cañón de las pistolas que me apuntaban. Levanté los brazos de inmediato y me puse de rodillas. Henry no paraba de ladrar.

—¡Bajad las armas! —La voz de Tony sonó atronadora.

Seguía deslumbrada por la luz. Me tapé la cara con la mano para poder sentir el alivio de la oscuridad y noté cómo Tony me cogía el brazo y me levantaba. Las linternas dejaron de apuntarme.

—¡Qué cojones haces aquí, Paula! ¿Dónde están los agentes que te custodian? —Estaba alarmado por la situación.

—¿Cómo que qué hago yo aquí? ¿Qué narices es esto, Tony? —No entendía nada.

—Chicos, retiraos. Es Paula Capdevila —se dirigió a aquellos hombres que apenas pude ver—. Joder, Paula, casi te pego un tiro —me dijo Tony mientras me llevaba lejos.

A los pocos segundos aparecieron mis dos guardaespaldas, fatigados y con la cara desencajada, y le pidieron disculpas a Tony.

—¿Qué significa esto? ¡Explícamelo de una jodida vez ya! ¿Qué me estás ocultando, joder? —le grité.

—Estaba seguro de que este banco sería la comunicación del asesino contigo. He montado un operativo para vigilar esta zona por si venía a dejar otro sobre o algo. Joder, podría haberte matado. —Me abrazó asustado, pero me aparté.

—¿A mis espaldas, Tony? ¿En eso se basa para ti no comportarte como un capullo? —le recriminé.

—Estoy haciendo todo lo posible para protegerte y dar con él, Paula. No seas injusta conmigo.

—A mis espaldas, Tony. Yo también estoy en esta investigación y también estoy intentando dar con él, pero con estas cosas lo único que vas a conseguir es espantarlo. ¿Crees que no nos estará viendo? Porque si tú y yo hemos pensado que este maldito banco podía significar algo, él también. ¡Joder, Tony! —Me di la vuelta decepcionada y angustiada.

Henry seguía ladrando.

—Tenía permiso de Gutiérrez, y a Sandoval también le pareció buena idea.

—Ah, muy bien. Todos a mis espaldas. Menudo equipo. —Puse los brazos en jarra mientras seguía dando vueltas.

—Paula…, acabas de dar esquinazo a la escolta policial para venir sola hasta aquí. ¿Has contado con nosotros para eso? No es tan sencillo como lo ves. Puedes estar en peligro,

¡maldita sea! ¡Retaste a un asesino delante de todo el país!

—Me quiso agarrar.

—Déjame. —Le quité el brazo.

Enganché la correa de Henry a su collar y me fui a mi casa. Estaba muy enfadada con la situación, con mis compañeros y con el mundo en general. Estaban montando operativos ajenos a mí, y al parecer lo que tenía siguiéndome no era seguridad, sino vigilancia. Lloré de rabia todo el camino hacia mi apartamento. Sentía que no solo Madrid me ocultaba cosas, también mi equipo. Y sí, yo tampoco les dije que iría sola hasta allí, pero ellos no podían entender qué estaba sintiendo. Oscureció más todavía, además la luz de las farolas y los edificios se difuminaba delante de mis ojos por las lágrimas que me caían. Parecía que llovía. Lloraba con tanta rabia que la mandíbula, los ojos e incluso los oídos me dolían como si estuviese masticando chicle por primera vez. ¿Qué narices estaba ocurriendo y por qué?

Pasé por delante de los coches apostados en mi edificio y de los agentes expectantes en el portal sin mirarlos a la cara. Se dieron cuenta de que estaba llorando. Cerré dando un portazo, no quería que entrasen conmigo ni que me vigilasen más. Parecía que era yo la sospechosa de todo esto. ¿No podían entender que tenía que existir una razón por la que el asesino del aire en vena solo se comunicase conmigo? ¿De verdad les era tan difícil comprender que necesitaba saberlo?

Al llegar a mi apartamento, le quité la correa a Henry y la lancé contra la pared. Estaba tan enfadada que si hubiese tenido a Tony delante le hubiese propinado un bofetón. Henry me observaba quieto, sentado sin moverse, como si supiese que no era el momento. Pero la verdad es que en ese instante solo él me calmaba. Me agaché y le abracé fuerte, como nunca antes lo había hecho, y él me abrazó a mí de esa manera que solo tienen los perros de hacerlo.

Sandoval no paraba de llamarme por teléfono. Supongo que ya le habrían contado lo sucedido y quería hablar conmigo, pero no me apetecía hablar con ella. Me sentía decepcionada, traicionada, y lo que menos me esperaba es que fuera la última persona en enterarme de que me estaban vigilando de esa manera. Protección lo llamaban. Y sí, les creía, y probablemente en su situación hubiese hecho lo mismo con tal de que cualquiera de mis compañeros estuviese a salvo. Sin embargo, no creía que fuesen conscientes del estado en el que me encontraba ni de las emociones tan intensas que sentía en mi interior. Parecía que no se daban cuenta de que me había convertido en la protagonista de una historia que yo no había escrito. Me hallaba en el punto de mira de un asesino en serie que estaba jugando conmigo para ver quién podía más. Todo eso hace mella en cualquier persona, y cuando abracé a Henry noté que no estaba preparada para lo que me estaba sucediendo. ¿Estaría soñando y no me había dado cuenta? ¿Sería todo una terrible pesadilla que terminaría al despertar?

Volvió a sonar mi móvil y, sin pensármelo dos veces más, conecté los cascos y pulsé la tecla para descolgar la llamada. Pensaba que era Sandoval y así respondí nada más descolgar:

—¡Qué quieres! —Mi tono supuraba traición.

—Hija, ¿qué te pasa? —Era mi madre.

—Mamá…, lo siento, pensaba que eras otra persona.

—Hija, ¿qué está ocurriendo? Necesito hablar contigo de algo muy importante.

—Mamá, estoy bien —la interrumpí—, las cosas se están torciendo cada vez más y no tengo tiempo para nada. —Henry comenzó a ladrar a la puerta.

—Hija, tu padre… —Henry no me dejaba escuchar.

—Mamá, ahora te llamo, espera. —Colgué.

Henry solo ladraba de esa manera por una razón. Solo por una. Abrí la puerta de sopetón, esperando encontrar al asesino del aire en vena frente a mí. Cara a cara. De persona a persona. Pero al abrir esa puerta que creía que sería la elegida para terminar con toda esta locura, allí… no había nadie.

Henry salió despedido escaleras abajo sin parar de ladrar. Me disponía a salir detrás de él cuando pisé algo. Algo que esperaba, algo que ya sabía que llegaría, algo que tendría que haber estado en aquel banco: un sobre.

Ni siquiera me paré a cogerlo. Fui detrás de Henry esperando que él alcanzase antes que yo a ese malnacido que me estaba haciendo la vida imposible. Escaleras abajo, como si los peldaños me ayudasen a ir casi volando con la ayuda de la barandilla de hierro antiguo que bordeaba todas las escaleras, me topé con Henry que ladraba a la puerta del portal. Pero allí no había nadie. Abrí con fuerza y les pregunté a los agentes si habían visto a alguien entrar o salir mientras estaban fuera. Ambos negaron con la cabeza.

Cada vez estaba más y más enfadada con el asesino, con Madrid, con la Unidad Especial y con la vida. Subí casi a la misma velocidad, Henry iba detrás de mí. Escuché mi móvil sonar una y otra vez, incesante. Como si la persona que me estaba llamando no se rindiese. Llegué al apartamento, cogí el sobre, cerré la puerta y volví a contestar.

—Hija, ya está bien. ¡Escúchame! —Estaba muy alterada.

—¿Qué pasa, mamá? No es el momento. —Yo también lo estaba.

—El asesino del aire en vena fue la última investigación de tu padre.

Me sentí desfallecer. Caí en el sofá con el sobre en la mano y con las palabras de mi madre retumbando al otro lado del teléfono.

—¿Qué... qué estás diciendo?

—Hija, llevo días intentando contártelo. Tu padre, unos años antes de morir, estaba obsesionado con unas muertes extrañas en Barcelona. Lo tomaron por loco y hablaba de no sé qué crímenes relacionados con aire en las venas o algo así. El otro día cuando escuché hablar en televisión del caso en el que estás trabajando lo vi claro. Tu padre no estaba loco. Estáis investigando al mismo asesino. Hija...

—Mamá, tengo que colgarte.

La situación no podía ser más difícil, la vida me había demostrado una vez más lo cruel e incierta que era. No comprendía del todo qué estaba diciendo mi madre, pero sí sabía que ella no me mentiría nunca. Respiré profundamente tantas veces que conseguí bajar las pulsaciones de mi corazón casi a la bradicardia. Sostenía aún aquel sobre con mi nombre en el dorso, lo miraba sin verlo y lo sentía sin notarlo.

El timbre de la puerta sonó y me sacó de aquel mini-trance al que había estado expuesta ante una información que no esperaba obtener. Mi primera reacción fue esconder el sobre debajo del sofá, porque sabía que era Tony quien estaba llamando. Seguro que buscaba mi perdón para sentirse mejor. Si los agentes de la puerta no habían visto nada, nadie lo había hecho. Y si él me ocultaba cosas a mí, ¿por qué yo a él no? No estaba segura de contarle lo que acababa de descubrir o, mejor dicho, lo que acababan de decir, y menos sin pruebas contundentes. Nunca habría dudado de la palabra de mi madre, pero me resultaba todo tan surrealista que necesitaba tiempo para ordenar la información y mis ideas. No me apetecía seguir quedando como una loca frente a mis compañeros y que dudasen de mi voluntad y capacidad como profesional del crimen.

Acomodé los cojines, me retiré las lágrimas de los ojos, me atusé el cabello, me coloqué la ropa y abrí la puerta.

—¿Puedo pasar? —Sus ojos pedían perdón.

—Adelante. —Me retiré para que entrase.

—Paula, yo… —dijo mientras se sentaba justo encima de aquel sobre que aún no había abierto— lo siento, de verdad, no me gusta actuar a tus espaldas. Pero no quería predisponerte a nada. Quiero pillar a ese cabrón y me estoy desesperando.

—¿Crees que la manera es esta? ¿Ocultándome cosas? —Yo seguía de pie y con los brazos cruzados en una clara expresión corporal de defensa.

—No. Tendría que haberte informado del operativo, pero tú también deberías haberme hablado de tus pretensiones, Paula.

—¿Cómo sabías que iría allí? —le pregunté.

—No lo sabía. Lo que sí sabía es que tú considerabas ese banco más importante que el resto de localizaciones donde te ha ido dejando los sobres. Y lo sé, Paula, porque me preocupo de entenderte y conocerte. Desde luego no esperaba que te saltaras todos los protocolos y actuases por tu cuenta, poniendo en riesgo no solo tu vida, sino la investigación. Podríamos haberte disparado, podrías haberte encontrado con él, podrían haber pasado mil cosas, Paula. ¿Sabes qué he sentido cuando te he visto allí? MIEDO. Miedo a que te pasase algo. —Esa última frase hizo que relajara mis brazos—. Nunca había tenido que preocuparme de esta manera por un compañero, y mucho menos en una situación como la que estamos viviendo. Paula, siento que constantemente estás en peligro —me senté a su lado— y no me perdonaría jamás no haber hecho todo lo posible por procurar que nunca te ocurra nada ni por no dar todo de mí en esta investigación que nos está volviendo locos... —Se frotaba las manos.

—Tony, sé que te preocupas, pero, por favor, no me hagáis pensar que no estoy dentro de esta Unidad.

—No, Paula, no quiero hacerte creer eso. Sin ti esta Unidad no tendría sentido y mi trabajo aquí tampoco.

—Bueno, siempre has tenido casos y compañeros.

—Sí, pero ninguno como este, y, en especial, nunca he tenido una compañera como tú. —Levantó la mirada clavando sus ojos en los míos. No supe qué decir, me quedé callada mirándolo.

Era la primera vez que veía a Tony así. Un Tony tierno, dulce, sincero. Un Tony que abría su corazón ante mí. Pero mis nervios no podían dejarme apreciar ese maravilloso momento —que no voy a mentir, alguna vez lo había deseado—, pues estaba sentado justo encima del sobre. La comunicación definitiva que yo misma le pedí, personalmente, al asesino más buscado y famoso del país. El sobre que tendría que haber estado en aquel banco, sin embargo, el asesino del aire en vena me demostraba una vez más que era mucho más inteligente que nosotros.

Se quedó mirándome, esperando una respuesta o tan solo una palabra. Resopló cuando los segundos pasaban y yo no era capaz de articular ni una sola sílaba. Levantó una ceja, suspiró una vez más y puso sus manos en el sofá con ánimo de levantarse.

Entonces Henry olfateó el sofá, justo entre sus piernas. El peso de Tony era lo único que le impedía sacar aquel sobre de debajo del sofá. Tony lo apartaba con la mano cuidadosamente, pensando que lo único que quería era su atención. Me di cuenta de que si dejaba pasar un solo segundo más, se daría cuenta de que, en realidad, estaba buscando algo.

Tenía que impedir que descubriera qué ocultaba. Silbé a Henry para distraer su atención, le tiré su pelota al otro lado del apartamento. Bajo la atenta mirada de Tony que aún esperaba una contestación por mi parte, me levanté para que Henry me siguiese.

Y de pronto esa tesitura se convirtió en una película recién sacada de las entrañas de Christopher Nolan, que lograba congelar el tiempo de esa manera tan especial. Mi móvil sonó de nuevo, con el nombre de Sandoval en la pantalla. El timbre del portal no paraba de vibrar. El móvil de Tony recibió una llamada con ese tono tan irritante que tenía. Henry estaba cada vez más nervioso rebuscando entre las piernas de Tony y mientras él levantó un poco la pierna para sacar su móvil del bolsillo de la parte trasera del pantalón, yo tuve que actuar rápido, como si fuese una táctica obsoleta de la inteligencia, una distracción militar o la solución final de aquel director que siempre le puso la mejor banda sonora a sus películas. Pasé mi mano por detrás de su cuello, le acerqué a mí y… lo besé.

9

¡Papá, papá!

—Hola, cariño, ¿cómo ha ido el colegio hoy?

—Bien, pero Juan se ha metido conmigo porque dice que su papá es más importante que tú.

—¿Eso te ha dicho? Pero ¡bueno! ¿Y quién es el papá de Juan?

—Pues el papá de Juan es veterinario y yo le he dicho que tú eres más poderoso porque eres policía.

—Ven, siéntate aquí conmigo. Ni el papá de Juan es más importante que yo ni yo soy más poderoso que el papá de Juan, y ¿sabes por qué?

—¿Por qué?

—Porque nadie está por encima de nadie, y mucho menos por su trabajo.

—Ya, pero tú atrapas a gente mala y él solo cura animales.

—¿Cómo que solo cura animales? ¡Los cura y les salva la vida! Y yo atrapo a gente mala y salvo la vida a otra. Así que el papá de Juan y yo hacemos cosas parecidas. Pero ¿sabes qué? El tío Fran también es tan valioso en su trabajo como nosotros.

—No lo entiendo…, el tío Fran es panadero.

—Si el tío Fran no hiciese pan, tú no te comerías este bocadillo tan rico de paté que te he preparado para merendar, ¿no crees?

Lo bonito de haberme criado con una persona como mi padre es que, con el paso del tiempo, he ido comprendiendo todas y cada una de las cosas que me decía. Y es bonito crecer y darte cuenta de que te han educado desde el respeto y el amor por la vida y los demás. Nunca he creído ser mejor ni más que nadie, no he dejado de ayudar a la gente y he intentado ser mejor persona que ayer. Y todo eso ha sido gracias a él.

En la comisaría era muy querido y en el barrio también. Cada vez que salíamos los tres a dar un paseo, a la compra, al parque o a cualquier lugar, mi padre siempre se paraba a saludar a todo el mundo. Todos lo conocían y apreciaban.

Mi madre siempre se sintió muy orgullosa de él. Hacían una pareja memorable, de las que ya no quedan. Ellos no decían que fuesen un matrimonio, se presentaban como un equipo. Mis padres no solo eran marido y mujer, sino también amigos. Se prestaban un apoyo incondicional el uno al otro y por extensión me llegaba a mí también.

Mi padre solía regresar a casa a diferentes horas, dependiendo del trabajo que tuviese. Por norma, cuando yo volvía del colegio a la hora de merendar, siempre estaba allí. Cuando era pequeña, pensaba que aquello era lo normal, pero cuando crecí un poco me enteré de que incluso a veces se escapaba del trabajo para venir a darme la merienda y luego se iba de nuevo. Él solía decirme que se volvía a marchar porque «había surgido algo», pero la verdad es que tenía que seguir trabajando. Sin embargo, para él la merienda era un momento sagrado que no se quería perder.

Siempre estaba liado. Si no era investigando alguno de sus casos, era ayudando a alguien, pero siempre tenía tiempo para nosotras. Era como una especie de superhéroe que se buscaba las vueltas para poder llevar a cabo todo lo que quería y debía hacer.

Cuando mi madre me soltó aquella bomba que parecía un atentado nuclear contra mi entendimiento, recordé ese día del bocata de paté como si no hubiese pasado el tiempo. Y es que justo aquel día el paté era diferente. Tenía arándanos y en la carnicería de debajo de mi casa, donde solía comprarlo para hacerme la merienda, no había de ese tipo.

—¡Sabe a fresa! Me encanta, papá —le dije devorando aquel bocadillo.

—Rico, ¿verdad? Es de una carnicería a la que he ido cuando volvía de la comisaría. Iré a por más la semana que viene para tu superbocata de paté. Mañana toca fruta, ya sabes.

—Jo, papá…, todos los días igual… Aguafiestas. —Me enfurruñé.

Me acuerdo de cómo se reía y gesticulaba de una manera muy expresiva para que yo me riese a carcajadas. A veces me cogía por los aires y hacíamos el avión, me encantaba eso. Otras simplemente nos tirábamos en el sofá a poner la cara más fea. Con él todo era sencillo. Ese mismo día le llamaron a su viejo móvil, de esos con antena.

—Voy para allá. Gracias, Santi. —Su compañero en aquel momento.

—¿Te vaaas? —Y empecé a hacer mis pucheros de chantaje emocional.

—Me voy a un supercaso de los que más molan.

—¡Un asesinato!

—Bueno, de los que más molan no, de los que más te interesan. Aún no lo sé, es probable que sí y que tu papá atrape a un malo supermalo. Cuando lo haga, se lo cuentas a Juan. —Me guiñó un ojo.

—Papi…, que no somos más que nadie… —Fue mi obvia explicación.

—Esa es mi niña. —Me dio un beso en la frente y se fue.

Recuerdo ese momento no solo porque el bocadillo de paté no fuese igual, sino porque mi padre nunca volvió a ser el mismo. A raíz de ese día ya no jugaba ni se reía tanto conmigo. De pronto dejó de venir a las meriendas y muchas veces, cuando llegaba a casa, se encerraba en su despacho a seguir trabajando. Mi madre me decía que estaba investigando un caso muy complicado y que teníamos que dejarle tranquilo.

Con el tiempo yo me acostumbré a verlo ocupado y distante. Por eso, nunca me paré a pensar el porqué de su cambio radical. Luego falleció de un paro cardíaco.

Cuando mi madre me confesó que él había estado en la misma situación que yo, lo entendí perfectamente. Porque cuando un asesino de este calibre se cruza en tu camino de esa manera tan arrolladora y espantosa, tu vida cambia, tú cambias, todo cambia...

Necesitaba enterarme de todo lo que había averiguado mi padre. Aunque no había sabido hasta ese momento de la existencia de un supuesto asesino en serie con un *modus operandi* como el del asesino del aire en vena. No tenía constancia de que mi padre llegase a atrapar a alguien semejante. Con esa nueva información, ahora sí sabía que podía existir una conexión mucho más trascendental entre el asesino y yo. No podía ser casualidad que mi padre investigase un caso similar y no tuviese ninguna relación. Las casualidades nunca existieron para mí.

No obstante, no di nada por sentado. Podía ser el mismo asesino o un imitador. Tampoco sabía si el asesino del aire en vena era plenamente consciente de que yo era la hija de Pol Capdevila, aunque fue lo primero que se me pasó por la cabeza.

La noche en la que besé a Tony para poder zafarme de la situación terminé acostándome con él a la luz de la luna en el apartamento más protegido de todo Madrid. Y eso ya no fue una táctica de distracción. Sandoval tenía razón. Desde el principio había existido una fuerte conexión entre ambos.

Las personas somos energía y esta fluye o no fluye. Con Tony era imposible no sentirse como en casa, pese a que a veces su actitud no fuera la más indicada. Cuando amaneció, Sandoval apareció temprano por mi casa para invitarme a desayunar y hablar de lo que había sucedido. No se sorprendió cuando Tony le abrió la puerta sin la camiseta y recién despertado. Entró en el apartamento como un torbellino, abrió las cortinas de golpe, saludó a Henry como si fuera un niño pequeño y aprovechó que Tony se había metido en la ducha para sentarse en el borde de la cama y hacerme un interrogatorio.

—Vaya, vaya con Paulita... —Se reía—. ¿Cómo ha sido?
—Su cara de intriga.

—Sigo molesta contigo. —Me di la vuelta.

—Vamos, Paula, no seas así. Lo hicimos por ti y además piensa en el lado positivo del asunto, si no hubiésemos actuado a tus espaldas, nunca habrías terminado aquí con Tony... —Se seguía riendo.

Me giré con cara de indignación acompañada de una risilla floja y me incorporé.

—Te prometo que no habrá más secretos en esta Unidad, pero... tú también debes prometer lo mismo, que diste esquinazo a los agentes, Paula. —Extendió su dedo meñique. A veces parecía que tenía diez años.

—Por la cuenta que nos trae a todos. —Me levanté de la cama y me fui a hacer café.

No quise jurar con ella como si fuéramos dos niñas por dos motivos. El primero es que no iba a promover sus comportamientos infantiles que, muchas veces, me sacaban de quicio. El segundo es que no quería romper una promesa, y tenía muy claro que no iba a contarles nada del sobre que me había dejado el asesino en el felpudo ni de la información que me había dado mi madre. Al menos no se lo quería contar hasta que tuviese todo mucho más claro. Todavía no había abierto el sobre y no hallaba el momento de ver qué había en su interior. Sentía que estaba perdiendo un tiempo precioso para seguir investigando. No noté el relieve de una jeringuilla y eso me hacía pensar que el sobre tan solo contenía una carta escrita de su puño y letra dirigida a mí. Tal vez me contaba que mi padre fue el primero en querer darle caza, quizá me explicaba por qué mataba a sus víctimas o puede que fuera otro poema para darme la siguiente escena del crimen. Estaba impaciente por abrirlo, pero no podía. Necesitaba hacerlo sola.

Desayunamos algo rápido y nos fuimos a dar un paseo con Henry. Quisieron acompañarme los dos. Tony y yo no habíamos tenido tiempo de conversar sobre lo que había sucedido la noche anterior, pero supongo que no siempre es necesario hablarlo todo.

Al salir de casa, recreé con Sandoval mis pasos para que entendiese de primera mano la sorpresa que me llevé al llegar al banco. Le llamó la atención cómo pude escabullirme de los dos agentes que me custodiaban. En el fondo la situación fue bastante graciosa, y así lo parecía en boca de Sandoval, pero en el momento en el que ocurrió no tuvo ninguna gracia. Tony no quería hablar mucho del tema, supongo que no se sentía muy cómodo con algo que nos había molestado tanto a los dos.

—Puedes soltarlo por aquí. Así corretea lo que quiere —le dije a Tony, que sujetaba la correa.

Una de las cosas que más me gustaban de estar cerca de la naturaleza eran los olores. De los cinco sentidos que tenemos, el olfato es el más conectado con la memoria. Comúnmente se llama memoria olfativa: la capacidad de guardar en nuestro cerebro un aroma y que ese olor, una vez recordado, nos traslade al lugar o al momento en el que lo olimos por primera vez. Es una cualidad que los seres humanos hemos desarrollado de una manera significativa. La asociación por olores como proceso cerebral. El olor y el recuerdo asociados. Todos sabemos que la nariz de los seres humanos no está tan desarrollada como la de los animales. Pero sí tenemos la capacidad de recordar a través de un olor. El sistema límbico del cerebro es el encargado, junto con el bulbo olfatorio, de procesar esa información, enviarla a los receptores oportunos y desarrollar la memoria olfativa. Otra de esas cosas tan maravillosas que tenemos como humanos.

Olía a jazmín o, mejor dicho, a falso jazmín. Mi madre tenía una debilidad especial por los jazmines y todas sus variantes. En nuestra casa de Barcelona teníamos un falso jazmín que, cuando llegaba la época, soltaba su aroma por toda la terraza sin necesidad de usar ningún ambientador.

Me sorprendía gratamente que en aquella zona verde en pleno Madrid el olor del jazmín me alcanzase de esa manera. Hubiese jurado al cerrar los ojos y olerlo mejor que tenía a mis padres sentados en la terraza, hablando de la vida, del universo y de la sociedad. Sonreír era lo único que en aquel momento me salió del alma. Qué agradable hubiera sido continuar con ese bonito recuerdo durante un rato más, pero los ladridos de Henry, tan característicos de que algo estaba a punto de suceder, me sacaron de mi trance. Siempre me había ocurrido desde que era pequeña. Los recuerdos, los pensamientos, las imágenes mentales… se convertían en trances en los que entraba y de los que me costaba salir. Como si en mi cabeza se estuviera proyectando una película. A medida que crecía me pasaba cada vez con más frecuencia; no sé si era un mecanismo de defensa o simplemente otra manera diferente de ver la vida.

—¡Ey, chico! —Le estaba calmando Tony.

—¿Qué pasa, fiera? —decía Sandoval mientras se acercaba.

Pero yo sabía perfectamente qué estaba ocurriendo. Me dirigí al banco, sorteando la fuente de la que no dejaba de caer agua. Y allí estaba. De nuevo y una vez más, Henry había cazado a su presa. Un sobre.

—¿Qué cojones? —Tony miró hacia todos los lados habidos y por haber en busca de aquel asesino del aire en vena. Creo que, de haberlo encontrado, le hubiese pegado una paliza.

—Paula, no lo toques. Puede que haya huellas. Voy a llamar a Gutiérrez y activo el protocolo.

—Sandoval, no habrá huellas. Deja que lo abra porque este sobre no me lo esperaba y puede ser otra víctima —le contesté preocupada.

—¿Cómo que no te lo esperabas si le has retado públicamente, Paula? Llevamos semanas aguardando este momento —dijo Tony nervioso.

—Confía en mí.

Me acerqué al banco que se había convertido en una especie de buzón para nosotros, para el asesino y para mí. Qué curioso decir «nosotros», pero así lo sentía. No esperaba otro sobre y mucho menos después de tener debajo del asiento de mi sofá uno. Por lo que la única explicación que se me ocurría es que allí dentro hubiese otra víctima más. De hecho, esperaba con todas mis fuerzas no equivocarme y no tener sobre mis espaldas otra víctima debajo del sofá, en un sobre que todavía no había abierto.

Tony recorrió esa zona verde de palmo a palmo mientras avisaba a los agentes de lo ocurrido, que deberían haber estado vigilando.

Sandoval se quedó con Henry, los dos muy quietos. Y yo estaba dispuesta a saber qué contenía el nuevo sobre.

Mis suposiciones fueron más que ciertas: una víctima más. Cuantos más sobres abría, más sentía que había una conexión extraña entre el asesino del aire en vena y yo. Como si un hilo conductor nos uniese.

La libertad es el único objetivo digno del sacrificio de la vida de los hombres.

Simón Bolívar

Otra jeringuilla acompañaba la frase de uno de los personajes históricos que más polémica había creado. «¿Sería esta su manera de decirme que él también se convertiría en un personaje polémico y controvertido? —pensé—. ¿Había conseguido desestabilizar su forma de contactar conmigo a través de poesía y arte?».

—¿Será literal? —preguntó Sandoval dispuesta a iniciar la búsqueda del siguiente cadáver.

—Sí, lo es. En el parque del Oeste hay una estatua de Simón Bolívar. —Y lo tenía muy claro porque había estudiado todos los parques de Madrid y sus estatuas cuando supe que era un patrón. Y tenía aún más claro que el asesino no solo me regalaba las armas del crimen, las escenas y los cuerpos, sino que también me entregaba, tal vez sin él saberlo, parte de su personalidad en aquella respuesta que tanto esperaba. Pero no podía evitar preguntarme a mí misma qué contenía el sobre que estaba debajo del sofá.

—A todas las unidades. Posible cadáver en el paseo de Ruperto Chapí. Parque del Oeste. Monumento a Simón Bolívar. Repito. Monumento a Simón Bolívar —comunicó Tony.

Sandoval cogió las muestras y se fue a analizarlas y Tony y yo nos dirigimos al parque del Oeste con Henry. De nuevo surcamos Madrid como si fuésemos en un avión ultrasónico a punto de reventar el tiempo y el espacio. Pero en ese momento ya no alucinaba con Madrid a cámara rápida, porque mi mirada se había perdido en los recovecos de mi memoria pensando una y otra vez en lo que mi madre me había contado. Intentaba recordar cuándo se convirtió mi padre en el protagonista de la historia que escribía sin parar el asesino del aire en vena.

Sentía la imperiosa necesidad de hablar con mi madre tranquilamente y de que me contase todo lo que sabía. Después, cuando lo tuviera todo más claro, se lo diría a Tony, a Gutiérrez y a Sandoval. Deseaba estar frente a ese sujeto y plantarle cara, sin sobres ni jeringuillas ni pistas perturbadas. ¿Por qué mi padre? ¿Por qué yo? ¿Por qué se había pasado tantos años sin asesinar? ¿Por qué estaba ocurriendo todo esto?

Llegamos a la vez que el operativo que Tony había orquestado para subsanar de nuevo la situación de tener una víctima más a nuestras espaldas. Pero no fuimos los primeros en llegar. Un corro de personas rodeaba el cadáver de un hombre de mediana edad. Tendido en el suelo, como si estuviese en un sueño profundo, pero del que no iba a despertar jamás.

Los agentes acordonaron la zona y echaron a los curiosos. Nunca comprenderé qué aliciente puede tener observar el cuerpo de una persona sin vida. Ni qué sentido tiene sacarle fotos o difundirlas. Sin embargo, debía ser la excepción que confirmaba la regla.

Sandoval nos pidió que organizásemos todo para trasladar el cuerpo hasta su instituto y así poder avanzar con el análisis del sobre. Ya sabíamos cómo funcionaba esto. Así que el resto de la científica se quedó analizando la zona.

Lo cierto es que la escena del crimen puede aportar datos muy importantes a la investigación, tanto a nivel forense como a nivel conductual del autor de los hechos. No pensaba que el asesino del aire en vena abandonase a sus víctimas en los parques y las matase en otro lugar.

Tenía claro que abordaba a sus víctimas justo en el mismo sitio donde hallábamos el cuerpo. Él sabía perfectamente cómo podía hacerlo. Preparaba la hora, el lugar, el día. Dejaba dispuesto todo lo necesario para llevar a cabo su asesinato sin ser visto ni dejar ninguna prueba a su paso que pudiese aportarnos luz. Lo relacionado con este caso estaba siendo escandaloso y muy doloroso para mí.

—Paula, vete a casa con Henry. Gutiérrez viene de camino y nosotros nos ocupamos de todo. Necesito que tu cuerpo y mente descansen. Son muchas emociones.

—Son muchas víctimas ya, Tony, eso son... —Cerré los ojos intentando que no se me escapase una lágrima.

—Lo sé. Vete a casa, por favor.

Tal vez otro día me hubiese negado y habría permanecido allí hasta el final, y más sabiendo que los periodistas no tardarían en llegar. No quería dejar a Tony solo ante el abismo. Pero me tranquilizaba que Gutiérrez estuviera con él en breve. Necesitaba abrir el sobre que tenía debajo de mi sofá y que mis compañeros tuviesen la deferencia conmigo me ayudó a ello. Ellos sabían que cada carta dirigida a mí era un fracaso más en mi carrera. Me afectaba. Me afectaba sentirme impotente e inútil ante un perverso asesino que me torturaba con mensajes. Me afectaba no encontrarlo a tiempo para no darle la oportunidad de tener otra víctima más. Cuando trabajas con seres humanos todo es muy complicado.

Me llevaron a mi apartamento en un coche patrulla. A Henry no le gustaba nada montarse allí. Supongo que notaba la gran diferencia entre un coche normal y uno de la Policía Nacional. Ladraba, estaba inquieto y con ganas de llegar. Él también notaba que algo iba mal desde el día en que su anterior dueño dejó esta vida para siempre. Me disculpé con el agente que conducía por mi silencio y subí a mi apartamento.

Sentía una mezcla perfecta entre miedo, curiosidad y angustia. Agarré el picaporte del portal y me costó más que nunca empujar la pesada puerta y abrirla del todo. Subí las escaleras despacio, con el convencimiento de que el contenido del sobre que me esperaba en casa cambiaría todo para siempre. Porque no se trataba de un sobre cualquiera, sino la contestación del propio asesino a mi reto público. Y no tenía muy claro si eso me haría entender más o menos las cosas. Porque saber que mi padre estuvo detrás de este individuo ya lo había cambiado todo.

Por fin entré en casa. Todo seguía exactamente igual que como estaba siempre. Me serví un vaso de agua mientras Henry se acomodaba en el suelo esperando a que cogiese el sobre y lo abriese delante de él. Pero me lo bebí con calma, de pie, apoyada en la encimera de la cocina. Sorbito a sorbito, respirando entre medias. Si hubiese sido fumadora, creo que en dos minutos me habría quedado sin cigarrillos.

Me senté encima del sobre, volví a respirar profundamente. Me froté los ojos para que no me temblasen los párpados cuando lo cogiese. Y metí la mano debajo del sofá. El tacto de aquel papel fue lo más frío que había sentido en toda mi vida.

Paula Capdevila. De nuevo mi nombre en el dorso. Otra vez. Sostuve el sobre en la mano, y lo miré fijamente, sintiendo a todas las víctimas que estaba dejando a su paso…, y entonces lo vi. Paula Capdevila. Paula Capdevila. Paula Capdevila. No podía ser cierto. Mis pulsaciones se aceleraron, la respiración se me paró durante unos segundos, las manos se fueron enfriando aún más y mis pupilas se dilataron tanto que tuve que pestañear rápidamente para entender qué estaba viendo. Otra vez esa sensación, pero por algo muy diferente.

Existe una pseudociencia capaz de determinar la personalidad de un sujeto concreto a través de la escritura: la grafología. Y por mucho o poco que supiese de eso, por muy experta o inexperta que fuese en ese campo, la letra de aquel sobre no era la misma que la de los anteriores.

Abrí la boca desconcertada, pestañeé una y otra vez y lo abrí. Pero nada era igual, ni siquiera la energía que desprendía era como la de los anteriores. Nada era igual, maldita sea. No había una jeringuilla dentro, aunque eso es algo que ya suponía. Solo una hoja mecanografiada que imitaba a la del asesino del aire en vena. Y una palabra. Pero con ella entendí muchas más cosas. Porque ya no solo era una imitación, esa palabra era una declaración de intenciones. Porque yo sí sabía qué significaba. Porque yo sí recordaba, perfectamente, qué tenía detrás. La pronuncié en alto:

—Desconsol.

10

Mamá —la llamé enseguida, quizá ella podía aportarme alguna pista.

—Hija, ¿cómo estás? ¿Has podido averiguar algo de lo que te dije?

—No exactamente. ¿Recuerdas un caso que tuvo papá cuando yo era pequeña de un señor que encontraron muerto en el parque de la Ciutadella?

—Sí, hija, se supone que le dio un infarto. Aunque claro... —Se quedó pensando.

—¿Qué te dijo papá sobre sus hipótesis?

—Tampoco me contó mucho al respecto, ya sabes cómo era con esas cosas. Se angustió bastante según iba pasando el tiempo. Creía que había un asesino suelto en Barcelona y sé que tenía que ver con la causa de la muerte; aunque parecía natural, él pensaba que les inyectaban aire en vena con una jeringuilla o algo así. No puedo decirte más porque no me lo explicó del todo, pero se obsesionó con el tema. Y cuando vi lo del asesino del aire en vena ese y no sé qué de una jeringuilla, lo tuve clarísimo. Hija, ten cuidado, por favor… Si es el mismo asesino…

—Tranquila, mamá. Sabes que sé cuidar de mí misma.

—Claro que lo sé, hija…, pero también he visto cómo le has retado públicamente. Paula, es un asesino. ¿Qué dicen tus compañeros? —me preguntó.

—Estamos en ello, no te preocupes porque estoy totalmente vigilada y protegida. Gracias por contarme esto. Te vuelvo a llamar en cuanto pueda.

Mi madre no tenía ni un pelo de tonta y por mucho que mi padre no le contase todo, si ella decía que los asesinatos estaban relacionados, era porque lo estaban. Pero me tocaba investigar demasiadas cosas. Empezando por el sobre que tenía encima de la mesa. ¿Quién me había dejado la pista de un antiguo caso de mi padre? Desde luego no se trataba del asesino del aire en vena.

Cuando era pequeña, falleció un hombre en Barcelona, cerca de la estatua del Desconsol en el parque de la Ciutadella.

Me acordaba muy bien porque aquel día fue cuando mi padre me trajo un paté diferente para merendar. Y esas cosas nunca se olvidan cuando eres pequeño.

Hallaron a un señor muerto al lado de la estatua. La versión oficial contó que fue una muerte natural, pero mi padre estaba empeñado en que no podía ser así, y a raíz de eso empezó a tirar más del hilo. Es de lo poco que recuerdo tras la confesión de mi madre.

Busqué la noticia en internet, pero no salía nada. Así que llamé a la antigua comisaría de mi padre para pedir el expediente de ese caso.

—Buenos días, soy Paula Capdevila.

—¿Hija de Pol?

—Sí, así es.

—Hombre, Paulita, ¿qué tal?, soy Fernanda. —No se jubilaba ni aunque le tocase.

—Hola, Fernanda, muy bien. Mira, te llamo en calidad de criminóloga de la Unidad de Intervenciones Especiales.

—Ay, hija, te he visto por la televisión, madre mía la que tenéis ahí montada…

—Sí, el caso es que necesito…

—Y es que menuda es la prensa, ¿eh? Vaya cosas han dicho de ti. —No me dejaba hablar.

—Sí, Fernanda, sí, necesito que…

—Y ¿cómo está tu madre, cariño?

—Bien, Fernanda, bien. Necesito que me facilitéis…

—Ay, hija, cuánto me acuerdo de tu padre.

—¡Fernanda! —Alcé la voz y escuché su silencio—. Disculpa, pero tengo prisa. Necesito el expediente de un caso de mi padre. La versión oficial es que fue una muerte natural, pero sé que él lo investigó como un asesinato, así que entiendo que estará en los archivos. No sé el año exacto, pero fue el caso del cadáver de un hombre que encontraron cerca del Desconsol.

—Hija, pero… yo no puedo entregarte eso.

—Es de extrema urgencia, Fernanda.

—Ya, hija, ya, ya supongo, pero no eres personal autorizado.

—¿No me autoriza pertenecer a la nueva Unidad del Gobierno de España? —Se escuchó un silencio.

—Déjame que lo hable con el jefe de ahora y te llamo.

—No, descuida, Fernanda, tienes razón. Hablaré con mi superior para que tramite él esta gestión. —No necesitaba que se levantase la liebre—. Gracias, me ha alegrado hablar contigo.

—Y a mí contigo, hija, un abrazo muy grande para ti y tu madre.

Maldita burocracia asquerosa y maldita Fernanda y su buen hacer. Si no podía tirar por ahí, tenía que desviar mi investigación por otro lado. Me fui a la central para intentar coger yo misma esos expedientes. Tal vez todo estuviese informatizado y simplemente tendría que pulsar una tecla para descargarlos, otra para imprimirlos y llevármelos a mi casa.

Tony y Gutiérrez habían vuelto esa misma mañana a la escena del crimen de la última víctima y Sandoval estaba en su laboratorio analizando el cuerpo y las pruebas. Era el momento ideal para trabajar sola en esto, sin necesidad de dar explicaciones. Desde mi ordenador podía acceder a todo lo relacionado con la nueva Unidad de Intervenciones Especiales. Sin embargo, me impedía entrar en el sistema de la Policía Nacional.

Me fui al despacho de Tony a hurtadillas. La verdad es que, pensándolo en frío, dudaba que alguien me dijese nada y menos con la que teníamos encima. Pero el simple hecho de saber que estaba haciendo algo a espaldas de mi unidad y mi equipo, ya me hacía sentir insegura.

Entré en el cuarto, cerré las cortinas venecianas típicas de cualquier comisaría y me senté en su silla. El ordenador estaba encendido, así que entré en el sistema central de la Policía Nacional para buscar el caso del Desconsol. Puse toda la información necesaria en el buscador, incluido el nombre de mi padre, y me saltó un cuadro para introducir mi nombre de usuario y contraseña.

Me recordó a aquella vez que estuve dos horas de reloj intentando recuperar mi contraseña del correo electrónico. Una pesadilla, un bucle sin final: «Recuperar contraseña; dirección de correo electrónico; introduzca la nueva contraseña; la nueva contraseña no puede coincidir con la anterior —escribo la antigua sin recuperar—; usted ha querido recuperar la contraseña; enviar código de recuperación; introduzca el código; código erróneo; volver a recuperar contraseña; la dirección de correo electrónico no coincide con ninguna cuenta de usuario...», y así hasta que me permitió entrar en mi correo. Bien, pues me sentía exactamente igual con el añadido de que estaba entrando en un sistema totalmente confidencial.

Probé suerte con su nombre y su número de placa en la contraseña:

Usuario: Antonio Herrero
Contraseña: Tony X1112
DENEGADO

Volví a probar, rezando por que no tuviera un número de intentos predeterminado y se bloquease el ordenador, como la tarjeta SIM de un móvil o la tarjeta de crédito.

Usuario: Antonio Herrero
Contraseña: antonioherreroX1112
DENEGADO
SOLO LE QUEDA UN INTENTO ANTES DE QUE EL SISTEMA SE BLO-
QUEE

Maldita sea, ¿de verdad? Me paré unos segundos para
pensar con claridad la excusa que me iba a inventar cuando se
me bloquease el sistema. Esperaba que no empezaran a saltar
alarmas o algo parecido por un presunto hackeo. Porque tenía
muy claro que lo iba a intentar hasta el final. Pensé en decirle
a Tony que necesitaba algo del caso y que no recordaba que
no estaba en la base de datos de la Unidad. En fin, como ese
era el problema de mi yo del futuro, lo volví a intentar.

Usuario: Antonio Herrero
Contraseña: ....

Me quedé pensando unos segundos más antes de pifiar-
la de nuevo. ¿Qué pondría de contraseña una persona como
Tony? Porque no tenía mucha pinta de fechas especiales ni
nombres raros. De hecho, parecía el típico hombre que usa-
ba la misma en todo para no olvidarse. Vamos, que no sería
ni la primera ni la última persona a la que podrían robarle la
vida entera como la descubriesen. ¿Qué es lo que Tony apre-
ciaba más en esta vida, aparte de a sí mismo y su profesión?
Su placa no era, su nombre y su placa tampoco... Entonces
se me iluminó la bombilla.

Usuario: Antonio Herrero
Contraseña: FordMustang
AUTORIZADO

Me puse a dar saltos de alegría en la propia silla, en completo silencio para no llamar a atención. «Qué previsible eres, Tony», pensé para mis adentros mientras sonreía. Introduje de nuevo los datos necesarios para localizar los archivos del caso que me interesaba. Pero, para mi sorpresa, no había absolutamente nada. Ni siquiera tras meter el nombre y los datos de mi padre: encontré más que expedientes que no tenían nada que ver con lo que estaba buscando. Tanto para nada. Cerré el sistema y me fui a la sala de cámaras.

Otra de las cosas que quería investigar eran las cámaras de seguridad del edificio de mi apartamento y los colindantes, más las que había puesto la Policía Nacional para mayor seguridad. Mi pensamiento era el siguiente: si la persona que había dejado ese sobre en mi nuevo hogar no era el asesino del aire en vena, quizá no había sido tan lista como para que las cámaras de seguridad no grabasen su identidad.

Pero cuando me dispuse a ver imagen por imagen, tardase el tiempo que tardase, descubrí que todas las cámaras habían sido desactivadas durante los minutos exactos que la misteriosa persona empleó para dejarme el sobre y poder marcharse. «Vaya, qué casualidad...», pensé.

Eso no era nada típico del asesino del aire en vena. Él no necesitaba desactivar ni anular nada para no ser descubierto.

Así que, ahora, estaba todavía más segura que antes de que quien dejó ese sobre no era quien estaba detrás del peor asesino de los últimos tiempos.

Accedí a las cámaras que grababan imágenes en una pequeña área de las esquinas de ambos lados de la calle. Derecha e izquierda. Tal vez, si la persona hubiese girado por ahí, por muy poco que se viese con claridad, podría tener una pista más.

Retrocedí y avancé varias veces, intentando encontrar los minutos exactos en los que ocurrió todo. Era difícil manejar la palanca de mando con tiento. De momento solo me fijaba en el tiempo, hasta que di con los minutos exactos.

Vi a varias personas paseando, otras con bolsas de la compra o hablando por teléfono; pasaban coches y más coches… hasta que paré en seco y detuve la imagen. La acerqué todo lo que pude con el zoom y traté de que la toma congelada estuviese lo más clara y nítida posible. ¿Sería cierto lo que estaban viendo mis ojos? Seguí agrandando la imagen y vi su rostro cada vez más claro. En ese momento entró Tony.

—¿Qué haces aquí? Pensaba que te habías quedado en casa descansando.

—No puedo descansar, ya sabes. —Cerré lo que tenía en las pantallas.

—¿Qué mirabas? —preguntó Tony extrañado cuando vio que ocultaba todo de sopetón.

—Nada, las cámaras del parque del Oeste, por si veía algo y eso… —Me levanté.

—Ah… —Me miró sin creerme—. ¿Por eso te has metido en mi ordenador? —me preguntó sin vacilar.

—¿Yo? —Típica respuesta de un mentiroso—. Ah, sí, es que no funcionaba el mío. —Quise escapar de ahí cuanto antes, pero puso el brazo en la puerta.

—Paula… —me dijo con ese tono condescendiente—. ¿Por qué te has metido en la base de datos de la Policía Nacional? —Quitó el brazo esperando una respuesta.

—Pues…, oye, ¿qué pasa? ¿Se sabe cuándo entráis cada uno al sistema o qué?

—Generalmente, no. Pero no solemos poner dos veces mal la contraseña —respondió.

—Nada, bueno, tenía que mirar una cosa.

—¿El qué?

—Una cosa, Tony, parece que no te fías de mí —le increpé.

—Al parecer eres tú la que no se fía de mí. Creía que ya habíamos superado esa fase.

Me fui sin mediar palabra. Y no es que estuviese nerviosa, estaba atacada. No porque Tony me hubiese pillado. Me encontraba así por el rostro que había visto en la imagen de las cámaras de seguridad, justo en los minutos exactos en los que alguien me dejó un sobre con una pista acerca de la relación de mi padre con el asesino. Estaba a punto de coger el ascensor cuando Gutiérrez me llamó:

—Capdevila, a mi despacho.

Resoplé y, cuando las puertas se abrieron, pensé en entrar al ascensor e irme lo más lejos posible. Pero decidí volver y ver qué quería el comisario principal Gutiérrez.

—Siéntate —me dijo mientras cerraba la puerta de su despacho—. ¿Cómo estás? —me preguntó preocupado.

—Bien, señor. Bien dentro de lo que cabe, claro.

—Sandoval ya ha enviado los resultados del último cadáver. Tony te los dará ahora.

—Perfecto.

—Pero ¿cómo te encuentras? Es mucho para cualquier persona, la verdad, entendería que necesitaras unos días libres.

«Cómo podía tener tanta cara…», pensaba sin hablar.

—No, gracias, señor. Además, estoy cada vez más cerca del asesino. Estoy segura de ello.

—Ah, ¿sí? ¿Por qué?

—Es como si ya lo hubiese vivido antes, no sé cómo explicarle. Es igual, me voy a seguir trabajando, señor.

Entonces Tony entró, interrumpiendo nuestra conversación, para darme los resultados que teníamos de Sandoval.

—Gracias, Capdevila. Nos vemos luego.

Me fui con Tony a su despacho para revisar los resultados de la autopsia y del laboratorio.

—Varón, sesenta y seis años. Ernesto Figueroa Ibáñez, natural de Madrid, jubilado. Con una larga carrera como juez. Casado, cuatro hijos y siete nietos. La causa de la muerte ya nos la sabemos. Tenía una patología cardíaca, así que supongo que fue mucho más rápido que los anteriores… —Tony leía por encima el documento.

—Con esa profesión, dudo que tuviese antecedentes. ¿Podemos mirar si existe algún trapo sucio en su actuación como juez? —le pregunté.

—Vamos a ver. —Se dispuso a escribir en su ordenador. Tarareaba mientras tanto—. Pues… sí. Hubo un caso muy polémico hace unos años, que de hecho tuvo repercusión mediática.

—¿Qué ocurrió?

—Pues al parecer condenó injustamente a un hombre por un delito que no había cometido y con el paso de los años se supo la verdad; he ahí la polémica.

—Pero fue un error, ¿no?

—No parece... Fuentes dicen que condenó a pena de prisión injustamente a un hombre con el que tenía un problema personal, aunque no pone cuál, y no avisó de que existía un conflicto de intereses... Un caso un poco raro. Pero para cuando se supo, ya estaba jubilado.

—Con que injusto, ¿eh? Otra víctima más con malas palabras a su alrededor. ¿Te das cuenta? Es como si el asesino del aire en vena estuviera limpiando el mundo de malas personas.

—Hombre, Paula... —Abrió los ojos.

—Tony, salvando las distancias, claro está, pero lo está haciendo por eso. Estoy segura.

En un momento en el que Tony estaba liado, salí de nuevo en busca de aquella imagen congelada que a mí me había dejado helada. Necesitaba imprimirla y ponerla en mi mapa de investigación. Todavía seguía sin dar crédito al rostro que había grabado aquella cámara de seguridad. El mismo que me había dejado aquel sobre de imitación en mi apartamento. Pero ¿por qué no me lo decía directamente?

Mientras la foto se imprimía, no me di cuenta de que Tony estaba mirando por la ventana que separaba la sala de cámaras del pasillo; lo supe poco después, cuando todo explotó inevitablemente.

Y es que durante todo ese tiempo, mientras los sucesos me ponían a mí contra la espada y la pared, Tony no solo me estaba ocultando un operativo para capturar al asesino, sino algo mucho mayor y más doloroso para mí. Si lo hubiese sabido desde el principio, quizá esta historia no habría sido igual. Tal vez si no hubiese sido tan idiota de pensar que realmente me estaban vigilando para protegerme, podría haber tenido la mente y los pensamientos mucho más claros que en aquel momento.

Tony estaba viendo cómo sacaba de la impresora el fotograma que congelé de aquellas imágenes de seguridad con el rostro del comisario principal Gutiérrez. Supongo que, de haberse sorprendido tanto como yo, habría entrado corriendo a hacerme un interrogatorio de los suyos sin dejarme casi respirar. Pero Tony no se inmutó cuando vio esa imagen, aunque sí se enfadó…, y mucho.

11

Hola, soy Paula Capdevila. ¿Hablo con la mujer de Ernesto Figueroa Ibáñez?

—Sí, soy yo.

—Le llamo de la Unidad de Intervenciones Especiales.

—¡Ay! ¿Qué le ha pasado a mi marido? ¿Es usted la de las noticias? —Se escucharon lloros al otro lado del teléfono que se fueron alejando segundo a segundo.

Nadie quiere recibir esa clase de llamadas. Sobrias, oscuras, preocupantes y desoladoras. Otra persona cogió el teléfono.

—¿Sí? ¿Quién es? —Supuse que era algún hijo.

—Hola…, verá, soy Paula Capdevila, criminóloga de la Unidad de Intervenciones Especiales. Su padre ha sido encontrado sin vida en el parque del Oeste. Siento mucho su pérdida… —A veces es mejor ir al grano.

—Pufff. —Más llantos—. Sí, soy su hijo. Gracias por avisar.

—Los acompaño en el sentimiento. Como ya sabrán, estamos en plena investigación sobre un posible... —Me cortó.

—Un posible asesino en serie. Por supuesto, cuenten con nuestra colaboración para todo lo necesario. Iré yo mismo a reconocer el cadáver de mi padre.

—Gracias, mis compañeros se pondrán en contacto con usted. Mientras tanto, me gustaría que se pasase por aquí para hablar.

—Sí, claro.

Supongo que haber nacido y crecido en una familia de leyes en ocasiones facilitaba mucho más la comprensión de los procesos policiales y judiciales. Otra familia más destrozada a manos del asesino del aire en vena.

La conversación con su hijo fue muy distendida, no parecía estar siendo interrogado. Me contó cómo había sido Ernesto en vida y que dejaba mucho que desear como padre, marido y juez.

Las informaciones que teníamos sobre aquel caso de cierta injusticia moral y judicial eran ciertas. Me relató con detalle que el hombre al que condenó con pena de prisión era un amigo de su madre del que el juez estaba bastante celoso. Sin motivo, pero celoso. A aquel hombre lo confundieron con un ladrón que robó a mano armada una joyería y, aunque las pruebas eran circunstanciales, Ernesto Figueroa Ibáñez determinó su entrada en prisión por un pequeño detalle que, de haber sido otra persona, se hubiera investigado mucho más.

El caso es que dictó esa sentencia con todas las de la ley, su ley, para quitarse a su supuesto rival de encima. De las palabras del hijo se infería que aquello era una espina clavada en esa familia que sí sabía toda la verdad. Especialmente en la madre. Ella cargó durante muchos años con la injusticia que su marido había cometido y que ella, en cierto modo, consintió.

La única persona que habría tenido motivos para hacerle daño era aquel hombre, pero, por lo que sabíamos, al salir de prisión se mudó a Italia muy enfadado con la justicia española. Además, tenía una coartada, y, aunque no hubiese sido así, nosotros sabíamos que no estaba relacionado con el asesinato del señor Figueroa. Las apariencias engañan y nunca hay que dar nada por hecho.

Después de aquella conversación, decidí ir a ver a Sandoval al instituto de anatomía. Cogí unas cervezas por el camino. Necesitaba contarle todo lo que sabía para que me ayudase a gestionarlo del mejor modo posible, profesional y emocionalmente. No me fiaba por completo de ninguno, pero hasta ahora ella había sido mi mayor apoyo y lo más parecido a una buena amiga. Decidí ofrecerle el beneplácito de la duda, como cuando empiezas una relación amorosa con alguien y, aun queriendo no confiar por un posible dolor, lo haces, a ciegas y sin pensarlo.

Cruzar ese pasillo largo, lóbrego y con luces parpadeantes me recordó de nuevo la típica escena de miedo. Creo que en la filmografía de cualquier director de terror ha aparecido un pasillo largo y oscuro alguna vez, parecido al del instituto, junto con una música tenebrosa de fondo para anunciar el susto final. En ocasiones, cuando lo recorría, me imaginaba que saldría la niña vestida de blanco; otras, el asesino de la motosierra, e incluso a veces sentía la jeringuilla del asesino del aire en vena rozándome el cuello. Lo sentía muy cerca. ¿Cómo era posible que tuviese en mente una conexión con alguien tan despreciable?

—Hola —dije mientras cerraba la puerta.

—Paulita, ¿cómo estás? —Me abrazó—. Bueno…, con cervezas y todo. ¿Qué te pasa? —me preguntó.

—Tengo que contarte algo, Sandoval. —Vio mi cara de preocupación.

—Ven, siéntate, cariño. —Me acercó una silla.

—Pues resulta… No sé por dónde empezar…

—Por el principio, ya sabes.

¿En qué momento de mi vida me había costado tanto explicar algo? Acostumbraba a coger el toro por los cuernos. La duda hizo que me sintiese indefensa, que no tuviese tan claras las circunstancias que quería exponer a mi compañera. En mi cabeza todo parecía mucho más sencillo.

El móvil de Sandoval sonó, y ella lo ignoró. Sin embargo, ante la insistencia de la llamada, no tuvo más remedio que cogerlo.

—Sí, está aquí. ¿Qué? Vamos.

—¿Qué pasa? —la interrogué preocupada.

—No lo sé, pero Gutiérrez y Tony están discutiendo a pleno pulmón.

Cogí de nuevo mi abrigo y mi maletín y salimos corriendo. Un amigo de Sandoval, de la central, estaba intentando dar conmigo para que volviera de inmediato a frenar la desagradable situación que tenía lugar entre Gutiérrez y Tony. Lo malo de no pertenecer al cuerpo de la Policía Nacional es que no podías activar la sirena para volar por Madrid.

Sandoval tenía el clásico coche de mujer madura, soltera, sin ganas de demostrarle nada a nadie, pero con clase. Un Fiat 500 color berenjena y con un interior en blanco roto precioso. Tampoco corría mucho; nada que ver con Tony y su Ford Mustang. Tal vez hubiese sido mejor coger un taxi. O quizá habría sido un buen momento para respirar profundo antes de entrar al automóvil. Sandoval estaba conduciendo en un elevado estado de nervios por lo que su compañero le había dicho por teléfono. Creo que ambas sentíamos que la Unidad peligraba. Si Gutiérrez y Tony perdían la unión que tenían, todo temblaría para nosotras.

Aquel día fue uno de los peores que viví en Madrid. Empecé a detestar todo lo que me había enamorado de la capital, como si mi empatía con la ciudad hubiese desaparecido de golpe.

Tuvimos un accidente de tráfico y debo reconocer que la culpable de aquel percance fue Sandoval. Quiso ir tan deprisa que se saltó un ceda el paso y un coche, bastante más grande que el suyo, nos arrolló. Aquel día no llegamos a la central.

El coche resultó siniestro total. Aunque ninguna de las dos tuvimos lesiones graves, pero sí incapacitantes, la peor parte se la llevó ella. La cama no nos la quitó nadie.

Sandoval se fracturó la clavícula y una pierna, y yo me hice daño en la muñeca al querer sujetarme con todas mis fuerzas al agarradero de la puerta y también sufrí una conmoción.

Ambas perdimos el conocimiento, nunca sabré si del susto o del golpe. Cuando nos despertamos ya estábamos en una camilla a punto de subir a una ambulancia.

Varios coches de la Policía Municipal y Nacional hicieron de barrera contra el sensacionalismo. Los reyes en este terreno soltaron de todo por la boca cuando se enteraron de que el accidente del paseo de Recoletos había sido provocado por dos de las integrantes de la Unidad de Intervenciones Especiales. Era como si nos echaran la culpa de haber querido experimentar algo así. De pronto parecía que este accidente restaba profesionalidad a nuestros actos o verosimilitud a nuestro trabajo. Dicen que en la vida todo pasa por algo, sin embargo, nunca encontré un sentido a ese accidente. Podríamos habernos matado.

Nada más recuperar la conciencia, lo primero que busqué con la mirada fue a Sandoval, deseaba con todas mis fuerzas que ella estuviese haciendo lo mismo. Rogué por que siguiese con vida. Lo segundo fue mi maletín. También pensé que menos mal que Henry no estaba con nosotras. Tener un accidente te cambia y te enseña. Los seres humanos llevamos un ritmo tan frenético en nuestras vidas que muchas veces no somos capaces de ver lo que sucede a nuestro alrededor con claridad.

Mi maletín seguía intacto, como si no hubiese sido testigo de aquel terrible accidente que, afortunadamente, no dejó ninguna víctima mortal. El otro conductor solo resultó herido, por suerte sin gravedad.

Nunca, en toda mi vida, me había sentido tan impotente como en aquel momento. Me mareaba el ruido de las sirenas de las ambulancias y el jaleo de tanta policía. Notaba el sabor de la sangre en mi boca y un dolor inmenso por todo el cuerpo, sobre todo en la muñeca y en la cabeza. Vi a Sandoval cubierta de sangre e insultando del dolor que tenía a quienquiera que intentaba sujetarla para estabilizarla en la camilla. Me sentía impotente por no poder ir a ayudarla, pero a la vez aliviada al ver que maldecía a todo el que se cruzaba en su camino.

A ella la subieron antes a una ambulancia y se la llevaron al hospital. A continuación, a mí me metieron en otra. Ojalá hubiera podido ir con ella y agarrarle la mano. Justo cuando iban a cerrar las puertas, un brazo lo impidió. Y, sin pedir permiso, entró Tony.

—Paula, ¿estás bien? Dios mío… —Se movía sin saber si abrazarme o echarse las manos a la cabeza.

—Caballero, tiene que salir de aquí. Nos puede seguir con el coche —dijo el técnico en emergencias que me sujetaba la vía.

—Soy policía, voy con ella.

—Y yo Juan, encantado, pero tiene que salir de la ambulancia —le contestó seco y tajante.

—Nos vemos en el hospital, tranquilo, estoy bien. Ve rápido. Sandoval llegará antes que yo, ya ha salido hacía allí.

—Me costaba coger aire.

Aquel trayecto fue uno de los más angustiosos de mi vida. Ir en una ambulancia no es un viaje de placer, nadie quiere subir en una. Era muy consciente de que los sanitarios que estaban atendiéndome de la mejor manera posible querían que yo estuviese bien, pero eché en falta alguna palabra de aliento. Un «tranquila, ya ha pasado». Tal vez un «descuida, pronto llegamos» o un «perdona, te ahueco la manta para que estés más cómoda». En aquel momento solo quería que las puertas se abriesen de nuevo y que mi madre estuviese esperándome para darme un gran abrazo, cálido y reconfortante.

No pude evitar recordar cuando mi padre salió de aquella ambulancia en la puerta de urgencias del hospital, totalmente inconsciente y con un médico subido encima de la camilla practicándole la reanimación cardiopulmonar. Es una de las imágenes más duras de mi memoria y siempre querré olvidarla.

Cuando nos avisaron de que mi padre había sufrido un infarto, yo estaba en el colegio y mi madre, trabajando. Recuerdo perfectamente que el director entró al aula y le dijo a mi profesora que necesitaba que yo saliese. Sus ojos me contaron todo mucho antes que sus palabras; había ocurrido algo y no era nada bueno. Mi madre estaba en la puerta principal esperándome con el coche, nerviosa y preocupada, pero, como de costumbre, intentó mantener la compostura para que yo no me diera cuenta de la gravedad de la situación.

Recorrimos ese camino calladas, llorábamos en silencio y solo queríamos llegar lo antes posible para estar con él. La ambulancia se retrasó más de lo previsto por un accidente y por eso pudimos ver cómo lo sacaban. Quizá hubiese preferido entrar corriendo y que varias enfermeras me hubiesen parado en seco para explicarme que los médicos estaban haciendo todo lo posible por salvar a mi padre. O quizá hubiese deseado que aquel día mi padre nunca hubiera ido a trabajar. Que hubiese sido fin de semana, un festivo o vacaciones, porque de esa manera habría pasado su último día con él.

Pero la realidad es así de cruda. Hoy estamos aquí y mañana quién sabe. Cada día es una nueva oportunidad por la sencilla razón de que nadie tiene la certeza absoluta del futuro. Nunca sabemos cuándo es la última vez que podremos decirle a una persona que la queremos ni si tendremos la opción de despedirnos de ella.

Sentí que volvía a nacer cuando miré las luces de la ambulancia, al igual que fui consciente aquel día que el corazón de mi padre se moría, que no volvería a latir de nuevo. El recorrido por las calles de Madrid se me hizo muy largo sin poder sentir el aire del exterior en mi rostro. Sin poder ver las luces que tantas veces me habían acompañado en otros trayectos. Cuando llegamos al hospital, Tony ya estaba esperando a que me sacasen para asegurarse de que todo había ido bien. Gutiérrez estaba dentro con Sandoval.

—¿Cómo estás? —Se agarró a la camilla con determinación y fuerza mientras recorríamos las urgencias en busca de un box.

—Bien, ¿cómo está Sandoval? —Solo me preocupaba eso.

—Le están haciendo pruebas, pero bien. Consciente y con su mal humor de siempre. —Los dos sonreímos.

—Caballero, aquí no puede pasar. En cuanto le realicemos todas las pruebas pertinentes le informarán. Su novia está a salvo, descuide —dijo el celador que empujaba la camilla.

¿Novia? ¿Había dicho novia? No es que tuviera la cabeza como para reparar en aquella palabra tan incierta, pero la verdad es que no pasó desapercibida. ¿Qué habría notado aquel hombre para pensar que Tony era mi novio?

Nos hicieron de todo. Radiografías, tomografías computarizadas, análisis de sangre... Menos mal que en casos como este los sanitarios actúan lo más rápido posible. Durante muchos años culpé a los médicos de la muerte de mi padre. Por no haber hecho más, por no haber evitado que se muriese, por no haber conseguido que su corazón volviese a latir. Me enfadé mucho con todos ellos. Supongo que era mi manera de encontrar una explicación. Pero estaba equivocada. Ellos hicieron todo lo posible, pero con la dolencia de mi padre no sirvió de nada. Cuando terminaron las pruebas me llevaron a una habitación; Tony estaba esperándome.

—Paula, tienes un esguince en la muñeca y una pequeña conmoción cerebral. Nada grave, pero prefiero que te quedes esta noche ingresada y estés en observación, ¿de acuerdo? —dijo el doctor.

—¿Cómo está mi compañera? —le pregunté.

—Tiene fracturada la clavícula y una pierna. Contusiones en el resto del cuerpo y varias heridas en la cara que ya hemos cosido. Por lo demás, todo bien, no te preocupes. Ella también se quedará en observación esta noche.

—¿Podemos pasar la noche en la misma habitación?

—Sí, no te preocupes por eso. Ya lo hemos pedido. Están preparando una habitación para vosotras —dijo Tony sin soltarme la mano. Seguía preocupado.

—Bueno, cualquier cosa que necesitéis, aquí estamos.

—Gracias, doctor —dijimos Tony y yo a la vez.

Me iba a estallar la cabeza y el dolor de la muñeca era insoportable. Estaba realmente incómoda con la escayola y la vía puesta. Tony me pidió que me tranquilizase y que procurase no moverme mucho.

Salió un momento para comprobar que el otro conductor estaba bien y empezar los trámites pertinentes tras el accidente, pero antes me hizo una pregunta que no me pilló por sorpresa:

—¿Por qué el celador ha dicho que eres mi novia? ¿Le has dicho tú algo?

—No lo sé, yo tampoco lo he entendido. —Resoplé del dolor mientras me movía.

—Estate quieta, Paula. ¿Quieres que llame a tu madre?

—¡No! —Me salió del alma—. No quiero que se entere.

—Vale, tranquila. Voy a ver al otro conductor y vuelvo. —Se dirigió hacia la puerta, pero antes de salir, se giró—. Algo habrá visto, ¿no?

—¿Quién? —pregunté.

—El celador. —Sonrió y se fue.

Mamihlapinatapai..., un término en un idioma casi en extinción, pero que expresa algo hermoso. ¿Tal vez era eso lo que había visto el celador? Esa mirada entre dos personas en la que cada una espera que la otra comience una acción que ambas desean, pero que ninguna se anima a iniciar. En mi mente quedaba muy bonito pensarlo así.

Golpearon la puerta y a continuación se abrió.

—Paula, ¿cómo te encuentras? —Era Gutiérrez.

—He tenido días mejores. —Sonreí para quitarle importancia a todo.

—Qué susto nos habéis dado, menos mal que estáis bien. —Se sentó a mi lado.

Agachó la cabeza, con los codos sobre las rodillas y frotándose las manos despacio. Quería decirme algo y no sabía por dónde empezar. Ese nerviosismo de comenzar algo que no sabes qué te va a deparar. Ese algo que no estás seguro de decir porque sabes que lo cambiará todo. Gutiérrez era un hombre muy recto y valiente, pero aquel día pude ver su vulnerabilidad.

—¿Qué ha pasado con Tony, señor? —Quise ayudarle.

—Verás, Paula… Hay algo que tendría que haberte dicho desde el principio, pero…

La puerta se abrió de golpe. El celador entró dispuesto a llevarme a la habitación con Sandoval para que pasásemos la noche juntas. Gutiérrez se levantó del asiento sobresaltado y me dijo que ya hablaríamos. ¿Por qué siempre tiene que haber algo que interrumpa esas situaciones tan decisivas? Por otra parte, la verdad es que estaba demasiado dolorida y mareada por la medicación. Tampoco era el momento de entablar una conversación de ese calibre.

Cuando llegué a la nueva habitación, Sandoval ya estaba allí. En realidad, lo supe antes de traspasar el umbral de la puerta, porque sus gritos se escuchaban desde el pasillo.

—Pero ¿por qué no quieres subirme la medicación? Me duele, joder. —Ya estaba increpando a una enfermera que no quería aumentarle la dosis.

—Oye, si no lo hace, es porque no puede —le dije mientras entraba.

—Paulita, querida. ¡Qué alegría verte! —Sonrió como nunca—. Y no, no la sube porque no le da la gana, que yo también soy médico —dijo mientras le echaba una mirada fulminante a la pobre chica que salía ya de la habitación.

—¿Qué tal? ¿Te duele mucho? —le pregunté.

—Me duele que te cagas. Por cierto, menos mal que no bebimos esas cervezas... porque madre mía, Paulita, la que he liado. Perdóname... —Se mordía el labio a punto de llorar.

—Eh, tranquila. Todo está bien. El otro conductor está a salvo, mejor que nosotras. Ya está, ¿vale? Ha sido un accidente. —Pude alcanzar su mano y cogerla para calmarla.

Nos quedamos un rato charlando de cosas sin sentido: del color de las paredes, del olor del hospital o de lo guapa que le parecía la enfermera a la que acababa de increpar... Supongo que ninguna de las dos teníamos ganas de hablar de otra cosa que no fuesen banalidades absurdas.

Al final, el sueño pudo con nosotras y nos quedamos dormidas. Cuando tienes un shock así, o duermes o no duermes. Nosotras lo hicimos. Dormimos profundamente gracias a la cantidad de analgésicos que nos administraron.

Desde que era pequeña he tenido un sueño recurrente que se ha repetido muchísimas noches. Estoy en un campo abierto, como una especie de trigal verde. Con un aire lo suficientemente suave para que no moleste y potente para que el trigo se vaya meciendo. Pero no lo mueve de una forma cualquiera, sino proporcionándole delicadeza. Lo miras desde la lejanía y puedes sentir la suavidad que tiene mientras el aire lo balancea.

Entonces comienzo a correr y poco a poco voy levantando los pies del suelo hasta que mi cuerpo entero está suspendido en el aire. Estoy volando, pero bajito. O, mejor dicho, planeo. Planeo por esos pastos de trigo y sonrío tanto que me duelen las mejillas.

No sé cuánto tiempo real dura ese sueño. Para mí, toda la noche. Una vez que ya he surcado kilómetros y kilómetros de absoluta suavidad, empiezo a descender. Tan despacio como antes de levitar. Sé que me voy a caer, pero no me da miedo. Así que sigo sonriendo mientras caigo, y justo cuando mi cuerpo va a rozar el suelo, me despierto.

Esa noche en el hospital volví a soñarlo, pero no era igual. Estaba en la habitación de un hospital con dolores, no en mi cama. No en mi hogar. No pude evitar una mueca de dolor porque se me había enganchado la vía a la cama. Noté el mismo olor del que había estado hablando con Sandoval unas horas atrás. El hospital se encontraba en absoluto silencio. Tan solo se escuchaba, de vez en cuando, el pitido de las máquinas que estaban enchufadas a otros pacientes y los murmullos lejanos de algún que otro sanitario que estaría de guardia.

La habitación estaba oscura, pero la puerta a medio cerrar dejaba entrar un hilo de luz del pasillo. Sandoval dormía profundamente, con la boca abierta y soltando algún que otro ronquido. Los ojos me pesaban mucho, me costaba mantenerme despierta para intentar desenganchar la vía. Tenía mucha sed. Veía borroso y, aunque trataba de abrir los ojos con todas mis fuerzas, los párpados se me cerraban. Traté de acomodarme y beber agua. Pero algo hizo que los abriese de golpe, aunque mi visión seguía borrosa. La puerta de la habitación se estaba moviendo cada vez más, en completo silencio, dejando que entrara más claridad.

Pude ver cómo la sombra de un hombre vestido de oscuro entraba en nuestra habitación. Pregunté que quién era, pero no contestó nadie. Se acercaba cada vez más, sin hacer ni un solo ruido, sigiloso. Como un león en plena sabana intentando cazar a su presa. Me frotaba los ojos, pero no podía con la escayola. El otro brazo continuaba enganchado a la cama. Cuando estaba casi a mi lado, pude ver cómo aquel individuo, del que no distinguí la cara, sacaba de su manga una jeringuilla.

Hiperventilé e intenté gritar, pero la voz no me salía. Sandoval seguía dormida. Cogí el mando para llamar a la enfermera, desgarrándome la vena del brazo para sacar la vía. Cada vez estaba más cerca. Podía sentir su odio. Cogió aire con la jeringuilla y la puso sobre mi cuello.

Entonces… me desperté de nuevo.

12

A la mañana siguiente, aquel sueño se quedó en el olvido. Apenas recordaba lo que había vivido en mi subconsciente, pero tenía la amarga sensación de que había ocurrido algo mientras dormía.

Tony estaba sentado entre las dos camas, hablando con Sandoval y esperando a que yo me despertase para desayunar conmigo. Encima de la bandeja que habían traído desde la cafetería del hospital para nosotras había un café y una magdalena. Pero Tony decidió obsequiarnos con un desayuno más contundente: una tortilla de patata que él mismo había preparado, jamón serrano y unos donuts de esos que tienen decoración.

No tardaron mucho en darnos el alta para que pudiésemos descansar en casa. Lo cierto es que yo quería ir a trabajar, pero no me dejaron. Sandoval, en cambio, sí deseaba irse sin rechistar a su casa y no levantarse en una semana. Era normal, ella había sufrido más daños.

Los periodistas habían hecho guardia toda la noche en las inmediaciones del hospital, esperando nuestra salida para captar la mejor imagen y cazar algún testimonio interesante. Me sentía como un personaje de Hollywood ante la expectante mirada de todos los allí presentes. Aquel día no me importó su presencia. Ni a mis colegas tampoco, nuestra atención estaba en otras cosas.

Los compañeros llevaron a Sandoval a su domicilio y a mí me acercó Tony. Tenía muchas ganas de abrir la puerta y ver a Henry. Seguro que había estado muy preocupado por mí. Sabía que se habría pasado toda la noche tumbado junto a la puerta esperando a que llegase. Y así fue, nada más abrir, mi mejor amigo saltó sobre mí en busca de un abrazo.

—Mi niño. Lo siento, lo siento. Te he añorado tanto… —Me lamió la cara.

—Bueno, bueno, ya vale, chico. Tu dueña necesita descansar —le dijo Tony abriéndose paso.

Me senté en el sofá, encendí la televisión y vi mi cara en el programa de las mañanas mientras salía del hospital andando despacio y con Sandoval a mi lado en silla de ruedas. Menudo panorama…, estaba esperando la llamada de mi madre al ver esa imagen. Como de costumbre, no tardó ni cuarenta segundos en sonar mi teléfono.

—Estoy bien. —Es lo primero que dije al descolgar.

—Paula Capdevila, ¿por qué me tengo que enterar por la televisión de todo lo que te pasa? —Estaba muy enfadada.

—Mamá, todo pasó muy rápido y no quería preocuparte. Estoy bien... —Tenía razones de sobra para estar disgustada.

—Voy a coger ahora mismo un tren o un vuelo. ¡Como si tengo que ir andando! —Menudo cabreo tenía.

—Mamá, que no. De verdad, necesito descansar un poco y seguir trabajando. Por favor, hazme caso.

—Hija..., de verdad..., me tienes tan preocupada por todo y ahora esto... —Comenzó a llorar.

—Mamá, escúchame, te prometo que estoy bien. Mejor que nunca diría. Porque tengo muchas ganas de zanjar este caso ya y cada vez lo veo más cerca. —Resoplaba mientras me escuchaba hablar.

—Está bien. Pero, por favor, guarda reposo unos días, ¿vale? Te he enviado unas cajas que tenía de tu padre. Las he mirado por encima y creo que pueden ayudarte bastante en la investigación. —Sonreí.

—Gracias, mamá, eres la mejor.

—¿Hay alguien contigo?

—Sí, mamá. Me ha traído Tony a casa y está aquí.

—¿Es el chico que siempre sale contigo en televisión?

—Sí, mamá. Es él.

—¿Y qué tal está él? ¿Cómo estáis llevando todo esto?

—Ya hablaremos, mamá, de verdad... —Me di cuenta de cómo le emocionaba que mi madre preguntase por él—. Dile que te cuide..., aunque ya sé que lo hace. Te quiero, hija. Llámame pronto, por favor.

—Y yo a ti también, mamá.

Qué bonito era sentirla tan cerca. Parece mentira cómo puedes notar la energía de una persona a cientos de kilómetros de ti. Mi madre y yo teníamos esa conexión tan bonita.

Tony se fue dar un paseo con Henry para ayudarme con él y que yo descansara. Me puse el pijama, me lavé la cara con la mano que tenía útil en ese momento y me limpié los dientes. Entonces sentí un pequeño pinchazo en el cuello, como si una avispa hubiese clavado su aguijón en mi piel. Me enjuagué la boca, escupí la pasta de dientes y me giré para verme en el espejo. Y ahí estaba, un pequeño círculo rojo. Un pinchazo.

Regresó a mi mente la silueta de aquel hombre con una jeringuilla que entraba en la habitación donde había dormido la noche anterior justo antes de despertarme. No había sido un sueño. O sí. Estaba confundida. Me toqué la zona para comprobar si solo era un arañazo del accidente o si, en realidad, mi mente estaba empezando a delirar. Pero no, era un pinchazo. Un claro pinchazo. No fue un sueño.

Me quedé unos minutos frente al espejo. Analizaba mi reflejo, cada vez me sentía más perdida. Pero ni estaba loca ni había sido mi imaginación. ¿Por qué no me mató cuando pudo haberlo hecho? De nuevo había tenido al asesino del aire en vena más cerca que nunca.

Pero no tenía miedo. Mis pulsaciones no se aceleraron, la respiración no se me paró durante unos segundos, las manos no se enfriaron y mis pupilas ya no se dilataron. Porque no solo había sobrevivido a un accidente de coche, sino también al asesino que estábamos buscando... y eso me hacía sentir imparable. El sonido de las llaves mientras la puerta se abría hizo que dejase de mirarme en el espejo y me sentase en el sofá.

—Ya ha hecho todo lo que tenía que hacer. Os dejo aquí descansando, me vuelvo a trabajar —anunció Tony desabrochándole la correa a Henry del collar.

—Gracias por todo, Tony, de verdad.

Vino hasta el sofá y se sentó a mi lado. Me cogió la mano.

—No quiero que me agradezcas nada, Paula. Haría cualquier cosa por que estuvieses bien.

Y entonces volvió a surgir esa palabra yagán tan bonita. *Mamihlapinatapai.* Lo miré a los ojos, le sonreí y lo besé. No existía ningún sobre debajo del sofá que me hiciese besarlo con otra intención. En aquel momento quería hacerlo. Necesitaba besarlo y que me besase. Quería a Tony, aunque me costase reconocerlo, y creo que él a mí también.

—Ah… —Se apartó aún con los ojos cerrados.

—¿Sí? —Le sonreí.

—Ah…, nada, es que… —Volví a besarlo—. Si sigues haciéndolo, no voy a poder ir a trabajar —me dijo.

—Puedes quedarte conmigo si quieres. —Seguí sonriendo.

—Querer, quiero. Pero… hay un sujeto suelto al que tenemos que atrapar y como la criminóloga más inteligente no puede pues… —Me besó.

—Oye, ¿qué pasó con Gutiérrez? —Necesitaba respuestas.

—Verás, Paula…, me encantaría decírtelo, pero es algo que tiene que contarte él.

—¿A mí? ¿Discutíais por mi culpa? —No entendía nada.

—No, por tu culpa no. Pero la discusión sí se refería a ti. Y debe contártelo él. —Se levantó para irse.

Llamé al comisario principal para continuar con la conversación que se había interrumpido en el hospital y que, según Tony, era una que debía mantener solo con él. Pero me colgó el teléfono, pues no podía atenderme en ese momento. Aún estaba cansada y aturdida. Me acurruqué con Henry en el sofá y me quedé traspuesta unos minutos. Sin embargo mis ganas por saber más no dejaban que mi cerebro descansase ni un solo segundo.

Me levanté y me fui a mi mapa de investigación, mi panel de lucidez. Algo que he tenido siempre muy claro en esta vida es que las cosas no se ven igual cuando las miras por segunda vez. Y no es una cuestión de tiempo ni de espacio. Ni siquiera es el eterno fluir de las cosas. Es la perspectiva. Los seres humanos tenemos la hermosa capacidad de mirar con diferentes perspectivas una misma cosa. Como aquella escultura que cambia de forma según desde dónde la observes. No se ve igual si la miras de frente o de lado. Ni siquiera se ve de la misma manera desde diferentes alturas o enfoques.

Por todo ello, observé de nuevo las fotos clavadas con chinchetas en mi mapa de investigación y las líneas que unían unas con otras, pues construían un hilo conductor de los acontecimientos y su cronología. Leí de nuevo mis anotaciones. Y quise comprobar si todo tenía el mismo sentido cuando lo examinaba por segunda vez.

Otra de las cosas que he aprendido a lo largo de mi vida y, sobre todo, de mi carrera, es que la victimología es muchísimo más importante de lo que se pueda llegar a pensar. Las víctimas aportan mucha información del autor de los hechos, porque facilitan datos significativos para comprender las necesidades más profundas del asesino. Así que, con una perspectiva totalmente diferente, me puse a analizar a las víctimas.

Comencé a mover fotos, líneas y anotaciones. Cogí un rotulador negro permanente, con punta de dos o tres milímetros, con el que me gustaba trabajar. Y fui leyendo las anotaciones.

Sebastián Ramírez, cuarenta y seis años. Natural de Zaragoza. Divorciado y sin hijos. Tiene antecedentes por hurtos pequeños y robos. Su mujer y su entorno lo definen como un ser humano cruel. Despiadado en algunas ocasiones. Encontrado su cadáver en el parque del Retiro.

Esther Lozano, veintitrés años. Natural de Colombia. Estudiante de Derecho, brillante. Conocida dentro de su entorno como una persona egoísta. También con antecedentes por ponerse chula con la policía. Encontrado su cadáver en el parque del Capricho.

Almudena Dueñas Alonso, cincuenta y nueve años, empresaria de éxito. Soltera, sin hijos y con familia en Extremadura. Vive por y para su trabajo. Con antecedentes penales por acoso laboral. Encontrado su cadáver en el parque de la Fuente del Berro.

Ernesto Figueroa, sesenta y seis años. Natural de Madrid y jubilado. Una familia estable, un matrimonio sólido y, según su entorno, una persona que, pese a ser juez, había sido bastante injusto en muchos momentos de su vida, aunque resaltaba uno en particular. Sin antecedentes como tal, pero sí con una investigación.

«Céntrate, Paula —pensaba para mis adentros—. Tenemos cuatro víctimas con edades totalmente dispares y de diferentes sexos. Tampoco coinciden sus nacionalidades ni su posición socioeconómica. Todas las víctimas han sido asesinadas con el mismo *modus operandi*. Inyección de aire en vena que les ha provocado una muerte instantánea. Los cadáveres han sido hallados en parques de Madrid y, además, el asesino del aire en vena ha mantenido comunicaciones constantes conmigo para concederme escenas y armas del crimen. Si no hubiese sido por esto último y también por los análisis de Sandoval y las investigaciones de la Unidad de Intervenciones Especiales, sus muertes hubieran podido pasar por naturales.

»Los asesinatos no han sido violentos, al contrario, podríamos decir que todos han tenido una muerte relativamente dulce. Los cuerpos se encontraban cerca de monumentos relacionados con el arte, la literatura, etcétera. No hay huellas ni pruebas ni vestigio alguno.

»Las cuatro víctimas se han visto las caras con la ley o existe alguna investigación en torno a ellas y, en especial y aún más importante, hay testimonios sobre las cuatro víctimas que no las definen como buenas personas. Crueldad para Sebastián. Egoísmo para Esther. Ecpatía para Almudena. Injusticia para Ernesto».

Jamás justificaría el asesinato con nada, pero… si ninguna de las víctimas era buena persona y había infligido un daño considerable a los de su alrededor y era el único punto en común entre las cuatro, ¿el asesino del aire en vena estaba matando a sus víctimas por ser malas personas?

Cogí un folio blanco, mi rotulador negro y apunté con determinación: «Conexión entre las víctimas: malas personas». Volví a tapar el rotulador, me acerqué al mapa de investigación y clavé el papel con una chincheta en el centro de las fotos de las cuatro víctimas.

Su conexión no era más que el de ser malas personas. El asesino no tenía una motivación sexual ni económica, sino de justicia divina. Mataba a malas personas de una manera lo menos lesiva posible. Estábamos ante un justiciero de manual. Su creencia, su verdadero estímulo para cometer los crímenes, era el de dejar fuera de juego a gente que, por una razón u otra, hacía más mal que bien a su alrededor.

Me quedé un buen rato mirando mi panel, sentía que esta vez era yo la que estaba más cerca del asesino que él de mí. Sonreí. Entré en uno de mis trances que me permitían desconectar de la realidad: de pronto, le tenía frente a frente, en mi apartamento, con la misma silueta que vi en la habitación del hospital, sin rostro. Miré fijamente a una cara sin expresión ni facciones y le advertí que iba a capturarle. Que iba a llegar hasta él y que terminaría su sucio juego de creerse el dios de esta ciudad y de cualquier otra. Comencé a reírme mientras la sombra que imaginaba en mi cabeza se iba difuminando, como si se tratase de humo.

Mi móvil sonó. Miré el reloj y me sorprendí al ver que había estado más de tres horas con el mapa de investigación. Era Gutiérrez.

—Señor, dígame.

—Paula, me gustaría retomar la conversación lo más pronto posible. ¿Te parece bien que vaya a tu apartamento cuando salga de la central?

—Por supuesto, señor, aquí estaré.

Era el momento de que mostrara sus intenciones para volver a incluirme en los secretos de la Unidad. Aproveché la coyuntura y le envié un mensaje de texto a Sandoval: «Amiga, espero que estés mejor. He averiguado algo importante. Gutiérrez tiene algo que contarme. Mañana hablamos. Besos».

Qué bien me sentía. Estaba eufórica y totalmente emocionada. Estaba más cerca, sabía y sentía que estaba más cerca del asesino. Me serví un vaso de agua, que me bebí frente al mismo espejo de antes, y el timbre de la puerta sonó. Abrí.

—¿Paula Capdevila? —dijo un repartidor con varias cajas a sus pies.

—Sí, gracias. Déjelas aquí dentro, por favor —le pedí señalando el suelo al lado del sofá.

—Si es tan amable de firmar aquí… —Lo hice.

Eran cinco, no muy grandes, ni tampoco muy pequeñas. Al cerrar la puerta noté el olor a mi casa de Barcelona. Olía a hogar, a él. Las cajas estaban algo desgastadas por el tiempo, pero en buen estado. El precinto era nuevo, lo había puesto mi madre para que el contenido llegase sano y salvo. Se notaba que había sido ella porque había dado innumerables vueltas al celofán como era su costumbre.

Me dirigí a la encimera de la cocina, donde siempre dejaba mi maletín, para coger una pequeña navaja suiza que solía llevar conmigo. Entré en pánico cuando vi que mi maletín no estaba allí. ¿Cómo podía haberlo perdido? Recordaba perfectamente haberlo visto en el suelo, intacto, tras el accidente. Dios mío…, me mordí el labio. Lo había olvidado por completo con tanto trasiego. Cogí mi móvil corriendo y llamé a Tony.

—Hola, Paula, ¿qué tal te encuentras?

No tenía tiempo para responder.

—Tony, mi maletín. Lo he perdido. Se quedó en el suelo después del acci… —me cortó.

—Tranquila, lo tengo yo a buen recaudo. Se me ha olvidado devolvértelo. Solo te di el móvil porque me lo metí en el bolsillo. Esta tarde te lo llevo sin falta.

—Tony, sí, por favor. Gracias, menos mal. Pensaba que lo había perdido.

—¿Te ha llamado Gutiérrez? —me preguntó.

—Sí, viene a mi apartamento.

Respiré hondo al colgar y saber que mi maletín estaba localizado y no lo había perdido. Lo era todo para mí. En particular, el amuleto que tenía dentro, la libreta de mi padre.

Cogí un cuchillo de la cocina y fui abriendo las cajas de la mejor manera que pude, aún me dolía la muñeca y el vendaje era lo único que me la mantenía en su sitio. Era descorazonador ver los archivos de mi padre. Las carpetas por colores en las que siempre guardaba todo. Y cuando digo todo, digo todo. Padecía una especie de trastorno obsesivo compulsivo que lo obligaba a tener todo, absolutamente todo, guardado en carpetas. Por fechas, por colores..., y daba igual si eran casos e investigaciones o facturas de la luz. Todo debía tenerlo perfectamente ordenado. Mi padre poseía una letra muy peculiar. No llegaba a tener la ilegibilidad de un médico, pero se acercaba bastante. Era del tipo que reconocerías en cualquier lugar. Implacable, demostrando la personalidad que realmente tenía. Ordenado, riguroso, sociable, generoso y muy profesional.

Saqué una de las carpetas de color granate y, con sumo cuidado, aparté las gomas que la mantenían cerrada. No pude contener las lágrimas y me la llevé al pecho. Mi padre, mi querido y dulce padre, qué pronto se fue. Demasiado rápido. Supuse que, al ser la primera carpeta, ese sería el primer caso o la primera víctima que él consideró lo suficientemente importante como para archivarla.

Las carpetas no tenían título ni nombre del caso. De hecho, ni siquiera muchas de las hojas eran oficiales de la Policía Nacional. Eran simples folios mecanografiados o escritos por él. Con todo lujo de detalles, fotografías y anexos, pero de manera extraoficial.

Mi madre tenía razón, mi padre emprendió una investigación ajena a la Policía Nacional sobre un supuesto asesino que mataba a sus víctimas al inyectarles aire en vena. Él había sido un policía excepcional, no entendía cómo no pudo demostrar a sus superiores o a la comisaría que lo que estaba diciendo era verdad. No lo comprendía.

Henry venía de vez en cuando a husmear y oler las cajas. Era curioso por naturaleza y me alegraba que oliese a mi padre. A él le hubiese encantado conocer a Henry y tenerlo como compañero de aventuras al igual que lo tenía yo.

El Desconsol. Ahí estaba. La primera víctima de una larga lista que tenía apuntada. Al parecer encontraron un cuerpo sin vida al lado de la estatua de Josep Llimona, Desconsol, «desconsuelo». Alertó mucho a los ciudadanos porque lo hallaron por la mañana ya fallecido. La autopsia determinó que fue una muerte natural por paro cardíaco.

De acuerdo con su informe, todo parecía perfectamente normal. Un varón de mediana edad que había sido encontrado sin vida a causa de un infarto. Había varias hojas del informe preliminar. Ni siquiera esa carpeta contenía un atestado policial, por lo que no observaron indicios claros de hechos presuntamente delictivos.

La carpeta tenía imágenes de la estatua y del cadáver del señor. Todo aparentemente normal. Pero a medida que iba pasando folios y fotos, empezaron las hipótesis de mi padre y sus anotaciones particulares. Esas notas eran posteriores, claro que eran posteriores, ni siquiera estaban escritas con el mismo bolígrafo. Lo tenía datado por fechas. Anotaciones de tres y cuatro meses después.

En uno de esos comentarios ponía: «Varón hallado muerto sin signos de violencia, al igual que las víctimas número dos y número tres». Me fui corriendo a la segunda y tercera carpetas. Y, efectivamente, esos cuerpos también fueron encontrados en diferentes lugares y parques de Barcelona, sin signos de violencia y con la conclusión policial de muertes por causas naturales.

Consulté hasta siete carpetas. Las muertes se habían producido en diferentes periodos de tiempo hasta un año antes de morir mi padre. Todas exactamente igual a mis víctimas actuales. Diferentes rangos de edad, etnias, posiciones sociales y económicas, sexos, orientaciones sexuales... Ninguna tenía nada en común, excepto una cosa. Una cosa a la que mi padre dedicó la séptima carpeta. La más gruesa de todas y con un título, el único título: «Perfil del asesino en serie».

Pensé en lo mal que tuvo que pasarlo mi padre al sentirse tan solo en una investigación que hubiese cambiado el rumbo de su carrera, y no solo de su trayectoria como policía, sino de la historia de este país. Creo que dos de los peores sentimientos que un ser humano puede experimentar son la soledad y la culpabilidad. Y no me refiero a esa soledad con la que te reconcilias y vives con gusto, sino aquella que hace que, pese a estar rodeado de mucha gente, te sientas muy solo. Y la culpabilidad... cualquier persona con remordimientos y corazón sabe que sentirse culpable es horrible. Leyendo las anotaciones de mi padre podía apreciar que se sentía culpable por no encontrar a ese asesino en serie que tanto le atormentaba a él y, sin saberlo, a Barcelona.

Todavía tenía que leer bien todo lo que contenían las carpetas, eran muchas hojas, pero a primera vista no vi nada más de lo que ya sospechaba o sabía por mis casos.

Mi padre hizo el perfil del asesino sobre la base de la victimología, igual que yo. «Qué bien me enseñaste, papá», pensaba para mis adentros. O tal vez simplemente llevábamos en la sangre la voluntad de ir más allá de todo lo puramente visible.

El timbre de mi apartamento sonó y a juzgar por las horas supuse que era Tony con mi maletín. Me levanté, dejando las carpetas por el mismo lugar donde las había abierto. Ya no tenía ningún secreto que guardar y era hora de que mi equipo me ayudase con todo este rompecabezas que me quedaba por delante. Abrí la puerta, pero no era Tony.

—Hola, Paula. Te he traído algo de picar, por si tenías hambre... —Era Gutiérrez y estaba nervioso.

—Señor, por favor, pase. Tengo todo manga por hombro, pero me alegra que esté aquí. Debo comentarle algo muy importante.

—Yo a ti también, Paula, deja que empiece, por favor. —Puso las bolsas en la encimera y se sentó en el sofá, bordeando las cajas y las carpetas.

Henry se subió al sofá y olisqueó sin parar al comisario principal Gutiérrez. De todos los componentes de la Unidad de Intervenciones Especiales, lo cierto es que Gutiérrez era el que menos tacto tenía con los animales, y eso Henry lo notaba, claro.

—Ey, Henry, toma, busca la pelota. —Se la tiré y fue a por ella saltando sobre todas las carpetas que tenía abiertas estratégicamente para no perder el hilo—. Henry, no... —Me agaché al ordenador.

Fue ahí cuando el comisario principal Gutiérrez, en un intento altruista por ayudarme dado mi estado físico tras el accidente, cogió una hoja en particular de mi padre y la observó con detenimiento. Se quedó como paralizado, como si se tratase de un robot al que acababan de pausar sin previo aviso..., excepto porque sus ojos, inevitablemente, comenzaron a humedecerse.

Y lo entendí todo.

Lo entendí todo porque a veces no es necesario explicar algo que has tenido delante de tus narices todo el tiempo. Porque la última pieza del puzle que rodeaba al comisario principal Gutiérrez eran sus propias lágrimas. No eran de emoción ni de tristeza ni de dolor. Eran lágrimas de culpabilidad, y lo sabía porque eran las mismas que yo derramé el día y la hora exacta en la que me comunicaron que mi padre había fallecido.

Me quedé estupefacta delante de él y era incapaz de disimular la profunda decepción que sentí en aquel instante que se hizo eterno. En ese momento entendí por qué había notado esa energía entre los dos. Por qué me había parecido que me trataba como una hija, por qué tanto secreto, por qué a veces no estaba donde tenía que estar y por qué había tanto miedo por mi seguridad.

Santiago Gutiérrez-Escolano. Escolano para la comisaría de Barcelona, Gutiérrez para la central de Madrid y Santi para mi padre. Él había sido el compañero de mi padre durante sus últimos casos... y no me había dado cuenta hasta ese preciso momento.

13

Es increíble cómo el paso de los años y las desgracias pueden hacer que una persona cambie tanto físicamente. Y es increíble cómo no fijarse en los pequeños detalles hace que pasemos por alto cosas tan sumamente importantes. La vida de Gutiérrez no había sido fácil, y yo lo sabía mucho antes de descubrir que era Santi. Pero había sido tal su cambio físico que me fue imposible reconocerlo. Me sentí idiota por ello.

Coincidí con Gutiérrez pocas veces. Había ido con mi padre a la comisaría en varias ocasiones, pero lo cierto es que tampoco tenía un contacto muy estrecho con las personas que trabajaban allí. Me gustaba más estar jugando o indagando cosas en su despacho. Tal vez por eso tampoco fui capaz de ver en él un resquicio de lo que fue. O tal vez quería pensar eso y sentirme menos tonta. Pero sí, mi padre siempre hablaba de su compañero Santi con muchísimo cariño. Lo había tenido delante de mí todo este tiempo y no había sido capaz de verlo. Qué estúpida había sido.

Ese momento de culpabilidad por su parte y decepción por la mía se vio interrumpido por el timbre de la puerta. Nos costó mucho a los dos volver en nosotros. Era como si él hubiese rejuvenecido hasta volver a ser Santi y yo siguiese siendo la niña que era cuando mi padre todavía vivía. Él se quedó sentado en el sofá, se quitó las lágrimas de los ojos y sujetó con fuerza el papel en el que aparecía su propio nombre escrito del puño y letra de mi padre.

—Hola, guapa. —Tony se acercó y me besó nada más abrir la puerta.

—Tony... —Me aparté y me mojé los labios. Me retiré de la puerta para que viese quién estaba sentado en mi sofá. Vulnerable e indefenso ante la verdad.

—Comisario. —Se quedó perplejo—. Pensaba que ya se habría ido. —Me miró con complicidad.

—Herrero, pasa. —No le dio ninguna importancia al beso que me había dado delante de él e hizo un intento absurdo por recomponerse.

—Ya lo sabe —le confirmó a Tony.

«¿Ya lo sabe?». Fruncí el ceño sin entender bien qué quería decir, o más bien entendiéndolo sin querer hacerlo. Miré a Tony e hice un gesto que reflejaba mi desconcierto.

—¿Cómo que ya lo sé? —dije en alto—. ¿Qué sé? ¿Que fuiste compañero de mi padre, que lo dejaste solo en una investigación y que me lo llevas ocultando desde que llegué? —Comencé a enfadarme y alzar la voz mientras me dirigía a él—. ¿Era esto lo que sabías, Tony? ¿Sabías quién era Gutiérrez para mi padre? —me dirigí a él igual de enfadada.

—Paula, no es lo que parece. Yo me enteré hace poco y le pedí que te dijese la verdad en cuanto lo supe. —Intentó cogerme de los brazos, pero me aparté bruscamente.

—¿Que no es lo que parece? ¿Desde cuándo lo sabes, Tony? Después de todo lo que te he ido contando de mi padre... —Él era consciente de que en realidad le estaba preguntando si el día que nos acostamos ya lo sabía.

Su silencio evidenció la respuesta. Me alejé un poco de ellos poniendo mis manos por delante. Necesitaba espacio para poder respirar. Estaba empezando a enfadarme con más y más fuerza.

Por mi cabeza pasaban miles de cosas. El día que me acosté con Tony. Cuando Gutiérrez me mintió y me dijo que había estado en mi edificio. Los cuchicheos entre ellos al lado de la máquina expendedora. Esas miradas de contubernio que tenían... Todo. Me venían a la mente muchas de las situaciones que, ahora, cobraban sentido. Me habían estado mintiendo a la cara todo ese tiempo. Pero tenía una pregunta mucho más importante que hacerle al comisario principal Gutiérrez.

—¿Por eso me seleccionaste a mí? ¿Por ser su hija? —Necesitaba saberlo.

—No, Paula. Te seleccioné porque eres una criminóloga excelente. Pol hubiera estado muy orgulloso de ti.

—Ni le mentes, Santiago. No te atrevas a nombrar a mi padre. —Estaba profundamente cabreada—. Salid de mi casa —les dije señalando la puerta con el dedo.

Gutiérrez se levantó del sofá, aún con lágrimas en los ojos y se fue. Tony me miró destrozado. Me imploraba con la mirada que le dejase explicarse, me pedía en silencio que le permitiera quedarse conmigo. Me tapé la boca con la mano y lloré con tanta rabia y dolor que el sonido rompió en dos hasta a Henry, que vino corriendo a ponerse sobre mis piernas.

—Tony, vete —le volví a decir mirándole a los ojos.

Apretó la mandíbula, sus ojos se empañaron, pero asintió con la cabeza y se fue.

Desolada no es la palabra para definir cómo me sentía. Porque cuando tienes dentro de tu alma una mezcla de sentimientos que te queman cada órgano vital de tu cuerpo, la literatura, la gramática, el léxico y la mismísima Real Academia no han inventado todavía la palabra que pueda aunar todas esas emociones. Y no se ha inventado porque las personas que hemos experimentado semejante dolor no somos capaces de expresarlo verbalmente. Sí, hay dolores que son inexpresables, indefinibles, inenarrables, indecibles e inefables. Podría describirlo como estar rota, quebrantada, machacada, tocada y hundida. Pero ni siquiera un transatlántico hundiéndose podía representar con imágenes lo que yo sentía dentro.

Apoyé mi espalda contra la encimera de la cocina que, puedo jurar, en aquel momento quemaba y me fui resbalando lentamente, ahogándome en mis propias lágrimas, hasta el suelo. Ni siquiera podía ponerme las dos manos en la cara para gritar sin que nadie me oyese, porque la maldita venda me molestaba hasta para eso. Hasta para llorar.

Estiré las piernas y mientras Henry movía su cola a mi lado en busca de unos besos que no era capaz de darle, mis ojos iniciaron el procedimiento común del dolor más intenso. Me quemaban, me ardían. Me los hubiera arrancado si así hubiese sido menos consciente de mi sufrimiento.

Cogí el móvil alzando la mano hasta la encimera. Podía tocar mi maletín. Tampoco me había dado cuenta de que Tony lo había dejado ahí. Y llamé a la única persona que podía consolarme en aquel momento. Mi madre.

Apenas sonaron dos tonos cuando su dulce voz me saludó, pero yo no pude articular palabra. Ella se dio cuenta por mi respiración de que me estaba ahogando cada vez más.

—Hija, tranquila. Respira hondo conmigo. —Se la oía respirar al otro lado del teléfono.

Pasamos un minuto de reloj respirando profundamente las dos. Al unísono, como si el teléfono hubiera creado un portal mágico para poder trasladarme hasta su lado o, quizá, ella al mío.

—Cuéntame qué ha pasado. —Intentaba mantener un tono suave y tranquilizador.

—Me han engañado todo este tiempo, mamá. No puedo más.

—¿Tus compañeros? ¿Por qué, hija? Seguro que sea lo que sea, todo tiene una explicación.

—No, mamá. No la tiene. —Volví a romperme y no pude evitar llorar otra vez.

—Respira…

—El comisario principal Gutiérrez... La persona que me seleccionó para estar aquí, mi jefe... El último cargo de la central responsable de este caso... es Santi, mamá. —Lloraba sin consuelo.

—¿Santi? ¿Qué Santi? ¿Santi el compañero de papá? —preguntó.

—Sí, mamá. Ese Santi.

—Pero... ¿y qué tiene de malo? Mejor, ¿no? —Esa fue su esperanzadora respuesta.

—Mamá, me ha estado mintiendo desde que llegué aquí. Sabía quién era yo. Seguro que sabía perfectamente que este caso podía estar relacionado con el asesino en serie de Barcelona. El mismo asesino que todos le negaron a papá. Lo he visto en sus informes.

—Vale, hija. Primero, tranquilízate. Y segundo, si no te lo ha dicho hasta ahora, será por una buena razón. Papá siempre hablaba muy bien de Santi y por algo sería.

—Déjalo, mamá. No entiendes cómo me siento. —Colgué el teléfono.

Tiré el móvil contra la pared y grité. Creía que nadie era capaz de comprender por lo que estaba pasando. Había llegado sola a una nueva ciudad, después de haberme creado un nombre y una estabilidad en Barcelona, buscando un sueño profesional. Me había encontrado con una especie de familia dentro de mi propio trabajo. Me estaba enamorando de Tony. Un asesino en serie se estaba comunicando conmigo. También me estaba descolocando cada vez más saber que mi padre había investigado a ese asesino y enterarme de que mi jefe había sido su compañero y encima me lo había ocultado.

Para colmo, no me estaba dando toda la información de este caso. Mi perro, Henry, a veces no paraba de ladrar. El café se me quedaba frío en dos minutos. Sandoval estaba herida. El accidente. Me dolía todo el cuerpo. Mi padre no estaba conmigo. Todo. Me pasaba absolutamente todo, y nadie era capaz de entenderlo.

Me tumbé en el sofá sin parar de llorar y de autoconvencerme de que mi vida era una mierda. Sabía que mi madre solo quería ver el lado positivo de las cosas. Yo también solía ser así, pero en ese momento no podía.

Sandoval me llamó muchísimas veces, pero no le cogí la llamada ni una sola vez. No debía suponerlo, pero quizá ella también lo sabía y había decidido ocultármelo. Estaba enfadada con todo el mundo. Solo quería dormir y sentir que la vida era menos horrible de lo que pensaba. Me tomé un par de analgésicos para intentar apaciguar el dolor de mi cuerpo y me quedé profundamente dormida.

No estaba en un trigal. Ni el viento acariciaba el campo hasta crear una sensación de suavidad. Estaba recorriendo el pasillo más sombrío de todo Madrid. Las luces que acompañaban mis pasos no se encendían con la misma rapidez con la que solían hacerlo y el hedor era mucho más fuerte y desagradable que de costumbre. Anduve y anduve, como si el pasillo cada vez se hiciese más largo. De pronto, miles de papeles fueron cayendo del techo y revoloteaban a mi alrededor, impidiéndome ver el final del pasillo. En cada uno de los papeles estaba la letra de mi padre. Corría y corría, pero no avanzaba a la misma velocidad que mi cuerpo me pedía. Pude vislumbrar a Henry al final del todo, ladrando sin parar a la silueta de un hombre sin rostro que se mantenía quieto frente a él.

Seguí corriendo a medida que caían más y más papeles del techo. Las luces cada vez parpadeaban más. Gritaba y gritaba, pero mi voz apenas se escuchaba. ¡Henry! Quería llegar hasta él y traerlo conmigo, alejarlo de aquella sombra tan espantosa.

Algo me frenó en seco, una fuerza sobrenatural. De pronto vi en mi pecho el cinturón de seguridad de un coche. Un golpe. El sonido de los cristales rotos, las ruedas derrapando y las ambulancias. Volví a mirarme y mis manos estaban escayoladas. Sentía un peso enorme en los brazos que me impedía quitarme el cinturón de seguridad. No podía llegar a tiempo y salvar a Henry.

Quieta, atrapada. Aquella silueta avanzó hacia mí y se quedó frente a mis ojos. Sin rostro. Le grité sin voz hasta quedarme sin aliento. Cerré los párpados con fuerza para despertarme de aquella terrible pesadilla, pero cuando los abrí, la siniestra figura sin rostro estaba al lado de Henry, que yacía tumbado en el suelo mientras le sacaba una jeringuilla del cuello. Volví a gritar. Quería moverme, correr hasta él, pero el maldito cinturón no me dejaba. Pataleé. Lloré. Grité. Y me desperté.

La luz de la mañana y un lametón de Henry me salvaron de aquel sueño tan horrible. Abracé fuerte a mi perro. Tenía una resaca emocional muy grande y los ojos hinchados de haberme quedado dormida llorando. Sentí unas ganas espantosas de vomitar. Nunca me sentaron bien los dramas y menos cuando ni yo misma sabía gestionarlos.

Me preparé un café que calenté más de lo habitual y me senté en el suelo para seguir leyendo los documentos de mi padre. Las siete carpetas comprendían a las seis presuntas víctimas del asesino del aire en vena en Barcelona y su perfil. Diferentes nombres, diferentes sexos, diferentes formas de vida... Pero al abrir la séptima carpeta, la del perfil del asesino que ya me había confirmado que mis hipótesis no iban tan desencaminadas, descubrí algo más gracias a mi padre y su buen instinto.

Durante los años ochenta ya eran muchos los profesionales en España que querían formarse dentro de la criminología y muchos los que luchaban incesantemente por darle más importancia. A pesar de que a mediados del siglo XX se había creado la Escuela de Criminología, todavía quedaba mucho camino por recorrer.

Las técnicas de investigación, las pruebas de ADN, las teorías, la formación y el desempeño de las fuerzas y cuerpos de seguridad del Estado no eran los mismos que en la actualidad. Y todo eso dificultaba mucho los análisis y las investigaciones. No era una cuestión de ser peores investigadores, sino de que no se tenían los medios ni la formación necesarios para poder desarrollar bien los estudios respecto a los casos que podían tener por delante. Pese a eso, siempre hemos contado con grandes profesionales dentro de la materia.

Mi padre encontró, como yo, un punto de unión, una conexión entre las seis víctimas. Desgraciadamente, no obtuvo ni el apoyo ni la credibilidad necesarios para seguir investigando la muerte de esas seis personas con una garantía institucional. Por lo que decían sus anotaciones, al principio, con la primera víctima encontrada en el parque de la Ciutadella, no sospechó que hubiera algo más que una simple muerte por circunstancias naturales. Sin embargo, con el paso del tiempo y tras el hallazgo de más víctimas con particularidades similares, empezó a investigar.

Lo puso en conocimiento de sus superiores, intentó por todos los medios que se realizasen más pruebas e incluso que exhumaran los cadáveres para volver a analizarlos y encontrar una causa de la muerte diferente a la ya adjudicada. Por desgracia, no le escucharon. En algún documento venía la firma de Gutiérrez para secundar las hipótesis de mi padre, pero al final dejó de aparecer, por lo que, seguramente, no creyó más en él.

Había incluso artículos de periódicos en los que se hablaba de un posible asesino en serie suelto por Barcelona. Conversaciones transcritas con periodistas en las que mi padre alertaba a la población barcelonesa, pero tampoco tuvieron mayor trascendencia. No como la que tenía el asesino del aire en vena en Madrid, a quien le habían buscado un apodo.

Llamé a mi madre, más tranquila, para preguntarle sobre esas publicaciones de las que no había tenido constancia alguna. Me contó que en alguna ocasión sí le entrevistaron, sobre todo en periódicos comarcales y académicos, pero que ella tampoco los había leído y que mi padre nunca se los enseñó. Siempre respetaba su privacidad laboral, más allá de lo que él le contaba.

Con el paso del tiempo y con nuevas víctimas, mi padre empezó a decaer emocional y profesionalmente. Lo estaba comprobando con todos esos documentos que iban evolucionando hacia una obsesión.

Tenía que hablar con Gutiérrez para que me contase, en primera persona, cómo se desarrollaron esos años. La investigación le costó la salud mental a mi padre. Tanto que cada vez estaba más segura de que todo eso le provocó el infarto que me lo arrebató. Pero, no estaba preparada todavía para hablar con su compañero de pesquisas, seguía muy enfadada.

Mi teléfono sonó una vez más: Sandoval. Decidí cogérselo y ponerlo en manos libres para seguir leyendo.

—Paulita… —¿Sonaba a culpa?

—¿Qué quieres? —Por su tono de voz me cercioré de que ella también lo sabía.

—¿Estás muy enfadada? —preguntó.

—Bastante, y estoy muy ocupada, así que sé rápida.

—Oye…, intenta verlo con perspectiva, ¿vale? Gutiérrez iba a decírtelo, pero cuando empezaron a llegarte los sobres, pues… decidió que no era el momento.

—Ah…, la excusa son los sobres. Entiendo. Y tú, ¿por qué decidiste ocultármelo también? —Mi tono era bastante sarcástico.

—Yo me enteré en el hospital, Paula. Cuando Tony nos trajo el desayuno a la habitación y tú estabas dormida, me lo contó todo. Yo no tenía ni idea de nada. El pobre estaba en un sinvivir. Quería explicártelo, pero sin pasar por encima del jefe. Paula, tienes que entenderlo. Tony está muy afectado con este tema y, además, te repito, no podía saltarse la jerarquía.

—¿Qué jerarquía, Sandoval? Esto no es una cuestión laboral, sino personal. Eso es lo que me duele. Estamos hablando de mi padre.

—No, Paula. No es personal. Tienes que sacarlo de la ecuación y quedarte con su investigación como policía. Olvídate del parentesco y de la relación de tu padre con Gutiérrez.

—No es así, Sandoval…

Me cortó chistándome.

—Escúchame bien, Paula. Eres una profesional de las mejores que he visto en toda mi trayectoria como forense. Eres perspicaz, intuitiva, inteligente, resolutiva y con mucha más templanza de la que cualquier otra persona hubiese tenido en tu situación. Y por todo eso no puedes dejar que tu vida personal entre en el caso. Te recuerdo que hay un asesino en serie suelto por Madrid, matando a seres humanos mientras te envía cartitas y nos vacila. Si este sujeto empezó a asesinar en la época de tu padre y Gutiérrez en Barcelona y ahora está aquí, hay que averiguar por qué.

—Ya, si nuestro jefe hubiese creído a mi padre, lo mismo el asesino no estaría todavía suelto. —No dejé a un lado mi sarcasmo.

—Paula, el pasado pasado está. Si eres como creo que eres, haz honor a tu padre y resuelve este caso. —Colgó el teléfono.

En todo el tiempo que llevaba en Madrid, creo que era la primera vez que Sandoval me hablaba con tanta claridad y seriedad. El caso nos estaba afectando a todos, eso era verdad. Después de esa llamada también comprendí muchas cosas de Tony. No sé. No podía evitar mi enfado, pero si con algo me había quedado de la conversación con Sandoval era con la última frase: «Haz honor a tu padre y resuelve este caso».

Abrí otra vez la séptima carpeta para seguir indagando en lo que había averiguado mi padre respecto al perfil del asesino del aire en vena. Lo tenía tan presente que podía sentirlo a mi lado, cogiéndome del hombro y dándome ánimos para continuar con este caso hasta el final. Aquella era la carpeta más gruesa de todas y a medida que iba leyendo y pasando folios entendí por qué.

«Los ojos bien abiertos, la mente muy fría y los pies sobre la tierra. Los ojos bien abiertos, la mente muy fría y los pies sobre la tierra. Los ojos bien abiertos, la mente muy fría y los pies sobre la tierra. Los ojos bien abiertos, la mente muy fría y los pies sobre la tierra».

No pude evitar repetirlo varias veces.

14

Hoy es 4 de abril de 1987. A las ocho horas y veintidós minutos de la mañana, han dado aviso a la Guardia Urbana de Barcelona y la Policía local por un bulto que unos transeúntes avistan a lo lejos, cerca de la estatua de la Sarriera, en los Jardines de Can Sentmenat. Ninguno de los presentes se atreve a acercarse porque parece el cuerpo sin vida de una persona; o eso dicen en la llamada. Se presentan varias patrullas para corroborar los testimonios.

Nos avisan tras un primer reconocimiento de que, efectivamente, se trata del cadáver de una mujer a la que en apariencia le ha dado un infarto o algo similar. No muestra signos de violencia ni pesquisas de que haya sufrido una agresión sexual.

No existen testigos oculares previos al hallazgo del cadáver y las cámaras de seguridad tampoco registran nada relevante al respecto.

Al igual que el primer cadáver encontrado en el parque de la Ciutadella en 1985 y el segundo cadáver hallado en la nueva estatua de Joan Miró, Mujer y Pájaro, un año después, en 1986, el *modus operandi* coincide en todas las víctimas. Volvemos a no tener nada relevante por dónde tirar, pero sé que aquí hay más de lo que parece.

Presuntamente fallecidos por causas naturales y dispuestos los cadáveres en parques cerca de estatuas artísticas representativas.

Tras este último hallazgo, y contabilizando tres víctimas con características similares en las escenas donde se descubrieron sus cuerpos, puedo determinar que no son muertes casuales, sino causales de un posible asesino en serie en Barcelona. Toda causa siempre tiene un efecto. Y aquí está.

Como decía Robert Ressler, se puede considerar un asesino en serie a aquella persona que mata tres o más víctimas de forma sucesiva y con periodos de enfriamiento entre ellas. Holmes y Holmes hablaban de un periodo de enfriamiento de treinta días entre una víctima y otra; sin embargo, otros autores mencionan un lapso de veinticuatro horas. De momento, mi sujeto atiende a las teorías de Holmes y Holmes, pero a juzgar por su *modus operandi* es probable que con el tiempo desencadene en otra temporalidad para matar. También creo que los asesinos en serie en un momento de sus vidas comienzan un proceso degenerativo en su modo de matar y actuar.

Mientras leía esto, me angustiaba ver cómo tantos años después había deteriorado su *modus operandi* a mucho menos tiempo de enfriamiento entre asesinatos.

¿Por qué dejar a las víctimas en zonas públicas y abiertas? ¿Cómo es posible que no existan vestigios de sus crímenes? He hablado con Santi y hemos quedado mañana para enseñarle las pocas pruebas que tengo al respecto y mis teorías. Necesito la ayuda y el apoyo de alguien cercano y bien valorado para poder alzar este caso como se merece. Espero no tener que actuar por mi cuenta y gozar de las garantías del cuerpo.

Mi padre era un sabueso con un olfato muy distinguido para todo. Su instinto le precedía y eran muy pocas, prácticamente ninguna, las veces que se equivocaba en sus teorías y predicciones. Tenía la capacidad de mirar a su alrededor con una perspectiva muy diferente al resto de los mortales.

Seguí leyendo cronológicamente todos los documentos que había recogido. Si mi padre tenía razón, que la tenía, el asesino del aire en vena mató a seis personas en un periodo de seis años. Una por año, con el mismo *modus operandi* que mis víctimas actuales. Sin embargo, faltaba algo. Había una pieza imprescindible en este puzle que no encajaba. ¿Por qué el asesino no se puso en contacto con él? ¿Por qué en esa carpeta no había registrado ningún sobre, ninguna comunicación, ninguna pista? ¿Por qué no se las ofrecía como lo estaba haciendo conmigo?

Mi padre sabía que esas muertes no fueron por causas naturales y que existía una conexión más allá de todo. Analicé uno por uno los folios. También revisé carpeta por carpeta e incluso las cajas por si se me había escapado algo, pero no conseguía encontrar la forma de matar con aire en vena que nosotros conocíamos.

¿Por qué un asesino en serie no deja pistas reales de sus asesinatos? Necesito saber la forma en la que da muerte a sus víctimas. ¿Envenenamiento? No había signos de vómitos ni cianosis en ninguno de los cadáveres. Si se les hubiera practicado la autopsia, todo sería muy diferente. Santi está conmigo, pero en el fondo no me cree, lo sé. Lo hace por el respeto y la lealtad que me debe.

Nuestros superiores nos han dado la patada y me han tratado como a un loco psicótico. Apenas me han dejado explicar los motivos de mis sospechas y casi me han cerrado la puerta en las narices. Creo que Santi va a desistir en su apoyo y me voy a quedar solo en esto. No obstante, seguiré investigando extraoficialmente, pues estoy seguro de la relación entre las víctimas y de atribuir sus muertes a un asesino en serie. ¿Tendré que esperar otro año más hasta que vuelva a matar?

Adelanté la lectura y fui pasando varios folios. Esta carpeta no contenía solo el perfil del asesino, sino que también se había convertido en un diario para mi padre.

Hoy es 7 de diciembre de 1989. Ya son cinco las víctimas que han aparecido del asesino en serie. Estoy solo en esto. Santi ha dejado de creer en mí y apenas le comento ya nada. Todo esto nos ha alejado y ya no me siento seguro contándole lo que pienso. Quinta víctima hallada en otro parque y debajo de otra estatua. Otra vez se apunta que la causa de la muerte es un infarto. ¿De verdad nadie se da cuenta de lo que está ocurriendo?

Intento llevarlo lo mejor posible, pero cada día me cuesta más. A veces sueño con el asesino y me da pavor pensar que pueda ocurrirles algo a mi mujer o a mi pequeña.

He tenido una idea muy loca para llamar la atención de la ciudadanía y de mis superiores, pero no estoy seguro de llevarla a cabo. Hacerlo puede costarme mi carrera, mi reputación y mi vida entera.

¿A qué se refería con eso? Pasé unas cuantas hojas más.

Finalmente lo he hecho. He llamado esta misma mañana a un antiguo compañero del colegio que es periodista en un periódico local. Los grandes medios de comunicación no van a querer escucharme y necesito que al menos quede registrado en algún pequeño medio. Le he estado contando mis sospechas, todo lo que sé. Al principio se ha reído diciéndome que si había bebido… Cómo me fastidia que me tomen por imbécil. Pero al mostrarle las similitudes entre las víctimas me ha empezado a hacer caso.

No puedo permitir que haya una más el año que viene o quién sabe cuándo. He discutido mucho con Santi. Me ha dicho que no apoyará la locura de llevar mis hipótesis infundadas a la prensa y que él no quiere saber nada. Me ha señalado que me ciña a mi trabajo. Mi trabajo es este. A veces la justicia no es justa y los procesos no son los adecuados. Si no doy con el asesino pronto, seguirá matando.

A medida que iba leyendo más y más hojas e iban pasando los años para mi padre, notaba un desgaste emocional y cognitivo enorme. En la letra y en la manera de expresarse. En todo. Sí, parecía que estaba perdiendo la cabeza. ¿Cómo no pude darme cuenta de esto pese a mi corta edad? Continué leyendo:

Hoy ha salido la noticia. «Un asesino en serie anda suelto, la hipótesis de un policía de Barcelona». Menos mal que no ha salido mi nombre y tan solo ha puesto mis iniciales: P. C. U. (Pol Capdevila Ugarte). He pensado en mentir a Rosa, quiero protegerla de todo esto.

Mi padre tenía seis cadáveres, seis víctimas. Sin autopsia y sin investigación. Tan solo su intuición y su análisis criminológico. Me impresionó ver cómo hizo lo que hizo, y aun así nadie le tomó en serio.

Fui colocando todos los documentos de mi padre en un nuevo panel de investigación que hice exclusivamente para él. Lo titulé «Barcelona, años ochenta». Cogí mis chinchetas, mi rotulador negro, mi cinta de carrocero para pegar y apuntar por encima y comencé la aventura.

Seis víctimas comprendidas entre 1985 y 1990. Todas diferentes, sin ninguna conexión aparente, como las mías.

Todos los cuerpos encontrados en lugares similares a los de Madrid. La diferencia es que yo tenía autopsias, armas del crimen y mensajes del propio asesino del aire en vena.

«¿Cómo eran las víctimas de Barcelona?», me pregunté a mí misma. Si las de mi padre tenían las mismas características que las mías, es decir, no eran del todo buenas personas, podría asegurar con mucha más firmeza mis sospechas.

Muy a mi pesar, y después de todo lo que había ocurrido, necesitaba la ayuda de mi equipo para resolver este enigma que me traía de cabeza y que acabó con la salud mental de mi padre.

Recogí todo lo importante, lo unifiqué y me lo llevé a la central. De camino en el taxi le envié un mensaje a mi madre para decirle lo mucho que la quería y que iba a terminar lo que papá empezó. Deseaba que supiese, con esas simples palabras, que había recuperado otra vez el valor y la templanza necesarios para poder resolver este caso. Es cierto que me estaba costando asumir que varias veces me desequilibraba, pues estaba recorriendo un camino con demasiadas curvas.

Llegar a la central era una aventura constante para mí. Aunque lo sentía parte de mi hogar, todavía notaba las miradas de desconfianza entre los compañeros con los que compartíamos edificio. Además, tenía miedo de que una jauría de periodistas en celo estuviese esperándome en la puerta y quisieran hacerme las preguntas más capciosas para sacar las respuestas que ellos editarían y lanzarían como inéditas.

Afortunadamente, ese día no había prensa. En el trayecto también le envié un mensaje a Sandoval para avisarla de que me dirigía hacia allí y que la llamaríamos por videoconferencia para que estuviese al tanto de las novedades que traía conmigo.

Todavía no se habían abierto del todo las puertas del ascensor cuando pude distinguir a Tony. La verdad es que necesitaba verlo y saber cómo estaba. Tal vez la conexión mental que nos unía había hecho que tomase la determinación de ir hasta allí para encontrarse conmigo. O simplemente fue una casualidad, pero me gustaba pensar que teníamos esa unión.

Tony tenía la capacidad de ponerme muy nerviosa. Al principio no era así, más bien al contrario, pero hacía tiempo que las tornas habían cambiado. Estaba con la mano apoyada a la pared y la cabeza agachada, esperando a que las puertas se abriesen. Como si hubiese reconocido el olor de mi perfume, antes de verme levantó un poco la cabeza. Una vez se abrió el ascensor, quedamos el uno frente al otro y clavó su intensa mirada en mí. Nos miramos. Y él enmudeció mucho más de lo que ya estaba. Hablé yo, creo que se lo debía.

—Tony… —Le sonreí.

—Paula… —Me devolvió la sonrisa.

Me dejó salir y se quedó muy cerca de mí. Supongo que no sabía cuál sería mi reacción después de lo que había ocurrido.

—Paula, lo siento mucho, de verdad. —Me estaba mirando a los ojos y notaba su respiración. Necesitaba besarlo.

—No pasa nada, Tony. Está todo bien. ¿Te ibas?

—No, no. Solo iba a tomar el aire, pero prefiero estar contigo.

Nos seguimos mirando. Entorpeciendo el paso a todo el mundo, pero completamente quietos. *Mamihlapinatapai* otra vez. Creo que se había convertido en mi palabra favorita en el mundo desde que con Tony tenía más sentido que nunca. Terminamos avanzando juntos hasta la zona habilitada para nuestra Unidad.

Me asomé por la cristalera del despacho de Gutiérrez y cuando por fin conseguí que me viese, moví la cabeza para señalarle que iríamos a nuestra sala de juntas. Con los dos ya sentados a la mesa y la llamada a Sandoval en proceso, saqué los documentos que había unificado de mi padre para empezar a trabajar. El papel lo aguanta todo, pero cuando lo escrito se convierte en realidad es muy diferente a cuando lo lees en una simple hoja.

Comencé mi *speech* desplegando decenas de folios para que entendieran lo que les decía. Sandoval se perdía de vez en cuando al no poder ver lo que teníamos frente a nuestros ojos, pero se dedicó a tomar notas muy aplicada para sacar el mayor rendimiento posible a la llamada.

Gutiérrez conocía perfectamente cada uno de los casos que les expuse. Sin embargo, no sabía muchas de las cosas que mi padre contaba y, en especial, cómo se sintió aquellos años.

Gutiérrez o, mejor dicho, Santi, porque en aquel momento se convirtió más en Santi que otra cosa, nos contó de primera mano todo lo relacionado con las seis víctimas. Cómo las encontraron, quiénes fueron los testigos, etcétera. Él mismo sabía que antes no era frecuente realizar autopsias si en principio se determinaba que la muerte había sido por motivos naturales. Si no encontraban un móvil concreto para que les saltasen las alarmas, el caso lo daban por cerrado.

Escucharlo conversar sobre mi padre fue tan duro como bonito. Su manera de hablar sobre él denotaba mucho más cariño del que pensaba. Nos contó que mi padre sospechó desde el minuto uno que algo no encajaba por completo, pero que no fue hasta un año después cuando realmente empezó a coger fuerza su teoría de que sucedía algo malo en Barcelona.

Ambos lucharon por indagar más en cada ocasión, no solo sobre las víctimas relacionadas con el asesino del aire en vena, sino con todos los casos que tenían por delante. Eran dos soñadores dispuestos a mejorar la ciudad y muchas veces sentían que las órdenes y los procesos eran ineficaces ante muchas circunstancias.

Se convirtieron en uña y carne en el trabajo. Se hicieron muy amigos. Por lo visto les costó al principio porque eran muy diferentes y eso hizo que su unión no fuera inquebrantable.

Santi nos estuvo contando que no tenían suficiente de lo que tirar para que sus superiores ordenasen una línea de investigación de las víctimas. Transcurría demasiado tiempo entre una muerte y otra e iban cayendo en el olvido. Menos mi padre, él nunca las olvidó y luchó por ellas hasta el final.

Fue una reunión de lo más intensa. Nos encontrábamos ante un caso inigualable en nuestras carreras. Quién hubiera podido imaginar hace un año que nos enfrentaríamos cara a cara a un asesino en serie que parecía sacado de una novela de Agatha Christie. Estábamos emocionados por entender mucho más en ese momento que cuando hallamos a nuestra primera víctima en El Retiro. Sin embargo, nuestra angustia crecía cada vez más pensando en la siguiente muerte.

Esa era nuestra vulnerabilidad. Considerar que tarde o temprano nos llegaría otro sobre y tendríamos que ir a otro levantamiento de un cadáver sin más pistas que una jeringuilla.

Estuvimos muchas horas charlando y reflexionando sin parar. Cuando terminamos, bastante cansados psicológicamente, Gutiérrez me pidió que hablásemos en su despacho, a solas.

—Siéntate, por favor —dijo mientras él hacía lo mismo en su sillón—. En primer lugar, quiero volver a disculparme por haberte ocultado mi relación con tu padre. —Estaba más tranquilo—. Pol fue un ejemplo a seguir para mí, y nunca me perdonaré no haber tenido más fe en él. Cuando murió…, me dolió tanto que ni siquiera pude ir a su entierro. Éramos como el perro y el gato, pero lo admiraba mucho.

—Yo también quiero disculparme…, me sentó muy mal y me dolió. Tampoco es fácil para mí que este caso tan complicado esté relacionado con él.

—Lo sé y admiro tu valentía por querer continuar. Una cosa, Paula, si tu padre tenía todo registrado, cosa que no me sorprende porque siempre tenía una organización impoluta

—nos sonreímos ambos asintiendo—, me da la sensación de que falta alguna cosa. Conociendo cómo trabajaba él…, siento que falla algo.

—Como si algo no encajase, ¿verdad?

—Justamente, sí.

—He revisado todo varias veces y no hay nada más relevante que lo que he traído.

—Tu padre siempre habló de asesinatos, pero no tuve constancia de su hipótesis sobre el arma del crimen. Si sabía algo más, algo que realmente fuese determinante en todo esto, es probable que no lo archivase en los documentos del caso. Creo que si se había vuelto receloso de todo el mundo…, posiblemente haya algo más.

Me quedé pensando en lo que Gutiérrez estaba diciendo. Tenía toda la razón. Si mi padre, con el tiempo, desarrolló una desconfianza absoluta incluso hasta de su mujer y su hija, lo más seguro es que no guardase sus hallazgos más notorios en unos cuantos folios.

Nos quedamos un rato más hablando sobre él. Me contó alguna de las anécdotas de cuando estaban más unidos. Las conversaciones trascendentales sobre la vida que tenían en el coche patrulla. Lo bien que se les daba hacer de poli bueno y poli malo. Lo mucho que le hablaba de mi madre y de mí. En fin, me hizo partícipe de todos esos años que disfrutaron juntos.

Quiero pensar que tampoco era fácil para Santi asumir la idea de haber dejado sola a una persona que siempre estuvo para él y que además tenía razón. Suponía que se sentía culpable e impotente por no haber seguido siendo un soñador, como mi padre, y haber caído en la burocracia, en lo correcto, en lo ortodoxo y en lo que les mandaban.

No es fácil trabajar en algo relacionado con la justicia, el orden o la salvaguarda de las personas y darte cuenta de que las leyes no están bien hechas. Que muchas veces tienes que acatarlas como así lo exige tu puesto de trabajo, pero no estás de acuerdo. Creo que debería ser de obligado cumplimiento saltarse la ley cuando la moral así lo pide. Son muchas las ocasiones en las que lo correcto, lo justo y lo bueno no van unidos con el lazo tan fuerte que deberían tener. Para mí no era fácil. Y estoy segura de que para la gran mayoría tampoco.

Tony me esperaba en el garaje de la central para irnos a mi apartamento y seguir investigando. Antes de salir por la puerta del despacho del comisario principal, cogí del perchero mi maletín. Me lo puse en el hombro y al cerrar la puerta se quedó enganchado en el picaporte. Todo lo que llevaba en su interior se cayó al suelo.

«Qué torpe», pensé. Pero ser torpe a veces formaba parte de mí, y las cosas ocurrían por algo: mi incorporación a la nueva Unidad; conocer de verdad a Santi; toparme en mi vida con Tony, Henry y Sandoval; que el café se quedase siempre frío, o que en aquel momento todo el contenido de mi maletín se desparramara por el suelo.

Porque cuando fui recogiendo las cosas del suelo, a cámara lenta para mi percepción, pude ver cómo la libreta pequeña de mi padre que me servía como amuleto estaba abierta.

Y en ese preciso instante en el que todo pasa por algo, las hojas me estaban mostrando el dibujo de una jeringuilla milimétricamente dibujada por él.

Y entonces entendí la importancia de ver más allá de lo puramente visible. De la causalidad perfecta que nos brinda el universo. El maletín se enganchó en el pomo de una puerta, lo que produjo que su contenido se cayera de una manera torpe y abrupta. Tal vez, en otro momento, habría dicho alguna palabra malsonante, pero no fue el caso. Y no fue así porque mi mirada se clavó en aquella jeringuilla perfectamente dibujada. La ficha que me faltaba. Esa parte del rompecabezas que quedaba por encajar. Lo había tenido conmigo durante todo este tiempo. Gutiérrez tenía razón, mi padre era un hombre que no dejaba cabos sueltos bajo ninguna circunstancia. Mi amuleto de la suerte era la última pieza del puzle.

Si no hubiera sido por la llamada que Tony me hizo para que bajase al garaje ante mi tardanza, no habría cogido rápido la libreta y la habría metido en mi maletín para reunirme de inmediato con él. Y es probable que, de no haber sido por eso, hubiese vuelto a entrar en el despacho de Gutiérrez para enseñarle mi hallazgo. Y es muy posible que, de haberlo hecho, todo hubiese cambiado exponencialmente en la investigación de este caso. La verdad es que lo que averigüé al terminar de leer mi pequeño y gran amuleto transformó todo por completo. Absolutamente todo.

15

Ayer encontramos otra víctima más. Ha pasado un año desde que se publicó la noticia y no tuvo ningún eco mediático. Parece que a nadie le importa que realmente exista un asesino en serie campando a sus anchas por Barcelona. La gente debe de pensar que estos criminales actúan como en las películas, destripando a sus víctimas o colgándolas de un árbol a lo satánico. La realidad supera a la ficción. En fin. Creo que voy a desistir de investigar esto más tiempo. No tengo nada de lo que tirar y nadie me ayuda. Me está consumiendo por dentro y siento que estoy perdiendo mi vida por una idea, porque tal vez sea solo eso. Quizá Santi tiene razón y me estoy obsesionando con algo que no tiene sentido.

Mientras preparaba algo para llenar el estómago, Tony iba leyendo en alto las notas de mi padre.

—Joder…, siento mucho que tengas que escuchar todo esto, Paula.

—No importa. Bastante aguantó. Sigue, sáltate si quieres alguna hoja —le pedí mientras aliñaba la ensalada.

—Voy —me dijo mientras acariciaba a Henry en el sofá.

Estoy preocupado y asustado. Ya no puedo fiarme de nadie ni de nada. Tengo una lista de sospechosos. He podido averiguar cuál es el método que usa para matar a sus víctimas. Necesito hablar con mis superiores inmediatamente, sabía que estaba en lo cierto. El asesino se ha puesto en contacto conmigo.

—¿Cómo? Vuelve a leer la última frase. —Me había llamado mucho la atención.

—«El asesino se ha puesto en contacto conmigo». —Él también estaba sorprendido—. Paula, eso significa que tu padre tenía más información al respecto.

—Sí, mira. No me ha dado tiempo a seguir leyendo. —Saqué la pequeña libreta.

Le enseñé la hoja que había marcado con la jeringuilla dibujada. Era el momento de leer toda la libreta con Tony. Aunque su tamaño fuese pequeño, tenía cierto grosor. Además, mi padre no hizo de mi amuleto un diario, sino más bien un código.

Empezamos por el principio. Tenía apuntados los nombres de las seis víctimas, los lugares donde encontraron los cuerpos, sus edades, sus profesiones... Todo sobre ellas. Seguimos pasando las hojas y vimos cómo había hecho un mapa de Barcelona con un punto rojo en cada parque y por cada víctima. El dibujo era tan pequeño y habían pasado tantos años que resultaba casi ilegible, pero sí, era eso. Lo más sorprendente de todo es que mi padre había podido determinar que cada víctima estaba a una distancia específica de la estatua donde se encontraba. Un metro, dos metros, tres metros, cuatro metros, cinco metros y seis metros. Cada cadáver estaba colocado un metro más lejos de la estatua que el anterior. Encontró un patrón de conducta. Volví al párrafo en el que escribió que el asesino se había puesto en contacto con él y, efectivamente, le envió un sobre con el arma del crimen, pero sin poema.

Cogí rápido los informes de nuestros casos actuales. Las fotografías de los cadáveres encontrados en Madrid. No podía ver con claridad la distancia exacta a la que habíamos hallado el cuerpo en relación con la estatua de cada parque.

—Nos vamos. Coge el metro de la caja de herramientas que tengo debajo de la estantería. —Le puse la correa a Henry y salí por la puerta casi sin esperar a Tony.

Nos metimos en su coche y nos dirigimos al lugar donde encontramos a la primera víctima. El parque que me recibió en Madrid, donde el camino de Henry y el mío se juntaron. El Retiro.

Tenía la sensación de que iba a encontrarme con el asesino del aire en vena nada más llegar a la escena del primer crimen, el de Sebastián. Como si la vida me estuviese diciendo que cada vez estaba más y más próxima a él. Con paso ligero, casi en marcha, los tres llegamos hasta allí.

—Henry, quédate quieto. —Solté la correa para poder sujetar el metro.

Mientras lo colocaba en el lugar exacto donde hallamos el cuerpo de Sebastián Ramírez, Tony iba andando hacia atrás sosteniendo la otra parte. Nos paramos a los cinco metros. Maldita sea, por qué no tenía un metro más largo.

Lo solté y me dispuse a dar los típicos pasos largos que todos consideramos de un metro más o menos. Primer paso, un metro. Segundo paso, dos metros. Tercer paso, tres metros. Cuarto paso, cuatro metros. Quinto paso, cinco metros. Henry me ladraba sin entender qué estaba haciendo y Tony me miraba incrédulo. Sexto paso, seis metros. Séptimo paso, siete metros. Octavo paso, ocho metros. Y ahí, justo en el octavo metro de mi recorrido, estaba el Ángel Caído, mirándome como si tuviese vida dentro de él.

—Deberían ser… siete metros si no me equivoco, ¿verdad? —preguntó Tony.

—Tienes razón, voy a volver a contar. —Me situé al principio y volví a contar—: Un metro, dos metros, tres metros, cuatro metros, cinco metros, seis metros, siete metros… ocho metros. Son ocho metros. —No entendíamos el porqué, pero no teníamos tiempo de quedarnos.

Silbé a Henry para que viniese conmigo y, con la correa colgando en el suelo, no tardó ni cinco segundos en ponerse a mi lado.

—Tony, nos vamos. —Y seguí mi paso firme hasta el coche.

—Nueve metros, supongo ¿no? —me preguntó mientras ya conducía.

—Sí, Esther debería haber estado a nueve metros del templete de Baco.

¿Cómo pudo darse mi padre cuenta de semejante detalle? Me sentía tan orgullosa de él que me moría de ganas de gritárselo a la cara. Había tenido al mejor padre e investigador del mundo. «¿Por qué se había saltado los siete metros?», pensaba.

Llegamos al parque del Capricho y repetimos la misma acción allí. Nueve malditos metros. Y así hicimos con Almudena y Ernesto. Diez y once metros, respectivamente. El asesino del aire en vena dejaba el cuerpo de sus víctimas a una distancia específica. Un metro más por cada cadáver. Pero... ¿y el número siete?

Tony y yo estábamos muy emocionados con nuestros avances con tan solo leer la libreta de mi padre. Decidimos ir a casa de Sandoval para contarle qué habíamos descubierto. Todavía estaba en cama y necesitábamos que descansase por si, en algún momento, volvíamos a necesitarla en trabajo de campo. Por eso y por ella, naturalmente.

—Me hubiese gustado conocerlo —me dijo Tony mientras me agarraba la mano en el coche.

—A él también le hubiera gustado conocerte. Estoy segura de ello. —Le apreté con fuerza al ritmo de *Fear of the Dark*.

Ese día, mientras volvía a mirar por la ventanilla del coche de Tony, Madrid irradiaba otro color. La ciudad me acogía igual que cuando me bajé del tren en Atocha. Sentí de nuevo la levedad de sus calles, la armonía de sus edificios y el bienestar de la gente que paseaba. Noté que formaba parte otra vez de la misma ciudad a la que tanto había echado en cara.

Poco a poco, todo se ordenaba. Mis ideas, mis emociones, mis sentimientos. Tener a Tony al lado, poder disfrutar de Henry, no tener más secretos y avanzar en el caso más importante de toda mi vida.

Cuando llegamos a casa de Sandoval, decidí coger unos pasteles en una pequeña confitería que tenía justo al lado de su portal. A nadie le amarga un dulce. Le dije a Tony que fuese subiendo.

Elegí una docena de tiernos pastelitos de diferentes sabores del mostrador. Cuando me di la vuelta para marcharme, me topé de bruces con un periodista y su móvil grabándome.

—Apague esa cámara ahora mismo —le dije mientras apartaba de mi cara su teléfono.

—Perdona, pero solo hago mi trabajo. —Volvió a colocar el móvil para seguir grabando.

—Ah, ¿sí? Tu trabajo consiste en ver cómo compro pasteles —le dije en tono muy sarcástico.

—Más bien en ver cómo pierdes el tiempo con un asesino en serie ahí fuera.

Le aparté de malas maneras y me fui. No entendía cómo era posible que hubiese personas tan miserables y bajas de moral como para querer sacar una noticia así. «La criminóloga Paula Capdevila pierde el tiempo comprando pasteles mientras el asesino del aire en vena campa a sus anchas por la capital». Me alteraba tanto el hecho de pensar que una sola persona pudiera creer que no estaba haciendo todo lo posible por encontrarlo que los pastelitos llegaron a casa de Sandoval algo aplastados.

Las personas consumidoras de mentiras mediáticas no sabían la verdad. Ni quería que la supiesen, porque de ser así tal vez atacarían a mi padre o vete a saber.

—Toc, toc… —dije en alto mientras abría la puerta del piso de Sandoval por completo.

—Tía…, ¿pastelitos? ¿En serio? ¿Y la cerveza? —preguntó Sandoval mientras intentaba incorporarse un poco.

Me alentaba su humor. Siempre tenía una sonrisa en la cara, siempre. Daba igual lo que ocurriese o en qué momento estuviésemos, que ella siempre nos deleitaba con una sonrisa apacible que conseguía mejorar tu estado de ánimo en segundos.

—La cerveza se quedó en el coche. Ups. —Hice un chiste malo, pero se rieron ambos.

—Venga, novedades frescas. Tengo mono de asesinos en serie. —Sus bromas solían ser bastante bestias. Humor negro.

—Venimos de revisar las escenas de los crímenes de Madrid. Resulta que el asesino tiene un patrón de conducta…

Y así es como Tony y yo dejamos atónita a Sandoval con las últimas novedades que teníamos por delante. Le parecía inconcebible el hecho de que el asesino del aire en vena colocase a sus víctimas a unos metros específicos de las esculturas elegidas. Le resultaba algo especialmente llamativo, como a mí. Los tres sabíamos que esa podía ser una clave imprescindible del caso.

Hablamos también sobre las formas de actuación dentro de la medicina forense en la época de mi padre. Cómo las autopsias no eran como las que ella hacía y cómo encontrar el pinchazo de una aguja era casi imposible... menos para Sandoval, porque es la mujer más meticulosa en su trabajo que pueda existir sobre la faz de la tierra.

Le enseñamos la jeringuilla que había pintado mi padre y ella nos contó algo muy interesante: su historia. Sandoval era como una minienciclopedia que todo lo sabía.

—Pues, bueno, chicos, la verdad es que la jeringuilla que dibuja tu padre es una antigua. No pertenece a la época de sus asesinatos, sino que hay que irse una década más atrás. Por el dibujo parece de vidrio. Creo recordar que fue en 1970 más o menos cuando se inventó la jeringuilla desechable y de un solo uso, que además fue un invento español, ¡como la fregona! Tened en cuenta que las jeringuillas crearon muchas enfermedades de transmisión por el contacto con agujas contaminadas. Pero la jeringuilla clásica de seguridad, la que se usa para extracciones de sangre o inyecciones, muy posiblemente fuera ya de la década de los noventa.

—Eso quiere decir que los asesinatos de Barcelona se produjeron con una jeringuilla de vidrio, ¿no? —pregunté.

—Tiene pinta, sí. A nosotros... Bueno, a ti, el asesino te ha enviado jeringuillas actuales, una por víctima. Es probable que en Barcelona lo hiciese con una jeringuilla de vidrio, pero me parece raro, no sé. Qué necesidad de usar una antigua.

—De todos modos supongo que la aguja de esa clase de jeringuilla era más ancha, por lo que el pinchazo en la piel se tendría que haber visto mejor —señaló Tony muy acertadamente.

—Sí, pero, si no llevas a cabo una buena inspección, de nada vale —remarcó Sandoval haciendo una mueca.

Ella cogió la libreta para ver de cerca el dibujo de la jeringuilla, por si hubiese algún detalle del que tirar. El fabricante, el año, etcétera. La imagen era muy realista. Siguió pasando las hojas y pude apreciar el asombro que le causaba lo que había hecho mi padre. Era normal.

—Parece un códice, madre mía. Le faltó encriptar palabras.

—Es que mi padre era así. Cuando escribió esto, no se debía fiar ya de absolutamente nadie, así que puso muchas cosas en clave. Hoy resulta más fácil, pero por aquel entonces casi nadie hubiese podido comprender todo el contenido de la libreta.

—Ya veo, ya. Ni de Gutiérrez, al parecer.

—¿Por qué dices eso? —Me extrañó ese comentario.

—Pues… porque sale su nombre en la lista de sospechosos. —Nos lo mostró.

Me quedé estupefacta. Sin palabras. Anonada. Atónita. Sorprendida y alucinada. Si mi padre había escrito el nombre de Gutiérrez ahí, es porque lo consideraba como tal. Pero ¿por qué?

—A ver, a ver… No pongas esa cara, Paula, que te conozco —me dijo Tony cogiendo la libreta—. Esto tiene que tener alguna explicación lógica.

—Claro, como todo en este caso, que es muy lógico. Si mi padre puso el nombre del comisario principal en su lista de sospechosos en una libreta que sabía que nadie leería, es por algo, chicos.

—Hombre…, Tony, ahí estoy con Paula. Entre esto y cómo llevó en secreto que fue el antiguo compañero de su padre… —Sandoval me apoyó.

—Tony, piénsalo. Me selecciona para la nueva Unidad de Intervenciones Especiales que él mismo ha creado. Me trae a Madrid sabiendo que soy la hija de Pol Capdevila, su antiguo compañero. En cuanto llego, empiezan los asesinatos. Para colmo, toda esa información me la oculta y te pide a ti que tampoco me lo digas. ¿Me vas a discutir que no tenemos razones para pensar que pueda estar involucrado en el caso?

—No te niego que es raro, pero no puede ser, Paula. He trabajado muchos años con Gutiérrez y jamás he visto nada que me hiciese sospechar. ¿Cuál sería su móvil de ser así? —contestó Tony.

—Ya, y mi padre y él eran uña y carne y mira dónde terminó su nombre —contesté.

—Hombre, el móvil del asesino es una cosa que tenemos que saber cuanto antes. Creo que de ahí podríamos sacar mucha más información que la que tenemos. Sea Gutiérrez o sea otro, vaya —apuntó Sandoval mientras se comía el tercer pastelito de chocolate.

El destino es caprichoso porque en ese mismo momento el comisario principal llamó a Tony para ver dónde estábamos y en qué andábamos metidos. Tony decidió irse a la central para seguir trabajando desde allí y yo me quedé con Sandoval para intentar descifrar muchas de las cosas de la libreta de mi padre.

Había varias palabras apuntadas sin sentido. «Arte». «Religión». «Providencia». Debían significar algo. Ya sabíamos que el asesino del aire en vena tenía como patrón de conducta dejar a sus víctimas cerca de las estatuas, pero no todas tenían un significado religioso. El Ángel Caído sí, pero muchas de las otras no. Ni las de Madrid ni las de Barcelona.

Salí a dar un paseo con Henry para que se despejase y dejé a Sandoval con la libreta. La zona en la que vivía era maravillosa. Un área residencial muy cerca de todo, pero lo suficientemente alejada como para que reinase cierta tranquilidad. Madrid a veces era un poco agobiante y en ese lugar solo había mucha calma. Fuimos a un parque infantil que estaba al lado de la casa de Sandoval. A Henry le gustaba ver a la gente y sobre todo a los niños. Era tan bueno que se puso a jugar a la pelota con ellos mientras yo lo vigilaba de lejos, como si fuese mi hijo.

Esos ratitos de tranquilidad valían tanto que no tenían precio. Cuando era pequeña, siempre le decía a mi padre que cuando fuera mayor, tendría muchos hijos. Y que si no encontraba un buen hombre, pues que los tendría sola, porque la cigüeña igualmente vendría a dejármelos.

Qué diferente es la realidad cuando la tienes delante. Veía a todos esos niños corretear, jugar en los columpios o en el tobogán, y a sus madres sentadas en los bancos hablando entre ellas probablemente de sus maridos. Y la verdad es que no me imaginaba en ese momento una vida igual que la de aquellas mujeres. Yo era una persona que necesitaba acción.

Nunca hubiera podido tener esos horarios que tienen las madres. Sin una rutina personal que cumplir, con la obligación de adaptarse a las circunstancias del resto y no a las suyas propias.

Me apoyé en la barandilla que separaba la zona de niños del resto del parque mientras Henry iba a por la pelota que los críos le tiraban una y otra vez. Sentí un escalofrío desde los pies hasta la cabeza, pues noté como si alguien estuviese observándome. Intuí la presencia de alguien que me miraba.

Por un momento me quedé esperando a que la sensación se me pasara, pero cuando volví a sentirme bien, me giré sin previo aviso en busca de una mirada. A pesar de que la sentí muy cerca, no había nadie en ese instante.

Ya era hora de volver a casa de Sandoval e intentar descifrar el resto de la libreta. Llamé a Henry, que enseguida vino conmigo. Al girar la esquina, volví a ver a ese pesado periodista grabándome con el móvil. Me dio igual. No creí que le interesasen a nadie esas imágenes.

Al llegar a la puerta de Sandoval, me asusté. Estaba semiabierta, y yo la había dejado cerrada y me había llevado las llaves para no molestarla. La abrí por completo con la mano, que me temblaba. Miré con desconfianza hacia todos los lados sin apenas moverme. Hubiera deseado tener una pistola y alzarla para poner tierra de por medio entre mi miedo y yo.

Sandoval no estaba. Nada parecía estar revuelto y se había dejado el móvil encima de la mesa. También encontré la libreta e incluso la televisión seguía encendida. Salí corriendo al pasillo gritando su nombre, pero allí no había nadie. Ni rastro de ella.

Entré en pánico y llamé a Tony lo más rápido que pude.

—Hola, guapa —me saludó risueño.

—Sandoval ha desaparecido, Tony. No está. —Mi respiración estaba muy agitada.

—¿Qué? No puede ser, estabais juntas, Paula.

—Sí, pero he salido a pasear a Henry y cuando he vuelto… Dios mío, Tony, no está. —Estaba muy preocupada.

—Voy para allá. —Colgó.

Salí otra vez de su piso y miré por todos los recovecos del edificio. Salí a la calle chillando su nombre como una loca, pero se había esfumado. Parecía que se la hubiese tragado la tierra. De pronto, me encontré de nuevo al periodista que andaba merodeando por allí y fui corriendo hacia él. Estaba tan atacada que le cogí de la camisa y le grité.

—¿Has visto salir a una mujer con muletas de aquí? —le interrogué enfadada.

—No, no. No he visto a nadie, acabo de llegar —contestó asustado.

Le solté la camisa y continué con mi búsqueda. Sandoval todavía estaba mal, era imposible que se hubiera ido por su propio pie tan rápido. Maldita sea, tampoco había tardado tanto en regresar a su casa.

Mientras mi desesperación iba en aumento, el periodista se dedicó a grabar esas imágenes que, a diferencia de las de los pastelitos, sí valían oro para la prensa.

Volví a subir corriendo las escaleras, gritando su nombre sin parar. No podía ser cierto. No podía ser real que mi mejor amiga hubiese desaparecido en cuestión de minutos. Escuché a través de la ventana abierta el sonido del coche de Tony. Me asomé y le chillé que no estaba por ningún lado. Asintiendo con la cabeza, giró la esquina para buscarla por las calles colindantes. De nuevo bajé corriendo las escaleras con Henry y fui en la dirección a la que Tony se había dirigido.

Era una zona residencial a plena luz del día, pero había varios callejones por detrás de las urbanizaciones donde tiraban la basura o entraban los coches al garaje.

—¡Paula! —Escuché a Tony gritar en una de esas callejuelas, justo detrás del edificio.

Corrí lo más rápido que pude y, cuando llegué a su lado, vi a Tony agachado al lado de Sandoval, que yacía tendida en el suelo, al lado de un contenedor.

—¡Sandoval! —Me tiré a por ella—. Sandoval, no, por favor, no... —Comencé a llorar mientras la zarandeaba.

—Aquí el inspector Tony Herrero. Necesito una ambulancia lo más rápido posible en la calle Arabell, 115 y refuerzos. Repito, necesito una ambulancia lo más rápido posible.

Mientras Tony pedía por radio una ambulancia y refuerzos, yo seguía llorando desconsolada al lado de Sandoval. La miré por todos los lados, pero no tenía ningún signo de lucha. Al retirar su pelo, pude ver en el cuello un pinchazo muy reciente. Un pinchazo que habría deseado que me lo hubiesen hecho a mí en vez de a ella.

Me llevé las manos a la boca para que no se me saliese del alma el dolor que estaba sintiendo. Tony se agachó y me miró a los ojos con todo el desconsuelo que un ser humano puede expresar con la mirada.

Acercó sus dedos al cuello para tomarle el pulso. Solo bastaba con poner tu dedo índice y corazón al lado de la manzana de Adán, o nuez, como se dice coloquialmente. Me senté en el suelo sin querer ser testigo de aquella escena de la que ya me imaginaba el resultado.

Creo que es lo peor que se le puede hacer a una persona, poner los dedos en el cuello para saber si está viva o muerta o simplemente para certificar su muerte. Una vez escuché que el cerebro sigue funcionando hasta casi diez minutos después de que el corazón deje de latir.

Desde el punto de vista de la medicina, la hora de la muerte se certifica basándose en la parada del corazón. Pero, si lo que dicen es cierto, Sandoval seguiría escuchándome e incluso siendo consciente de su propia muerte. Tenía que hacerle saber que había sido la mejor compañera de aventuras que había tenido jamás. Una amiga. Como una hermana para mí.

Ella tenía que enterarse de que a partir de ahora nada sería igual. Y en ese momento yo no era capaz de expresar toda la rabia que sentía por el asesino del aire en vena. Solo era capaz de balbucear unos cuantos «te quiero» y todas esas palabras bonitas que salían disparadas de mi corazón absolutamente roto.

Pero, a veces, la vida te da la segunda oportunidad que mereces. Porque en muchas ocasiones el tiempo es algo tan relativo como el día que debes marcharte para siempre. Tony me miró con una cara muy diferente a la anterior, sonreía. Y cuando el sonido de las ambulancias se estaba aproximando a nosotros, me dijo:

—Tiene pulso.

16

Tengo la sensación de que Santi me está ocultando algo. Me siento mal por pensar que pueda estar relacionado con estos asesinatos, pero lo cierto es que, a medida que voy avanzando, se comporta de una manera muy sospechosa. Primero me dice que estoy obsesionado con este caso y luego me pide mis informes personales para saber en qué punto estoy. Hay algo muy extraño en todo esto y tengo que descubrir qué es.

Estoy descuidando a mi familia y me estoy descuidando a mí mismo por una cosa que ya no sé si es real o no. ¿Me estaré volviendo loco? Necesito respuestas a todas mis preguntas.

Entendía perfectamente a mi padre. Llegar a ese punto en el que ya no sabes en quién puedes confiar. Dudar de tu propia cordura, de todo lo que sucede a tu alrededor. Temer por el futuro más próximo y aun así continuar porque no tienes más remedio. Cada día era más difícil que el anterior. Mi padre también sospechaba de Gutiérrez.

Odiaba los hospitales con todas mis fuerzas, me hacían sentir vulnerable y débil ante la vida. No sé qué habría pasado si Tony no hubiera encontrado a Sandoval. La miraba tumbada en la cama, profundamente dormida y recuperándose de lo que había ocurrido. En algunos ratos aprovechaba para seguir leyendo la libreta de mi padre.

Mi amiga estaba sedada, totalmente noqueada. Se encontraba fuera de peligro, tan solo necesitaba descansar y eliminar la sustancia que el asesino del aire en vena le había inyectado.

No lograba entender por qué lo había hecho. Por qué no la había matado, por qué no se había deshecho de ella si quería causar un daño real.

No quise separarme de su lado porque en el momento en el que se despertase, no tenía ninguna duda de que descubriríamos la identidad del asesino… y entonces todo cambiaría en esta investigación.

Sabía lo que estaba haciendo: quería aproximarse aún más a mí. Tenerme presa del miedo y de la incertidumbre. Pero había algo que él ignoraba, algo que no podía ni imaginarse: yo no temía por mi vida. Me sentía protegida, como si pasase lo que pasase, a mí no me haría ningún daño.

Fueron largas horas en aquella habitación velando por Sandoval que me permitieron leer todas y cada una de las páginas de la libreta. De tal manera que entendí la mente de aquel asesino que había gozado de plena impunidad.

Mi padre averiguó, con el paso de los años, que el denominador común de las víctimas era su forma de ser y sus actos. Como me había pasado a mí, se dio cuenta de que si las muertes no seguían un patrón común por edad, etnia o sexo, tenía que ir un paso más allá. Y así lo hizo.

Dedicó dos páginas enteras a eso. Analizó el posible móvil, la motivación o las razones por las que el asesino del aire en vena mataba. Providencia. Y así fue como, una a una, las víctimas tenían un defecto o una imperfección para su mente. O, mejor dicho, un pecado capital. Gula, avaricia, lujuria, pereza, ira y envidia. Esos eran los seis pecados capitales que los difuntos cometieron en su día a día. Personas que el asesino no consideraba dignas de seguir viviendo. Estábamos ante un justiciero. Un criminal que se tomaba la libertad de juzgar y creerse con el derecho de arrebatar la vida de personas pecadoras. Y ahora todo tenía más sentido…, pero me faltaban dos cosas. El séptimo pecado capital y la séptima víctima. «¿Se habrá extraviado ese caso en las carpetas de mi padre?», pensé por un momento; pero no, siempre hablaba de seis cadáveres. Y lo cierto es que del último de Barcelona al primero de Madrid el asesino se saltó un metro de distancia.

Mis víctimas también gozaban de una etiqueta. Crueldad, egoísmo, ecpatía e injusticia. Esos eran los nuevos pecados capitales que había decidido adjudicarles y que podían explicar las muertes de Madrid. No solo es que buscase los grandes pecados conocidos, sino que añadió unos cuantos más.

Me fue imposible no recordar la historia de Pedro Rodrigues Filho, considerado como un psicópata «bueno», un justiciero que solo mataba a otros criminales y a malas personas. Aquel asesino que ha servido de inspiración para muchos comenzó a matar cuando era muy joven y es que, en la mayoría de las ocasiones, el instinto viene desde muy temprano.

Pero aún seguía faltando una pieza. Una muerte y un pecado capital. La soberbia. Y no era una de mis víctimas. Era una de las de mi padre. No tenía ningún sentido que, si estábamos en lo cierto y los pecados eran su pulsión, faltase el último. En Madrid añadió más pecados a su terrible lista de personas indignas de esta vida, pero ¿dónde estaba la soberbia? ¿Dónde estaba la séptima víctima? ¿Habría alguna más en Madrid? De momento tenía diez cuerpos con nombres y apellidos. Diez personas que fueron asesinadas a manos de un hombre que se creía un dios.

Si su motivación era una cuestión puramente religiosa, su trauma también. La mente de los seres humanos es tan compleja que, hoy en día, aun siendo el cerebro el órgano más estudiado del cuerpo humano, es el que menos resultados nos ha revelado. Porque no solo es una cuestión biológica. Es decir, no solo entran en juego las partes del cerebro, sus neuronas o su composición fisiológica, sino también otros factores. Por ejemplo, cómo te tomas las cosas cuando ocurren, qué educación has recibido, dónde has nacido, quién es tu familia, cómo ves la vida o cómo la vives.

¿Un asesino nace o se hace? La eterna pregunta respondida y cuestionada desde los tiempos de Tomás de Aquino, cuando se planteó la existencia de personas predispuestas a la maldad o a la bondad.

El Código de Hammurabi estudiaba el delito como tal. Aristóteles, Platón y Sócrates tenían sus propias teorías sobre el motivo de la delincuencia, la maldad o el asesinato. Unos decían que la clave era el alma; otros, que el entorno de la persona... Y con el paso del tiempo se han desarrollado más y más hipótesis al respecto. Las teorías activas nos cuentan, desde el punto de vista criminológico, que los criminales nacen como un estímulo interno del ser humano. Sin embargo, la teoría de la catarsis dice lo contrario, y es que las personas van desarrollando y generando ese comportamiento a raíz de sus frustraciones.

A lo largo de los siglos se han desarrollado decenas de ellas, y además la psicología criminal ha evolucionado mucho, de tal manera que se han analizado miles de asesinos. Pero a pesar de que se han estudiado diferentes cerebros, solo existe una única verdad: por más razones que encontremos para explicar por qué una persona es capaz de matar a otra, aún no hemos conseguido evitar que esto ocurra.

Todos los aspectos de la vida de un ser humano son determinantes para poder desarrollar una personalidad u otra. Ninguna de las víctimas era buena persona. Quedaba constancia de este hecho por los testimonios de los testigos más cercanos. ¿Está mal matar a una mala persona? Esa pregunta nos la hemos hecho todos en algún momento de nuestras vidas. E incluso hemos llegado a pensar que la muerte de alguien así puede estar justificada.

Es una cuestión moral, ética y deontológica del ser humano. ¿Matarías a una persona para salvar la vida de cien? El código ético es algo intrínseco al hombre. Un total moral o una variable. No existe una ciencia exacta para ello. El asesino del aire en vena mataba a malas personas y es probable que esas muertes dieran pie a que el entorno de las víctimas tuviera más tranquilidad. Sin embargo, ¿en qué te convierte asesinar a alguien malo? Morales totales o variables.

Mientras seguía pensando en cuál podía ser el detonante para que el asesino del aire en vena tuviese como móvil a los pecadores, la puerta de la habitación de Sandoval se abrió.

—¿Cómo se encuentra? —dijo Gutiérrez con un ramo de flores en la mano.

—Bien. Tiene que eliminar la sustancia, pero está estable —le dije mientras cerraba la libreta y la ponía encima de la mesilla.

—¿Cómo estás? —me preguntó.

—Aliviada al saber que está bien. Y preocupada porque sigue suelto.

—Ya… —Agachó la mirada. Él también sentía lo mismo o eso quería hacer creer.

—¿Has encontrado algo más de tu padre?

—No. —Mentira. Le estaba mintiendo a la cara.

—Está bien. Bueno, me vuelvo a la central. —Parecía un cordero degollado.

—Le diré que has venido. —Sonreí con total desconfianza.

—Paula…, ¿tienes alguna idea de por qué no ha matado a Sandoval?

—Porque es buena persona —le respondí mientras miraba a mi amiga, que seguía dormida.

Se fue. Y pasados unos minutos Sandoval empezó a balbucear algo que no conseguía entender. Me levanté y, con mucho cuidado, me senté en la cama para intentar escuchar lo que decía. Todavía estaba bajo los efectos de esa fuerte sedación, aturdida y sin fuerzas. Era incapaz de abrir los ojos por completo, sus pulsaciones se estaban acelerando y, aunque quería cogerme la mano, apenas podía coordinar sus propios movimientos.

—Se... —Quería decir algo.

—Estoy aquí, Sandoval. ¿Pudiste verle la cara? —Necesitaba saberlo.

—Sego... —Le costaba.

—Tranquila. —Le acariciaba el pelo.

—Segovia. —Por fin entendí qué quería decir.

—¿Segovia? ¿Como que Segovia? —Volvió a perder el conocimiento.

El monitor de sus constantes vitales comenzó a pitar sin parar. Sus pulsaciones subían por segundos, su frecuencia respiratoria también y entonces convulsionó como si su alma quisiese marcharse de su cuerpo en cuestión de segundos.

Salí corriendo en busca de ayuda. «Un médico, por favor», grité en el pasillo con la voz más temblorosa que he tenido en toda mi vida.

Enseguida entraron una médica y dos enfermeros dispuestos a salvarle la vida a mi mejor amiga. Le sujetaron los brazos y las piernas, la pusieron de costado y realizaron sus prácticas mientras otra enfermera me pedía que saliera de la habitación.

Volvió a temblarme el alma al pensar que podía perderla. Me llevé las manos a la cara y mi espalda fue resbalando sobre aquella pared tan fría y tan llena de emociones al otro lado de la habitación de Sandoval. Me faltaba el aire. Tony llegó en ese momento y, sin mediar palabra, me rodeó con sus brazos al ver que mis ojos derramaban una lágrima tras otra. Lo abracé fuerte.

El cuerpo humano es también una incógnita. Sandoval había recibido una dosis muy alta de un sedante demasiado potente para cualquiera. Su cuerpo reaccionó de tal manera que tuvieron que inducirle un coma para salvarla.

Tenía el alma partida y creía que no podía partirse más. Otra fecha más apuntada en el calendario de los peores días de mi vida. No estaba segura de poder soportar otra pérdida de alguien importante para mí.

El estado de Sandoval no solo me creaba desazón y un dolor intenso, también aumentó mis ganas de atrapar a ese maldito asesino. No, no la mató cuando pudo, y sé que no lo hizo porque Sandoval no era ninguna pecadora y no tenía ningún motivo para ello. Pero sí le hizo daño… y aunque no quisiera hacérmelo directamente a mí, indirectamente sí lo consiguió. «Segovia». Esa fue la última palabra que pudo decirme. «Segovia». Esa sería mi próxima parada.

17

T endríamos que haber informado a Gutiérrez de esto, Paula... —me dijo Tony cuando pude ver el cartel de Segovia a lo lejos en la carretera.

No teníamos más tiempo para protocolos ni burocracias. No iba a seguir siendo ortodoxa cuando la vida de Sandoval y la de muchas personas más podían correr peligro. Sabía que Tony estaba haciendo un gran esfuerzo por acompañarme a Segovia e investigar sin informar a la Unidad ni a Gutiérrez. Pero necesitaba ir con o sin él.

—Tony, Gutiérrez es sospechoso. Sandoval está en coma. No hay una Unidad de Intervenciones Especiales ya. Todo esto va más allá de cualquier cosa. Necesitamos frenar al asesino del aire en vena lo antes posible y resolver este maldito enigma religioso —le respondí mientras no paraba de apuntar detalles importantes en mi libreta.

Tuvimos que parar a la entrada de Segovia para bajar a Henry y que hiciese sus necesidades. Yo nunca había estado allí. Apenas tardamos una hora en llegar. Parecía imposible pensar que una ciudad tan pequeña y llena de tranquilidad estuviese a solo un paso de Madrid.

Nos detuvimos un momento al lado de un edificio enorme. Parecía una fábrica antigua y casi sin usar, construida solo con ladrillos. Un edificio digno de ver nada más entrar en la ciudad. Continuamos nuestro camino por las calles de Segovia y llegamos a una rotonda con una estatua tremendamente curiosa. Un pastor de grandes dimensiones con la cabeza demasiado pequeña en comparación con el resto del cuerpo, varias ovejas y un perro pastor. Homenajeaba la trashumancia en la ciudad. Seguimos conduciendo hasta que, casi sin darnos cuenta, nos topamos con uno de los monumentos más asombrosos que haya podido ver en toda mi vida: el acueducto. El coche traqueteó ligeramente al surcar una calle adoquinada que hacía de preámbulo para ver la inmensidad del ser humano en esa obra arquitectónica. Un reflejo de la historia más profunda y la cultura más inigualable. La obra de ingeniería civil romana más importante de España.

No me hacía falta haber ido a Segovia para saber que era el acueducto. Me habían aconsejado muchísimas veces visitarlo para ser testigo de su majestuosidad. Pero no pensaba que fuera a sentir vértigo al verlo, no podría explicar todo lo que experimenté.

Aparcamos el coche y fuimos andando hasta estar debajo de uno de sus arcos. ¿De verdad sería cierta la leyenda de que se construyó sin cemento? Justo a nuestro lado había un grupo de turistas que escuchaban con atención a su guía turístico. Les estaba contando una leyenda sobre el acueducto. Decía algo así como que fue el diablo, y no Roma, el auténtico autor de la obra.

Una joven aguadora, cansada de portar los cántaros por las empinadas y largas calles de la ciudad, ofreció su alma al diablo si a cambio le construía un acueducto que le llevara el agua a casa y la librara de semejante tarea. No tardó en materializarse la figura de Satán, que apareció de la nada delante de la joven aguadora, aceptó orgulloso el reto y se comprometió a construirlo en solo una noche. Si conseguía acabar el trabajo antes de que amaneciese, se apoderaría del alma de la joven.

La muchacha aguadora segoviana rezó toda la noche para evitar el fatídico trato que había pactado con el mismísimo diablo mientras legiones de diablillos se empleaban a fondo para colocar piedra sobre piedra y levantar la espectacular obra de granito. Pero las oraciones de la mujer fueron efectivas: cuando el gallo cantó y el amanecer asomaba por Segovia, al diablo solo le quedaba una piedra por colocar. Por ello, la joven consiguió su preciado y deseado acueducto y a su vez pudo conservar su alma. Se dice que los agujeros de las piedras son las huellas de las pezuñas de Lucifer, que huyó con rabia.

Me quedé embobada escuchando la historia de una obra que siempre será la más espectacular que he tenido ante mis ojos. Volví a notar la misma sensación que el día que me enfrenté a la estatua del Ángel Caído. Una mezcla de desesperanza y miedo, me sentía cada vez más próxima al asesino del aire en vena. Le intuía cerca, como si me estuviese vigilando desde lo lejos. Al acecho. Escondido entre las sombras y los arcos del acueducto, esperando a que le mirase a la cara. Porque jamás había imaginado algo tanto como el rostro de esa persona que me vigilaba desde hacía tiempo.

—Paula. —Tony me agarró del hombro para sacarme de otro trance más—. Lo mejor será que vayamos al ayuntamiento.

—Sí, tienes razón.

Me parecía inverosímil estar ahí gracias a la única palabra que Sandoval fue capaz de pronunciar. No podía dejar de pensar en ella, allí sola en aquella habitación, sin mí. Le rezaba constantemente a un Dios en el que nunca creí para que se recuperase lo antes posible y pudiese salir de ese hospital sana y salva. Tal vez aquella joven aguadora segoviana y yo teníamos mucho más en común. Tal vez yo no le rezaba a un dios en particular, sino al mismísimo demonio. Yo también estaba dispuesta a vender mi alma al diablo por salvar a Sandoval y encontrar al asesino del aire en vena.

Nos paramos en una oficina de turismo a los pies del acueducto. Me dediqué a observar a la gente: turistas, comerciantes, transportistas… Segovia estaba tan llena de vida y con un ambiente tan tranquilo que no entendía qué podía ofrecernos la ciudad en nuestra investigación. Nos indicaron que el ayuntamiento se encontraba en la plaza Mayor, así que nos dispusimos a andar por la calle que nos llevaría hasta allí.

Al venir de Barcelona y haber estado tanto tiempo en Madrid, Segovia me transmitía calma. Me sentía tranquila andando por una ciudad tan repleta de vida y a la vez tan acogedora. Podríamos haber sido unos turistas más, pero no. Nuestro instinto nos hacía estar alerta constantemente, intentábamos ver en las caras de los transeúntes algo por donde poder tirar en nuestra investigación. Un resquicio de duda, una mínima sospecha. Subimos por aquella calle que nos llevó sin apenas darnos cuenta a un edificio lleno de picos. De aquel lugar salían varios jóvenes que parecía que estudiasen allí. Pensé que sería una escuela, un instituto o algo relacionado con el arte. El arte se ve, se intuye, se siente. Se notaba en los estudiantes que salían de allí y lo veíamos en cada pico construido en aquella fachada.

Qué ciudad tan bonita. Ojalá hubiese podido ir en otras circunstancias. Tony se paró en un bar, enfrente de aquel edificio, para pedir dos cafés. Llevábamos días durmiendo muy pocas horas y con la cabeza a pleno rendimiento. Aproveché para llamar a mi madre y contarle las últimas novedades. La echaba tanto de menos que lo único que quería era terminar esta pesadilla y volver a Barcelona.

—Hola, hija. Qué bueno que me llames, ¿cómo estás?

—Bien, mamá, estamos investigando parte del caso en Segovia. Nos hemos acercado Tony y yo. —No quería contarle lo de Sandoval y que se preocupase más de lo estrictamente necesario.

—Tu padre también estuvo en Segovia investigando —me dijo sin dudar.

—¿Te contó algo al respecto?

—La verdad es que no. Fue poco tiempo antes de morir…, ya sabes que los últimos años no hablaba mucho de su trabajo. Tal vez Santi lo sepa.

Paso a paso, me iba acercando más al asesino del aire en vena. Seguimos subiendo por esa calle cuando Tony salió del bar y a los pocos minutos entramos en la plaza Mayor que acogía el ayuntamiento de la ciudad. Nada más llegar, a la izquierda, estaba la catedral. Me recordó mucho a la de Salamanca, pero más pequeña.

Un mercado que recorría toda la plaza nos abría el paso hasta el edificio regentado por las banderas. No estaba acostumbrada a entrar en un edificio público en calidad de criminóloga de la Unidad de Intervenciones Especiales, y mucho menos en un lugar tan pequeño.

—Buenos días. Él es el agente Antonio Herrero y yo la criminóloga Paula Capdevila. Somos de la Unidad de Intervenciones Especiales. Necesitamos hablar con el responsable del archivo histórico de la ciudad. —Nuestra pretensión era encontrar algo relacionado con alguna iglesia de la ciudad. Teníamos las pistas de mi padre: religión, providencia, justiciero, pecadores… más la de Sandoval: Segovia.

—Buenos días…, sí. Esperen un momento. —El recepcionista cogió el teléfono para preguntar si en el Archivo Histórico Provincial había alguien.

Esperamos su respuesta y, mientras tanto, salí por la puerta a echar un vistazo a los puestos del mercado. Me encantaban aquellos lugares. Una mujer gitana se acercó a mí con una ramita de romero. Quería regalármela, leerme la mano y contarme lo que veía. En Barcelona era muy normal encontrar a las gitanas del romero en los puntos turísticos de mayor interés. Apenas me dio la opción de decirle que no, me cogió la mano y empezó a hablar:

—Tienes un amor que está comenzando. Un amor que durará toda la vida si esta lo permite. —Puso una cara extraña—. Tienes un alma muy pura, hija. La vida te está llevando por el camino correcto, tienes que seguir andando por el mismo sendero, hija. Te veo dentro de muy poco teniendo que tomar una decisión muy importante. ¡La más importante de tu vida! —exclamó.

—Gracias…, he de irme… —Me solté y cuando me volví para entrar de nuevo en el ayuntamiento, me dijo:

—Ten contigo esta ramita de romero cerca. Te la regalo, hija. Cuídate y que Dios te bendiga.

No creía en la quiromancia, pero todo lo que me dijo aquella mujer de pelo blanco y mandil atado a la cintura tenía sentido. Quizá solo era el significado que yo quería darle y a todo el mundo le decía lo mismo, pero me quedé pensando en sus palabras.

—El Archivo Histórico Provincial no está en este edificio. Ahora nos acompañan hasta allí —me dijo Tony en voz baja—. Al parecer, no había nadie y tienen que esperar a que llegue la persona responsable.

—Vale, gracias, Tony.

—Creo que nos han reconocido —suspiró.

—El precio de la fama… —Sonreí para quitarle importancia al asunto.

Al rato una mujer salió de una de las salas y nos acompañó hasta el lugar. Lo bueno que tenía la ciudad es que todo estaba cerca. Podíamos ir andando a cualquier sitio y en menos de cinco minutos aparecer en nuestro destino. Fui observando las calles del casco antiguo, aunque tampoco pude ver mucho porque en cuestión de dos minutos llegamos.

La mujer que nos acompañó estuvo intentando hacernos una foto durante todo el camino para, suponíamos, enviársela a la prensa o enseñársela a sus amigas a la hora del café. No le dimos ninguna importancia, seguimos con nuestro camino.

—Aquí es, dentro está el encargado del archivo. —Nos sonrió, nos despedimos de ella agradeciéndole su disposición y cuando nos dimos la vuelta para entrar por aquella puerta antigua y bien conservada, escuchamos el clic de la foto tan buscada.

Me giré por inercia y su cara se puso roja. «Perdón», nos dijo. Me molestó su insistencia, me di media vuelta sin decir nada y entré detrás de Tony.

Era un edificio muy antiguo. De piedra, frío, amplio y húmedo. No tan cuidado como el ayuntamiento. Pasamos una cristalera llena de pósters pegados y semidespegados y nos encontramos a don Fernando, la persona encargada del archivo. Así se presentó. Un señor de unos sesenta años, a quien no le quedaba mucho para jubilarse. Se notaban claros en su cabeza y un afán por cuidar el poco cabello que le quedaba. Llevaba puestas unas gafas redondas de nácar, antiguas por lo que podía apreciar. Estaba con la cabeza agachada leyendo un libro: *Campos de Castilla*, de Antonio Machado. Carraspeé para que se diera cuenta de que ya estábamos allí sin invadir su intimidad.

—Disculpen. —Cerró el libro y se levantó extendiendo su mano—. Estaba inmerso en los versos de Machado. ¿Ustedes sabían que vivió en Segovia? Es uno de mis escritores favoritos, aunque, he de reconocer —bajó el tono de voz para decirlo— que soy más de Lorca. Ustedes son los policías, ¿verdad? Yo soy Fernando. —No nos dejaba hablar—. Vengan conmigo, vengan. Les quiero enseñar la joya de la corona. —Tenía una forma muy correcta de ser, tanto que obvió los intensos ladridos de Henry.

Le seguimos a lo largo de un pasillo que dejaba ver varias puertas a sus laterales. De las paredes colgaban cuadros antiguos y todo estaba impregnado de un ligero olor a madera húmeda de los muebles victorianos que lo decoraban. Por fin llegamos donde don Fernando quería, una sala gigante hasta arriba de estanterías llenas de documentos sin orden aparente. La pared más ancha estaba cubierta de tapices y también se veían multitud de cajas con archivadores dentro.

—Les confieso que siempre tengo que ordenarlo. Pero, a mi edad, es complicado. Me ha dicho mi compañera que necesitan unos documentos antiguos.

—Sí, así es —contesté enseguida para poder empezar un diálogo con él—. Necesitamos archivos de todas las iglesias de la ciudad y todos los altercados que hayan sucedido dentro de ellas. —Procuré ser muy concisa.

Agachó un poco la mirada, se bajó las gafas y apretó los labios. Parecía que sabía exactamente lo que le estaba pidiendo.

—Qué curioso —me dijo sorprendido.

—¿Por qué? —le preguntó Tony aún más extrañado por su afirmación.

—Hace ya muchos años vino un policía y me pidió exactamente lo mismo que usted, señorita. Y me resulta curioso que tanto tiempo después me pidan lo mismo. Tengo que mirar si los archivos siguen aquí porque... —dudaba— creo recordar que se los llevaron.

—¿Qué policía? ¿Cómo se llamaba? —pregunté ansiosa por saber la respuesta.

—Señorita, no me acuerdo de ese detalle, pero era un hombre que sabía perfectamente qué estaba buscando cuando le enseñé los archivos que había de una iglesia que se quemó. Voy a buscarlos.

—Tendrá que tener un registro de las personas que saquen documentos de aquí, ¿no? —le dijo Tony mientras don Fernando salía de aquella sala.

Le conté lo que mi madre me había dicho un rato antes. Aquel policía del que hablaba tenía que ser él, mi padre. Volví a sonreír para mí misma y suspiré. Al fin y al cabo mi padre y yo pensábamos e investigábamos igual. Ojalá hubiese podido ver hasta dónde había llegado gracias a él.

Aquel hombre regresó con una carpeta muy deteriorada por el tiempo. Los papeles de esa iglesia de la que habló no estaban, pero sí el documento donde registró el nombre y los apellidos de la persona que sacó esa información junto con su firma.

Y allí estaba el nombre: Pol Capdevila Ugarte. Pero no todo terminaba ahí, porque don Fernando había dicho claramente: «Tengo que mirar si los archivos siguen aquí porque... creo recordar que se los llevaron». Sí, en plural. Se los llevaron. Y, efectivamente, mi padre no fue quien sacó del archivo los documentos oficiales del incendio de la iglesia de la Vera Cruz. Él solo los leyó y los fotocopió. Fue otra persona la que se llevó los originales con la excusa o la justificación de una investigación policial en curso. Y eso ocurrió cuando mi padre ya había muerto. Una mentira. Otra más. Vi una firma que conocía perfectamente. Estaba en todos los documentos oficiales de nuestra investigación. Su firma. Santiago Gutiérrez-Escolano.

18

El 20 de agosto de 1959 se produjo un incendio en la iglesia de la Vera Cruz en Segovia, fundada por los Caballeros de la Orden del Santo Sepulcro en 1208. El fuego se originó en el interior de la iglesia. En aquel momento, con las puertas cerradas por fuera, un grupo de creyentes se encontraban en su interior celebrando una misa en la planta baja. Nadie pudo salir de allí. Se encontraron un total de treinta y tres cadáveres calcinados. Mujeres, hombres y niños que acudían a esa iglesia cada día para profesar su fe. Tardaron más de un día en apagar el incendio por completo, puesto que ardió también el campo de alrededor. Fue una catástrofe sin precedentes en la ciudad que, hoy en día, muchos recuerdan. No se encontró a los culpables de tal atrocidad, pero el fuego fue provocado y las puertas se cerraron desde fuera a propósito. Fue una matanza.

Eso ponía en un artículo del periódico *El Adelantado de Segovia,* que don Fernando logró encontrar entre todos esos archivos desorganizados. Los documentos oficiales de aquel incendio los tenía Gutiérrez. Y las copias que había hecho mi padre no estaban entre sus papeles.

—Don Fernando, la persona que se llevó estos documentos tiempo después que el hombre que los fotocopió ¿le dijo algo relevante, algo que quizá recuerde...? —le pregunté.

—Me dijo que era compañero de... Pol Capdevila. —Se ajustó las gafas para leer el nombre bien—. Y que necesitaba llevarse los originales para una investigación. Pero no me acuerdo de más. Como estas cosas son tan antiguas y ya todo está en internet, le dije que se los llevase. ¿Cómo decirle que no a un policía?

—Muy amable, don Fernando. —Le volvimos a estrechar la mano y nos fuimos.

Mi padre había estado cerca, muy cerca, de descubrir toda la verdad. Y que Gutiérrez estuviese revoloteando alrededor de su investigación me parecía cada vez más extraño. Por una parte, no quería ni pensar que mi jefe pudiera ser el asesino del aire en vena. Pero, por otra, no podía evitar el haber desarrollado una especie de rechazo hacia su persona.

Salimos del Archivo Histórico Provincial y fuimos a dar un paseo por la ciudad hasta llegar al coche. Queríamos ir a la iglesia de la Vera Cruz, pero, por lo que nos había dicho don Fernando, era mejor ir en coche hasta allí.

Estuvimos andando por unas calles de inmensa riqueza cultural. A Henry le gustaba esta ciudad. Supongo que no escuchar constantemente vehículos, pitidos, sonidos y ruidos le aliviaba. Cuando era pequeña pensaba que terminaría mis días en un lugar como Segovia. Bonito, tranquilo, acogedor, cerca de una gran ciudad, pero lo suficientemente lejos como para estar en un ambiente sosegado.

Olía a hogar y también a cochinillo a medida que se acercaba la hora de comer. Callejeamos hasta llegar al Alcázar. Y no voy a mentir y decir que no me impresionó tanto como el acueducto, el edificio parecía recién sacado de una historia de Disney. Traspasamos la reja metálica, custodiada por un señor vestido de romano, y nos adentramos en una explanada maravillosa y llena de vida que dejaba ver perfectamente aquel castillo de ensueño al fondo.

—Tenías razón. Gutiérrez tiene algo que ver en todo esto —me dijo Tony cabizbajo.

—Lo siento, Tony. Sé lo que Gutiérrez es para ti, pero…

—Es que no lo entiendo, Paula —me interrumpió—. No lo entiendo. Suelo intuir a los sospechosos. ¿Cómo he podido no darme cuenta? —Le dio una patada a una pequeña piedra que había en el camino.

—Ven, sentémonos aquí.

Nos acomodamos en un banco que había con vistas a una ladera llena de pinos, con el agua de un río sonando a lo lejos. Le agarré la mano, lo miré a los ojos y le dije:

—Tony, no era fácil. Yo tampoco lo vi. Ni siquiera sabía que fue compañero de mi padre. No te culpes por eso, ¿vale? —Le apreté con fuerza la mano.

—Ya, pero te tomé por loca en muchas ocasiones y no sé… No sé…, me siento tan engañado… —Lo besé.

—Odio que hagas eso —me soltó pícaro.

—¿El qué? —le pregunté sonriendo.

—Que me beses para distraerme.

—Yo no hago eso.

—Sí, sí lo haces. Pero en el fondo lo odio tanto como lo adoro. ¿Recuerdas el primer día que nos vimos?

—Abriste la puerta del coche de sopetón y me preguntaste si era «la criminóloga». —Nos reímos.

—En realidad ya sabía quién eras. Cuando Gutiérrez me informó de tu incorporación, me dio tu expediente y vi tu foto. Entonces te busqué en YouTube para ver vídeos de tus ponencias y demás. Creo que me enamoré de ti mucho antes de abrir la puerta de ese coche.

Tony se había convertido para mí en un amor inexplicable. Uno que había pasado desapercibido al principio, pero que poco a poco fue cogiendo fuerza. Un amor que incluso se podría haber confundido con una amistad, porque teníamos esa clase de relación. No llegábamos a ser una pareja, pero tampoco solo amigos. Y estábamos constantemente en un limbo de sentimientos. Los dos temíamos querernos. A ninguno nos hacía gracia ser compañeros en una unidad tan importante como la nuestra y haber cruzado un límite que jamás hubiésemos pensado traspasar. Pero era completamente inevitable. Algo que, cuando abrió la puerta de ese coche, yo también supe al verlo. Creo que no seré la única persona en el mundo que ha sentido alguna vez una conexión con otra persona más allá de lo puramente empírico.

Mi madre siempre me leía un libro cuando era pequeña sobre dos jóvenes que estaban destinados a estar juntos, pero sus familias se oponían porque ella era una princesa y él, un plebeyo. En esa historia se contaba la leyenda del hilo rojo del destino. Un hilo invisible a los ojos que conecta a dos personas que están destinadas a ser. Destinadas a conocerse y permanecer unidas independientemente de la distancia, el tiempo o las circunstancias de cada uno. El hilo se puede contraer o estirar, pero nunca romper.

Y en aquel momento en el que el Alcázar fue espectador de nuestros sentimientos, comprendí que la historia que mi madre siempre me contaba tenía más sentido que nunca. Tony se había convertido en mi máximo exponente y, después de lo que le había pasado a Sandoval, no quería seguir actuando como si nada de eso me importase. El móvil de Tony empezó a sonar. Aunque no quería romper aquel momento íntimo, rebuscó en su bolsillo y miró quién llamaba.

—Es él.

—No se lo cojas.

—Paula, necesitamos saber qué está ocurriendo. Voy a contestar.

Se levantó y se fue a hablar con él. Paseaba de un lado a otro frente a mis ojos, escuchando atentamente lo que le decía Gutiérrez. Tony cada vez estaba más nervioso y yo más impaciente. En un momento dado se alejó para que no le escuchase y me quedé sentada, respetando aquel gesto. Al cabo de un rato regresó.

—Le he dicho dónde estamos. Me ha contestado que mañana viene a Segovia y nos lo explica todo.

Respiré hondo y asentí con la cabeza. Supuse que era inevitable dejar de posponer ese momento. Nos fuimos hacia el coche y nos dirigimos a la iglesia de la Vera Cruz.

Se encontraba algo alejada de la ciudad, cerca de un parque verde y precioso. El Alcázar se seguía viendo, pero desde otra perspectiva, mucho más bonita si cabe. Y allí estaba la iglesia. Reformada tras el incendio, pero con el mismo halo espiritual que cuando se quemó. Alejada en medio de una explanada, como si no quisiese juntarse con el resto de las maravillas que ofrecía la ciudad.

No había nadie por los alrededores, ni siquiera en la iglesia. Estaba cerrada. Golpeamos varias veces la puerta principal sin resultado. Preguntamos en un restaurante cercano, pero allí no sabían cuándo podríamos encontrar al cura o si en algún momento iría alguien. No eran muy devotos.

Mientras Tony insistía en llamar a la puerta, di la vuelta al edificio. Se notaba la reforma tras el incendio, pero lo habían hecho tan bien que si uno no conocía el suceso, pasaba desapercibido. Circular y con una torre más alta que el resto, su estilo románico aún tenía partes ennegrecidas en alguna zona de su fachada.

Sin previo aviso mi mente se puso a imaginar cómo fue aquel suceso que dejó tantas víctimas. En un verano muy cálido de 1959, los feligreses de la iglesia de la Vera Cruz acudieron a misa un jueves más. El cura que oficiaba el culto empezó cantando para honrar a Dios y abrir la ceremonia. Todas aquellas personas, las treinta y tres que había allí, acompañaron su canto. Tras besar el altar, una vez terminó su himno de entrada, el cura hizo la señal de la cruz. Saludó a sus feligreses y se escuchó con un estruendo más fuerte que nunca: «Señor, ten piedad».

El tiempo siguió transcurriendo durante uno de los días más calurosos de ese año en Segovia. Las mujeres, los hombres y los niños mantenían un silencio absoluto cuando el cura hablaba. Justo el sacerdote estaba preparándose para el rito de la comunión y no se dio cuenta de que estaban cerrando las puertas con llave desde fuera. Ante el desconcierto de todos, el cura continuó con el rito y enseñó el pan eucarístico a los presentes.

El olor a quemado comenzó a notarse en el interior de la iglesia. El humo cubrió toda la planta baja y el fuego iluminó la misa. Todos corrieron hacia las puertas de salida. Las aporrearon e intentaron tirarlas abajo. Las llamas eran cada vez más vivas y el cura, ante la imagen del apocalipsis, se quedó en su altar rezando a Dios para que todos pudieran salir de aquel infierno.

Los gritos sordos de aquellas treinta y tres personas se perdieron en un eco que jamás se escuchó. Murieron un 20 de agosto de 1959.

Miraba la puerta principal y podía ver el humo salir por las rendijas y el fuego por el tejado. Escuchaba los gritos desesperados de auxilio de aquellas treinta y tres personas.

—Paula. —Tony me volvió a sacar de mi trance—. ¿Estás bien?

—Sí, solo estaba imaginando cómo tuvo que ser aquel día para las víctimas. —Seguí mirando la entrada humeante.

—He conseguido abrir una puerta lateral. Vamos.

Allí no había nadie. Era escéptica con las iglesias. En muchas ocasiones me había planteado la idea de creer en Dios, pero nunca conseguía hacerlo del todo. No era atea, en algo creía... Pero no sé si en un señor con barbas saliendo de las nubes con la luz de sol. Tampoco aceptaba muchas de las cosas que todos sabemos y nos cuenta la Biblia. Si Dios existe, ¿por qué permite que ocurran tantas tragedias humanas? Suponía que esa era una pregunta que se había hecho todo el mundo en algún momento.

Una vez leí un texto muy interesante de un filósofo. Decía algo así como que Dios es lo máximo en lo que un ser humano puede pensar. Y tenía razón. Busques la explicación que busques al origen de la vida, la última respuesta es Dios. Como un ser eterno que, sin principio ni fin, vive dentro de cada uno e intenta que nuestra existencia tenga algún sentido, incluso cuando no quieres creer que es así.

La iglesia era aún más bonita por dentro, no era muy grande pero sí majestuosa. No sabíamos qué buscábamos exactamente, pero miramos cada uno por una zona diferente. Alguna fuerza me empujó a ir hacia el altar, que previamente había imaginado como el único lugar donde un sacerdote realizó un acto de fe durante aquel 20 de agosto cuando rezó para que todos se salvaran.

Era un altar normal. Cuando estaba arriba, me giré y, como si fuese un cura dando misa, volví a imaginarme a todas aquellas personas.

—Paula, ven. —Su voz sonó con eco.

Mientras Henry olfateaba aquel edificio reconstruido e indagaba lo que él consideraba importante, fui hasta donde la voz de Tony me llevó. Cuando existe una desgracia, cuando un infortunio azota la vida de muchos —y no solo de las víctimas, sino de sus familiares y seres queridos—, muchas de esas personas crean algo en honor a los que ya no están. La ciudad de Segovia quiso hacer lo mismo con las muertes del incendio de la iglesia de la Vera Cruz, y el nombre de las mujeres, los hombres y los niños que allí fallecieron a causa de un incendio provocado y meditado se talló en una piedra gigante.

—Son los nombres de todas las víctimas —me dijo Tony mientras un escalofrío recorrió mi cuerpo.

Y entonces lo vi. Mientras leía uno a uno los nombres de todos y cada uno de los damnificados el 20 de agosto de 1959. Al observar el surco de sus nombres en aquella piedra entendí que el origen de todo, que el principio del asesino del aire en vena estaba allí.

—Tony, cuenta los nombres —le pedí.

—Treinta y… Treinta y cuatro.

Se giró hacia mí y, con una media sonrisa que inundaba su cara, asintió sabiendo qué significaba. Los dos éramos muy conscientes de lo que representaba. La iglesia donde todo empezó, el punto de partida del asesino del aire en vena nos estaba dando la clave. En los documentos que don Fernando nos entregó, entre los que se encontraba el artículo que explicaba qué había ocurrido, se especificaba que encontraron treinta y tres víctimas. Treinta y tres cuerpos calcinados entre los escombros. Y ahí, en la piedra, nombraban a treinta y cuatro víctimas de aquel incendio. Pero era algo totalmente comprensible en aquellos años. Los informes solo reflejaron treinta y tres cuerpos y un desaparecido. Este último detalle lo vimos después, ni siquiera le dieron pábulo, sin embargo, a nivel eclesiástico sí lo hicieron aunque le dieran por muerto.

El 20 de agosto de 1959, Segovia no fue solo testigo de una de las peores tragedias que se puedan contar de su historia. Aquel día no solo murieron treinta y tres personas. Ese 20 de agosto, en esa misma iglesia, nació el asesino del aire en vena. El único superviviente del incendio de la iglesia de la Vera Cruz...

Suspiré hondo mirando al techo y cuando noté que Henry había venido a mi lado, sonreí. Dirigí mi mirada hacia Tony, que también sonreía.

—Lo tenemos —dije.

—Lo tenemos —contestó él.

19

lgunos dicen que el eco de una iglesia es simplemente la respuesta acústica al haber un mayor espacio libre por la arquitectura de esta. Las ondas rebotan en las paredes y se produce la repetición de un sonido al chocar contra un obstáculo y reflejarse hasta llegar al lugar donde se ha emitido. Otros creen que va mucho más allá de un fenómeno acústico, porque al encontrarte en un lugar sagrado e intocable por el mal, el eco es la protección de Dios.

La mitología griega cuenta que Eco era una ninfa del monte Helicón que amaba su propia voz. Hera, la esposa de Zeus, tenía celos del comportamiento que su marido tenía con el resto de las ninfas. Eco ayudaba a Zeus a distraer a Hera con su voz y conversación, lo que permitía que Zeus pudiese escapar de ella. Pero cuando Hera se dio cuenta del engaño de Eco, la maldijo para que solo pudiera repetir las últimas palabras que otra persona acabase de decir. El eco. Eso escuchamos Tony, Henry y yo cuando quisimos salir de aquella iglesia.

—¿Estáis seguros? —Retumbó una voz en todas las paredes.

Nos dimos la vuelta rápido, intentando encontrar el punto de partida de aquella voz. Incluso Henry miraba extrañado y buscaba algo que ninguno veíamos. Tony me hizo un gesto de silencio acercando el dedo índice a su boca. Cuando estaba desenfundando su pistola con la mano derecha, lo volvimos a escuchar.

—¿A quién tenéis? ¿Al número treinta y cuatro o al número uno? —Terminó aquella frase con una carcajada.

—¿Quién eres? —grité sabiendo que aquella voz tenía más aire que sus propias jeringuillas.

—«Que se acabe la maldad de los impíos, pero establece tú al justo. Porque Dios justo prueba los corazones y las mentes».

Se escuchó una puerta cerrarse y alguien que corría. Tony desenfundó su arma y persiguió a ciegas tan solo escuchando el eco que la iglesia nos dejaba. Henry comenzó a ladrar y corrió en dirección contraria a Tony, lo seguí. Subimos unas escaleras que daban a otra sala llena de antigüedades y objetos religiosos. Henry ladraba con más fuerza.

—Paula Capdevila. —Volví a escuchar el eco.

—¿Dónde estás? —pregunté asustada mirando hacia todos los lados. No sabía dónde estaba Tony.

—Estoy en todas partes. Soy omnipresente.

Encima de una mesa, entre todas las cosas que allí había, vi un abrecartas antiguo y oxidado que no tardé en coger.

Escuché el eco de una carcajada y levanté aquel abrecartas hacia la nada.

—¡Sal, sal ahora mismo! —volví a gritar.

Henry ladraba sin cesar, apenas podía escuchar mis propios pensamientos. En un momento dado aulló a menos de medio metro a una lona colgada del techo que parecía que ocultaba algo. Ladraba y retrocedía a la vez, como si lo que esa tela ocultaba le diera auténtico pánico. Le llamé para que viniese a mi lado, pero no me hizo caso.

«Los ojos bien abiertos, la mente muy fría y los pies sobre la tierra. Los ojos bien abiertos, la mente muy fría y los pies sobre la tierra. Los ojos bien abiertos, la mente muy fría y los pies sobre la tierra. Los ojos bien abiertos, la mente muy fría y los pies sobre la tierra».

Me lo repetía una y otra vez mientras me invadía una mezcla de adrenalina y miedo. Detrás de aquella lona había algo a lo que tendría que haberme enfrentado hacía mucho tiempo. Y no, no era el momento de dar un paso atrás. Tenía que dar un paso hacia delante y bajar aquel telón que me descubriría el final de esta obra.

Con el abrecartas creando una distancia de seguridad, avancé con sigilo. Despacio, como si lo que estuviese escondido fuese un gato que saldría corriendo al verme llegar. Los ladridos de Henry se fueron difuminando al entrar en otro trance más del que no podría salir hasta que retirase la tela.

—Adelante, Paula. ¿Te atreves a saber la verdad? —Su voz rebotaba en los obstáculos del espacio y el tiempo—. «Yo soy el camino, la verdad y la vida, le contestó

Jesús. Nadie llega al Padre, sino por mí». —Otra carcajada más.

Acerqué la mano que me quedaba libre para agarrar la lona. Noté la suavidad del terciopelo en mis manos. Cogí todo el aire que pude en mis pulmones y tiré con todas mis fuerzas.

Recordé que había bajado del tren en la estación de Atocha emocionada. Nerviosa, pero con muchas ganas de comenzar una nueva etapa en Madrid. Si algo había tenido claro en la vida era que seguiría la estela de mi padre para llegar a ser como él. Por haber sido siempre mi referente, como profesional y como ser humano, y, sobre todo, por continuar su legado. Cuando la música de Frédéric Chopin acompañaba mis pasos por el jardín botánico no sabía que no solo haría honor a su trabajo, sino que terminaría lo que él había empezado.

Barcelona, Madrid y Segovia se unieron en un eje. Mi padre, Santi, Tony, Henry. Los parques, las estatuas, el arte, la poesía, la religión…, la vida. El caso más difícil y complicado de toda mi carrera, los meses más duros de toda mi vida, el amor más sincero que pude tener, las emociones más fuertes que hubiera podido imaginar… Todo detrás de una simple lona.

Henry se abalanzó sobre lo que estaba detrás de aquel telón que me descubriría el secreto mejor guardado, el dolor más inhumano, el odio más perverso. Un sobre, otro más.

Con el abrecartas aún alzado, todas mis extremidades temblaban sin parar. Pestañeé con fuerza para dar crédito a lo que estaba viendo. Mis ojos se empañaron al sentir que ese no era el final que esperaba. La ventana de aquella sala se abrió de golpe dejando pasar un viento que terminó de tirar la lona. Me fui aproximando, asustada por si me acechaba por detrás. Entonces volví a escuchar la voz.

—«Ten compasión de mí, oh, Dios. Conforme a tu gran amor; conforme a tu inmensa bondad, borra mis transgresiones. Lávame de toda mi maldad y límpiame de mi pecado».

—Otra carcajada más con esas palabras.

Cogí el sobre. El sobre que me desveló la verdad. El sobre que más dolor me causó. Un sobre con un nombre grabado. Su nombre. Pol Capdevila.

Mis temblorosas manos seguían sujetándolo cuando Tony entró corriendo en la sala. Respiraba agitado por el esfuerzo de buscarme por toda la iglesia y por el disgusto de no haber localizado al asesino del aire en vena. Se quedó paralizado cuando vio aquel papel marrón con el nombre de mi padre.

Seguí mirando esas letras y cogí todo el aire que había en la iglesia en busca de la fuerza que me permitiera abrirlo. Levanté la solapa con cuidado y saqué la hoja que había en su interior. En ella, las palabras que acababa de decirme aquel eco estaban escritas del puño y letra de mi padre:

Ten compasión de mí, oh, Dios,
conforme a tu gran amor;
conforme a tu inmensa bondad,
borra mis transgresiones.
Lávame de toda mi maldad
y límpiame de mi pecado.

Salmo 51:1-2

Lloré, lloré como jamás había hecho. Lloré con toda la rabia del universo en mi interior. Lloré mientras temblaba con la misma intensidad. Tony me agarró el hombro, pero sentía tanto dolor dentro que lo aparté.

—¡Sal de donde estés, hijo de puta! —Solo escuché el eco de mi voz—. ¡Sal! —Me giré gritando a la nada.

—Ese era tu padre, Paula. Otro pecador más. Otro despreciable ser humano más que cometió el pecado de la soberbia. —Su voz se elevaba cada vez más.

—¡Lo mataste tú, hijo de puta! —volví a gritar—. Lo mataste tú… —Las lágrimas no me dejaban hablar.

Caí al suelo de rodillas, desplomada. Clavada en aquel lugar que me descubrió la verdad. Ese era el crimen que faltaba, la víctima número siete de Barcelona. Siete metros. Mi padre cerró el ciclo de los siete pecados capitales. No se murió de un infarto, lo asesinó con aire en vena. No había carpeta de la muerte número siete porque él era la víctima. Tony se tiró conmigo al suelo, me cogió como si de un peso muerto se tratase y me pidió que nos fuéramos de allí.

—¡Sal, maldito cobarde! —grité de nuevo—. Tú eres el mayor pecador de todos.

—Yo soy Dios. —El eco del grito retumbó haciendo que las palomas salieran volando.

—Tú eres Satán. Hijo de puta. ¡Eres un asesino! —Tony tiraba de mí para que saliéramos de allí lo antes posible.

No sabíamos dónde se escondía y nos estábamos enfrentando los dos solos a un asesino en serie. Meticuloso, cuidadoso en sus crímenes y capaz de no dejar una sola huella. Un ser despiadado, alguien capaz de todo. Tony quería sacarme de allí a toda costa. El eco de su risa se repetía una y otra vez, como si fuese el mismísimo demonio desde el infierno. Allí, oculto en aquella iglesia que era el origen de todo.

—¡Yo le ofrezco paz a este mundo! Limpio la tierra sagrada de pecadores indecentes. Personas indignas de vivir. ¡Humanos despreciables que deben estar muertos! —Volvimos a escuchar una puerta cerrarse.

Tony corría tirando de mí; Henry nos seguía a los dos, asustado. Llegamos hasta la puerta principal y, cuando quisimos abrirla, estaba cerrada por fuera. Tony zarandeó varias veces la cerradura, pero fue imposible abrirla. Sentí un olor inconfundible. Habría deseado que ese olor fuese a jazmín, pero no lo era.

—Tony, Tony —le sacudí—, huele a quemado.

De pronto, cuando se giró para tranquilizarme, me di cuenta de que se había quedado mirando algo detrás de mí con tanto pavor que parecía que estuviese viendo un fantasma. Miré en la misma dirección y los dos vimos cómo el altar de aquella iglesia ardía en llamas.

—¡Maldita sea! —Zarandeó con más fuerza la puerta—. ¡Apartaos! —Desenfundó su arma.

Le pegó tres disparos, pero fue inútil. El humo nos impedía respirar. Tony y yo no dejábamos de toser y Henry, ladrando, nos llevó hasta la otra puerta. Corrimos detrás de él, con las llamas cada vez más vivas y extendiéndose por toda la iglesia.

Henry comenzó a rascar la puerta deseando abrirla para sacarnos de allí. Estaba cerrada. El asesino del aire en vena nos había encerrado en una jaula sagrada. Seguimos aporreando la puerta, pero yo me sentía cada vez más cansada, sin poder respirar. Apenas se veía nada con el humo. Apoyé mi espalda en la puerta mientras Tony continuaba luchando por abrirla y me senté sin parar de toser. Henry se puso en mis piernas en señal de protección y se quedó quieto, esperando a que llegase el terrible final.

Entonces vi la cara de mis padres, mirándome orgullosos el día que resolví mi primer caso, el robo de las chucherías. Las imágenes de mi cabeza empezaron a reproducirse a cámara rápida, como acelerando los momentos más importantes de mi vida. Mi madre leyéndome un cuento, las dos juntas regando nuestro jazmín, los viajes a Madrid por Navidad, las visitas de mi familia, mi padre recogiéndome de un cumpleaños, yo poniéndome su placa de policía, su despacho en la comisaría, el bocadillo de paté, sus abrazos infinitos, su forma de mirar... Los fotogramas de mi cabeza se sucedían cada vez más rápidos hasta llegar a Madrid.

La primera vez que pisé la ciudad como criminóloga de la nueva Unidad de Intervenciones Especiales. Cuando estreché la mano de Gutiérrez sin saber quién era. A cámara rápida corría por El Retiro, conocía a Sandoval. Encontraba a Henry. Abría la puerta del coche y me recibía Tony. Me asustaba en el templete de Baco. Mi apartamento. Las jeringuillas. La plaza de Santa Ana. La tasca andaluza. Mi madre. Los periodistas. Aquella universidad. El amor, el odio, la rabia, la desesperanza, la cólera, la tranquilidad, el pudor, el nerviosismo, la inquietud...

Apenas podía respirar, pero las imágenes seguían pasando por mi memoria a una velocidad vertiginosa. Abracé a Henry, no podía más. Noté a Tony sentarse a mi lado y abrazarme.

Los tres podíamos notar el calor abrasador que se acercaba a nosotros. No volvimos a escuchar un solo eco más que el de las llamas que arrasaban con todo lo que había en su camino. Respirar era imposible, movernos aún más. Ese era el final. No había podido capturar al asesino del aire en vena, pero había descubierto la verdad. Cuando estábamos prácticamente inconscientes, incluido Henry, las puertas que sujetaban nuestras espaldas se abrieron. Y entró la luz como si Dios hubiese venido a rescatarnos. Allí estaba él. Gutiérrez.

20

Cuando hay demasiado monóxido de carbono en el aire, el cuerpo recurre a reemplazar el oxígeno en los glóbulos rojos por el monóxido. Ahí es cuando existe una intoxicación y se puede generar un daño muy grave o la muerte. Si la causa de esa cantidad de monóxido se debe a la inhalación de humo, el cuerpo también puede envenenarse de sustancias tóxicas; además hay posibilidades de dañarse la tráquea, las vías respiratorias o los pulmones.

Por eso el tratamiento es muy diferente según la persona afectada. Cuando logré recuperar la conciencia, un médico sujetaba la mascarilla de oxígeno sobre mi cara. Ahí me di cuenta de que solo había inhalado humo. Busqué a Tony y, cuando vi que le habían colocado un tubo de respiración, supe que tenía quemaduras traqueales.

Gutiérrez, nada más colgar el teléfono con Tony, cogió su coche y fue hasta Segovia, no esperó hasta el día siguiente tal y como le había dicho. El coche de Tony, su potente e inmejorable Mustang, tenía un geolocalizador para emergencias. Era una cosa que Tony detestaba, pero sabía que tenía que asumirlo. Aquel día puedo jurar que le dio las gracias mil veces a ese pequeño dispositivo que le permitió a Gutiérrez encontrarnos.

El comisario principal apareció tras las puertas de aquella iglesia como un ángel salvador. Eso pensaba Tony cuando después de pasar un día en el hospital de Segovia se recuperó antes de lo esperado o, más bien, hizo todo lo que estaba en su mano para recuperarse tan rápido.

Pero yo tenía mis dudas, la desconfianza de una persona que había sido traicionada. El eco de la voz que escuché en aquel infierno convertido en iglesia no era la de Gutiérrez, pero ¿y si lo hizo con un modulador? ¿Sería verdad que simplemente estuvo en el momento indicado a la hora indicada? ¿O tan solo creó el problema para luego ser la solución?

Eso era de primero de carrera. Estrategias de manipulación. Crear problemas para después ofrecer soluciones. Es un método conocido como «problema-reacción-solución», muy típico en los gobiernos. Por ejemplo, se provoca una crisis económica para que el pueblo acepte necesariamente el retroceso de los derechos sociales. Se organizan situaciones de desastre o emergencias sanitarias para que sean los ciudadanos quienes demanden leyes de seguridad, aunque eso pueda perjudicar la libertad individual. O más sencillo aún, aumenta la violencia en las ciudades para que la sociedad pida más «mano dura».

Para Tony, Gutiérrez vino para explicarnos la situación o incluso para contarnos toda la verdad. Pero yo le seguía viendo como el asesino del aire en vena. Esa era la explicación más lógica para mi cerebro, que no paraba de buscar un sentido a todo lo que estaba aconteciendo.

Cuando Tony salió por fin del hospital, nos fuimos de nuevo a Madrid. Necesitábamos varios días de descanso, físico y emocional. Henry se lo merecía también; por fortuna, él fue al único que no le pasó nada durante el incendio. Pero no teníamos tiempo, no podíamos permitírnoslo, menos yo.

Mi padre había sido asesinado. Siempre pensé que la vida simplemente quiso enviarle a otro lugar mejor, que los infartos son cosas naturales y más normales de lo que podamos imaginar. Un día te levantas y el corazón decide fallarte para dejar un vacío existencial en los que más te quieren. Pero no, mi padre no tuvo esa mala suerte. A él le arrebató la vida que ya tenía y la que pudo llegar a tener un asesino. Eliminó de golpe sueños, planes y un futuro. Y a mí me lo arrancó de la misma manera, dejando que una parte de mí se fuera con él.

Me fui al hospital para ver a Sandoval. Todavía seguía en coma inducido, pero necesitaba verla y contarle todo lo que había ocurrido. Tenía muchas llamadas de mi madre que tan solo deseaba escuchar mi voz, pero me sentía incapaz de contarle la verdad que había descubierto. Solo atiné a enviarle un mensaje para decirle que todo estaba bien, que tenía mucho trabajo y que la llamaría en cuanto pudiese.

El segundo incendio de la iglesia de la Vera Cruz todavía no se había filtrado a la prensa, pero no tardaría en saberse, así que intenté darme toda la prisa posible.

—Hola, amiga —le dije mientras cerraba la puerta de su habitación, como si se fuera a despertar por el ruido.

Me senté a su lado, le cogí la mano y me quedé callada. No sabía ni por dónde empezar. Eran tantas cosas y tantos detalles los que necesitaba decirle que en el fondo me sentía egoísta por hacerlo. Así que elegí contárselo todo con una voz en mi cabeza mientras seguía con su mano y la miraba fijamente. Allí estaba mi amiga, con un tubo en la boca y los ojos cerrados.

«Le asesinó. El asesino del aire en vena mató a mi padre. Es la séptima víctima. La pieza del puzle que faltaba por encajar. El cierre del ciclo de los siete pecados capitales. Fue él, mi padre —no podía dejar de pensar en eso—. En vez de resolver el misterio de un asesino en serie, resuelvo el asesinato de mi padre. Así, sin comerlo ni beberlo, sin sospechar nada al respecto. He fracasado como criminóloga, como hija, como todo. Me siento totalmente abatida. He mandado analizar los nombres de todas las personas que estaban tallados en esa piedra. Para saber quién fue el superviviente del incendio. Los he leído tantas veces que me los sé de memoria. Los cuerpos calcinados ni siquiera se investigaron; es más, parece que nadie se dio cuenta de ese detalle de que había treinta y tres cadáveres y un desaparecido y solo encontraron el cuerpo de treinta y tres. Como estaban calcinados no pudieron reconocerlos a todos por lo que no se sabe quién fue el desaparecido. Pero no hay ningún resultado todavía».

Le seguí contando lo que nos había ocurrido, como si se tratase de una película de terror. Todo esto con la voz en off de mi cabeza. Gesticulaba como si estuviera loca con mi conversación interior, menos mal que estábamos las dos solas. Pero entonces alguien tocó la puerta de la habitación. Por un momento pensé que sería Tony, pero no era él. Suponía que ya sabía que yo estaba dentro y por eso llamó. No le había visto desde Segovia.

—¿Puedo pasar? —Traía consigo un ramo de flores. Lirios blancos para ser exacta.

—En teoría ya estás dentro —le dije sin mirarle a la cara.

Pasó y, con un gesto en la cara de tristeza, posó las flores en un jarrón que él mismo había llevado. Las acomodó varias veces. Se notaba que no sabía qué hacer o qué decir. Pero finalmente se sentó en el borde de la cama y acariciando el pelo de Sandoval empezó a decir:

—Paula... —No le resultaba fácil hablar en aquel momento.

Quería preguntárselo. Quería hacerlo. Sentía el fuego de mi estómago subiendo por todas mis entrañas hasta implosionar en mi cabeza. Necesitaba preguntarle, mirándole a los ojos, si él era el asesino del aire en vena. Necesitaba saber si había asesinado a mi padre. Si todo este tiempo tan solo se había reído de mí. Quería decirle que ya había ganado, que ya había conseguido despojarme de lo más importante de mi vida. Pero no me dio tiempo, porque confesó primero.

—Fui yo. —Mi cabeza explotó.

—Lo sabía —contesté y me levanté—, sabía que eras tú el asesino, me das asco y te voy a hundir. Estás loco —le dije señalándole con el dedo como si estuviese alertando sobre la maldad más profunda.

Se levantó de la cama y me miró fijamente a los ojos. Apretó su mandíbula a punto de desencajarse. Se abrió la chaqueta e introdujo su mano en el bolsillo interior. Estaba segura de que sacaría una jeringuilla de ahí para llevarme con mi padre lo antes posible. Me di cuenta de que no iba a poder despedirme de mi madre ni de Tony ni de Henry. Ni siquiera tenía hecho el testamento. Pero lo acepté, acepté que ese fuese mi final siempre y cuando me encontrase frente al asesino del aire en vena. Continuó hurgando en el bolsillo y, cuando tuvo lo que buscaba en la mano, lo sacó.

El corazón se me iba a salir literalmente del pecho, podía ver cómo mi jersey se movía a la misma velocidad de mis latidos. Me siguió mirando fijamente y cuando esperaba un discurso sobre el bien y el mal, el monólogo de una mente perversa y depravada dispuesta a creerse un ser superior al resto de los humanos, su mano se abrió, dejándome ver una copia de un mensaje que yo ya había recibido. Lo cogió con las dos manos para enseñármelo y que pudiese leerlo: DESCONSOL.

La misma palabra que estaba en el sobre que alguien dejó en mi casa. El sobre que escondí debajo del sofá de mi apartamento. El sobre por el que besé a Tony. Un sobre que parecía que había mandado el propio asesino en serie, pero que enseguida me di cuenta de que no era así. Ese mensaje lo había escrito Gutiérrez.

—Fuiste tú —le dije.

—Sí, Paula. No me atrevía a contarte de otra manera que yo fui el compañero de tu padre. Me aterraba decirte que le tomé por loco y que no pude evitar su muerte. Me avergonzaba no tener el valor de decirte la verdad. Así que te dejé ese sobre sabiendo que descubrirías todo tú sola. —Su voz se quebró.

—Pero... entonces... —titubeé.

—No, Paula. No soy yo el asesino del aire en vena. Yo intenté vengar la muerte de tu padre. —Lloró.

Me acerqué a él sin querer traspasar su zona de confort o que él rompiese la mía. Ahora todo tenía sentido con Gutiérrez. Me sentí estúpida por haberlo condenado de esa manera.

Lo abracé. Como si fuese el reencuentro entre un padre y una hija. Y lloramos hasta desgastarnos, sin silencios y con quejidos. Lloramos por todo. Por mi padre, por las víctimas. Por todo.

La habitación de Sandoval se convirtió en un confesionario lleno de recuerdos y de dolor. Me estuvo contando con más lujo de detalles la situación en los años ochenta en Barcelona. Él y mi padre eran mucho más inseparables de lo que parecía. De hecho, sus diferencias los convirtieron en la mejor pareja de profesionales, formaban un buen equipo, el mejor al que habían pertenecido nunca.

Cuando mi padre comenzó a sospechar que un asesino en serie era el autor de varias muertes en Barcelona, tuvo en un principio el apoyo de Gutiérrez. Pero les faltaban pruebas, testigos, vestigios... No tenían nada de lo que tirar, tan solo una intuición y, la mayoría de las veces, no es suficiente para poder abrir una línea de investigación. Con el tiempo mi padre se obsesionó cada vez más con el asesino del aire en vena y Gutiérrez estaba a punto de promocionar. Se vio entre la espada y la pared y decidió dejar a mi padre a su suerte.

Pol le contó que el asesino del aire en vena le había enviado un sobre donde le desvelaba el arma del crimen a raíz de ver la noticia en la prensa. Y mi padre se obsesionó aún más. Consiguió encontrar una prueba de que la carta que había recibido era de fuera de Barcelona, y esa pista lo llevó hasta Segovia. Al poco tiempo murió.

Gutiérrez enseguida sospechó que su compañero había sido asesinado. No sabía cómo ni por qué ni de qué manera, pero empezó a seguir los mismos pasos que mi padre y, por eso, sacó los documentos del Archivo Histórico de Segovia. Tenía claro que su amigo no había muerto a causa de un infarto y continuó investigando sin rendirse.

Cuando creó la nueva Unidad y vio mi candidatura, no tuvo ninguna duda de que me concedería una entrevista. Por eso se trasladó él mismo a Barcelona. Pensaba que eso lo había hecho con todos los candidatos, pero no. Solo lo hizo por mí. Quería darme la oportunidad que le quitó a mi padre por dejarlo solo ante un asesino en serie, aunque también pudo justificarlo a sus superiores por mi currículo.

Me explicó que cuando llegué a Madrid y empezaron los asesinatos, tuvo la certeza de que no era una simple coincidencia. Supo que el autor era el asesino del aire en vena, no podía ser un imitador porque nadie, excepto él y mi padre, conocía nada de ese caso. Nunca se abrió oficialmente la investigación y fue gracias a la nuestra que pudo saber que la causa de muerte era a través de una inyección de aire en vena, pues pensaba que inoculaba algún tipo de sustancia a sus víctimas.

Así que cuando comprobamos el *modus operandi*, las pocas dudas que podían quedarle respecto a la muerte de mi padre se disiparon por completo. Tenía miedo de que yo fuese la siguiente por mi parentesco con Pol Capdevila, por ello empezó a indagar él solo más allá de la investigación oficial. Me explicó que cada vez que salía mi cara en televisión temblaba de miedo y que cuando empezaron los sobres entró en pánico. Por eso tanta mentira, por eso tanto misterio.

Con el paso del tiempo y sabiendo que yo sospechaba algo, le contó a Tony su relación con mi padre y le pidió que le guardara el secreto, pero que me vigilara mucho más de lo normal. No sabía cómo decírmelo, pero deseaba hacerlo cuanto antes, y por eso decidió dejarme un sobre como si fuese el asesino del aire en vena, porque tenía claro que yo llegaría hasta el final.

Cogió el coche en cuanto Tony le dijo que estábamos en Segovia. No quiso demorarlo nada. Rastreó la señal del Mustang para poder localizarnos. Nunca había visto a Gutiérrez hablar de algo con tanto… miedo. Le asustaba el asesino del aire en vena. Tanto que desde la muerte de mi padre no había podido quitárselo de la cabeza ningún día.

Entendí muchas cosas porque yo también sentía cómo mi pasado no se borraba. Es más, este había vuelto al presente en forma de meteorito para romperme todos los esquemas.

Desde que llegué a Madrid lo único que había hecho era intentar protegerme del asesino del aire en vena y de mí misma. De los recuerdos, de la verdad. Tal vez hubiese preferido que me contase todo desde el principio, conocer a qué me enfrentaba, incluso antes de partir de Barcelona. Pero ni él mismo sabía que mi llegada a Madrid supondría el renacer del asesino, que degeneraría en crímenes con mucho menos tiempo entre las víctimas.

De haber sido así, quizá nunca hubiese descubierto la verdad por mis propios medios. Nunca hubiera superado el miedo que me daba recorrer el pasillo de Sandoval ni hubiese entrado a mi apartamento ni tenido un perro ni enamorado de Tony. Tampoco habría tenido valor de tirar de esa lona para encontrarme cara a cara con la verdad.

Otro giro más de ciento ochenta grados.

21

Después de muchos meses de trabajo en los que lidié con mi yo más profundo, con mi pasado, mi presente y mi futuro, salí de aquella habitación de hospital dispuesta a encontrar al asesino del aire en vena y autor de la muerte de mi padre. El invierno se había terminado. El tiempo había transcurrido tan rápido que apenas pude observar las estaciones del año como la vida merece.

Volví a Segovia unos días después con Henry y nadie más. No le dije nada a Tony y a Gutiérrez le expliqué que era un asunto personal, un reto y, sobre todo, una batalla que debía librar yo sola. Lo entendió y confió en mí. Me prestó un coche con geolocalizador y me dio una pistola. Una Glock de 9 milímetros que el comisario principal nunca había usado, pero que tenía en su casa para cualquier cosa que pudiese ocurrir. No era la primera vez que yo empuñaba un arma, pero nunca había disparado y menos contra un ser humano.

Ambos sabíamos que las respuestas se encontraban en aquella ciudad. El asesino llevaba un tiempo sin matar y el motivo no era otro que su tiempo estaba llegando al final. Si hubiese querido matar a Sandoval, lo habría hecho. Pero prefirió que ella me contase que en Segovia estaba la clave de todo. Incluso si hubiese querido asesinarnos a Tony, a Henry y a mí, también lo habría conseguido. Pero no fue así, y eso también significaba algo.

Al asesino del aire en vena no se le escapaba ningún detalle. No era desorganizado ni impulsivo. Era ordenado y muy meticuloso, no dejaba nada al azar. Sin embargo, su *modus operandi* había degenerado con el paso de los años y eso supuso que fuera mucho más vulnerable ante mí. Saber que mi padre fue asesinado le hizo más frágil a él, no a mí.

Gutiérrez y yo creamos una artimaña, una trampa para que aquel criminal supiese que iría de nuevo a Segovia y que, seguramente, volvería a la iglesia de la Vera Cruz. Filtramos la noticia a la prensa. Retiramos todos los efectivos de la ciudad y soltamos el bulo de dar por concluida la investigación.

A diferencia de 1959, en 2008, casi nueve, los bomberos apenas tardaron en apagar el incendio y la iglesia estaba mucho más preparada para cualquier percance. Sufrió desperfectos, y habría que reconstruir muchas cosas, pero quedó prácticamente intacta.

Cuando por fin entré en la ciudad y vi otra vez aquel edificio de ladrillo tan inmenso, un escalofrío recorrió mi cuerpo. Había estado allí con Tony y aún sentía la curiosidad del primer día, como si Segovia tuviese muchas más historias que contarme, además de la de aquel diablillo que perdió su apuesta con la joven segoviana. Aparqué muy cerca de aquellos arcos sujetados nada más que por piedra y me bajé del coche con Henry para contemplar una vez más la inmensidad de esa construcción.

Emprendí mi camino por la misma calle que subí con Tony. Antes de ir a la iglesia de la Vera Cruz necesitaba que don Fernando me contara más detalles del primer incendio. No se me ocurría mejor fuente de información.

Volví a encontrarme con la gitana del romero que me hizo un gesto tan profundo que no olvidaré jamás. Me dijo con la mirada que siguiera adelante, que no parase.

Sabía que tenía poco tiempo antes de que algún periodista o curioso me parase por las calles; de hecho, cuando apenas había llegado a ese edificio repleto de picos, un micrófono me abordó. Pertenecía a una joven periodista que me estaba esperando. Intenté pasar de largo y mirar hacia otro lado, pero fue imposible.

—Paula Capdevila es usted, ¿verdad? —me preguntó mientras andaba detrás de mí con el micrófono en la mano—. ¿Es cierto que el asesino del aire en vena, temido por todo el país, se encuentra en esta ciudad, Segovia? —Aceleré el paso—. ¿Intentó asesinarla junto con su compañero en una iglesia de aquí? —Eché a correr.

Suponía que aquellas imágenes que su compañero estaba filmando, con una cámara pequeña y discreta, no tardarían en ser portada de todos los programas de sucesos y de las noticias. Mientras corría con Henry no pude evitar pensar en mi madre; en Gutiérrez pegado a la televisión y al móvil, sin perderme la pista en ningún momento; y en Tony, que estaría enfadado conmigo por haberme ido sin él.

Continué rápido por esa calle bajo la atenta mirada de los segovianos y los turistas que eran conscientes de que ocurría algo al ver cómo una cámara y un micrófono me perseguían. Conseguí llegar hasta la plaza Mayor y en cuanto divisé a una patrulla de la policía local, me dirigí a ellos en busca de ayuda.

—Hola, soy Paula Capdevila, criminóloga de la Unidad de Intervenciones Especiales, necesito que me ayuden. —Estaba exhausta.

—Sé quién es y lo que ocurre, ¿en qué puedo ayudarla? —me dijo uno de los hombres que custodiaban la ciudad—. Respire, está demasiado agitada.

—Detrás de mí vienen unos periodistas, necesito que les paren.

—Descuide. —Y se fueron en dirección a la calle por la que había subido corriendo para pedirles ayuda. Me sentí aliviada.

Cogí aire, miré a Henry y seguimos nuestro camino. En la puerta del ayuntamiento estaba aquella mujer que nos hizo la foto, fumándose un cigarro, atónita de verme correr con Henry en la misma dirección que ella misma nos marcó. Lo tiró enseguida y se metió rápido al ayuntamiento, seguro que para contar el cotilleo a los demás compañeros.

Por fin llegamos al Archivo Histórico de Segovia. Entramos y cerramos la pesada puerta. Me tomé unos segundos para coger aire, miré mi móvil y vi las llamadas perdidas de

Tony, de mi madre e incluso de mis amigos. Lo guardé, no era el momento de atenderlo, tenía que continuar mi camino. Henry no paraba de ladrar, estaba tan inquieto como yo.

—¡Don Fernando! —grité y fui hasta su mesa—. ¡Don Fernando, necesito que me ayude!

Lo llamé un par de veces más, pero no le localizaba por ningún lado. Es lo que tenía llegar sin avisar, igual que la otra vez. No siempre encuentras lo que buscas.

Entré directa al pequeño despacho en el que nos recibió hace unos días y decidí, muy a mi pesar, revisar su escritorio para dar con la llave que abría la puerta de la sala que nos enseñó. Sin embargo, tan solo había un paquete de tabaco medio vacío, un ordenador bastante antiguo con el típico salvapantallas en movimiento y unos cuantos libros de poesía y arte.

Entonces abrí los cajones de la mesa y, entre una maraña de objetos sin uso alguno, encontré el manojo de llaves que había cogido para abrirnos. «Lo siento, don Fernando, pero es necesario», pensé para mis adentros.

Me dirigí de nuevo hasta la sala, busqué la llave correcta y abrí la puerta como si estuviese descubriendo el cofre del tesoro. Una vez dentro rebusqué en todos los lugares habidos y por haber. Revolví cuanto pude sin hallar nada relevante. Antiguos planos de edificios, permisos de obras, folletos de fiestas patronales…, había muchas cosas allí dentro, pero no lo que yo estaba buscando.

Henry olfateaba todo sin descanso, como si se hubiese metido allí un ratón y quisiese cazarlo, tuve que llamarle la atención varias veces. Los dos estábamos nerviosos. Empecé a sacar los cajones de una estantería inmensa, tan solo había documentos antiguos, algunos ilegibles, y sobres de diferentes colores y formas. También me topé con carpetas llenas y vacías. En un momento dado, desesperada, tiré una de ellas al suelo, que asustó a Henry y creó un ruido espantoso que nos ensordeció a los dos. Quería respuestas, maldita sea. Las necesitaba y ya. Mi exasperación aumentaba por segundos.

Escuché a alguien hablar a lo lejos. Su voz estaba cada vez más cerca. Era la de un hombre. Tenía un timbre grave, como el del criminal que buscaba. Un timbre que me asustó. Me dio miedo pensar que podía ser él. El asesino del aire en vena. El asesino de mi padre. Mi peor pesadilla. Me escondí detrás de la puerta y até a Henry para que no se moviese de mi lado. Tenía mi mano derecha detrás de la espalda, a punto de coger la pistola que Gutiérrez me había dado. Estaba tan fría como mis manos en aquel momento.

—¿Hola? ¿Hay alguien ahí? —Escuchaba esa voz detrás de la puerta.

Estaba atacada, la persona iba a entrar en cuestión de segundos y yo cogía el arma con más fuerza. Apareció un hombre que podía ser perfectamente el asesino del aire en vena. Me estaba buscando a mí, la persona que estaba haciendo ruido y que había tirado algo al suelo. Dejé que entrase a la sala y cerré la puerta de golpe. Se asustó mucho y gritó. No era mi asesino.

—¿Quién coño eres tú? —me dijo con la mano en el pecho.

—Disculpe, estaba buscando a don Fernando. —Retiré mi mano de la espalda.

—¿Usted cree que puede entrar aquí sin permiso? Esto es un archivo. —Se enfadó.

—Lo sé, lo siento. ¿Sabe dónde está don Fernando? —Dejé que Henry volviera a moverse.

—¿Quién es don Fernando? —me preguntó aquel hombre como si estuviese hablando de una alucinación, aún temeroso de mi sospechosa presencia allí.

—El encargado del archivo. Estuve aquí el otro día, me atendió él.

—Mire, señorita, yo no sé si usted ha venido aquí a robar, ha venido borracha o qué. Le pido, por favor, que se vaya si no quiere que llame a la policía. —Me estaba echando de la sala.

—Escúcheme bien, ¿dónde está el encargado del archivo? —Me acerqué a menos de cinco centímetros de su cara. Estaba tan enfadada que juraría que si me hubiese visto a mí misma de lejos, me habría dado cuenta del miedo que estaba dando.

Asustado y tembloroso ante mi reacción, levantó las manos y con la cabeza hacia atrás, me soltó:

—Yo soy el encargado del archivo desde hace tres años. Me llamo Andrés. Antes estaba otro señor, pero todos le llamaban Martín. No sé quién es don Fernando, señorita. Se lo prometo. —Estaba atemorizado.

Salí de aquella sala aterrorizada y pensé que me estaba volviendo completamente loca. Aquel pobre hombre me siguió, pidiéndome disculpas por haber sido grosero. Le ignoré con paso firme, solo quería alcanzar la puerta de salida. Cuando estaba a punto de salir, me dijo:

—Oiga, oiga. Se deja esto.

Cuando me giré y vi lo que cargaba en sus manos, no solo se me heló la sangre. Se me congeló el alma... y las piernas, las manos, los brazos y los pies.

«Los ojos bien abiertos, la mente muy fría y los pies sobre la tierra». Las palabras de mi padre volvían a retumbar con más fuerza que nunca en mi cerebro. Andrés me traía los libros de arte y poesía que había visto encima de la mesa. El de arriba del todo era de Lorca. Los cogí sin reaccionar ni pensar qué estaba ocurriendo. Salí del archivo y, en una de las calles, abrí la portada de aquel libro. Y entonces lo vi. Escrito con letra de niño pequeño, con una tinta de hacía años. Me fijé en el mismo nombre que Tony leyó en alto el día que casi nos matan dentro de la iglesia. Uno de los nombres tallados en la piedra que honraba la memoria de todos los fallecidos en el incendio. Fernando Martín Bermejo Muñoz, entre paréntesis, Martín.

Lo había tenido delante de mis narices. Había hablado con él como si fuese un extraño señor que custodiaba un simple archivo. Le había incluso sonreído a aquel demente. Había pronunciado el nombre de mi padre con total naturalidad. Y yo se lo había permitido. El asesino del aire en vena ya tenía rostro. La cara del mal. La del mismísimo demonio.

Respiré, apreté los puños con fuerza, me rechinaron los dientes de rabia y emprendí mi camino hacia el único lugar donde podía estar aquel asesino: la iglesia de la Vera Cruz. Donde todo empezó, el origen de esta historia.

Llamé a Gutiérrez y le expliqué la situación. De camino al coche me contó que cuando él fue al archivo la persona que lo atendió coincidía con la descripción que le había hecho de don Fernando, aunque no recordase el nombre. Gutiérrez también lo había tenido delante de sus ojos. Mi padre se metió en la boca del lobo cuando entró en ese edificio en busca de la solución a todos sus problemas..., y yo también. Ese hijo de puta había trabajado tantos años allí que sabía exactamente cómo y cuándo colarse para ser él quien me atendiese.

Gutiérrez me envió refuerzos y me pidió que no hiciese nada al respecto. Que ya lo teníamos y que, por favor, esperase a que llegase él con los demás. Le colgué y fui en busca de mi coche. Por mucha prisa que quisiese darse, tardarían al menos una hora y media entre que movilizaba los efectivos y conseguía salir del ingente tráfico madrileño. Era consciente de que el tiempo corría en nuestra contra y de que Fernando Martín Bermejo Muñoz no tenía derecho a estar más tiempo en libertad.

Ya no solo era un caso ni una investigación en curso. Era algo mucho más personal que todo eso. Sentía que, cuando le tuviese cara a cara de nuevo, la vida me daría la oportunidad de enfrentarme a todos mis miedos. Reordenaría mis recuerdos y superaría mis traumas. Y no era algo que pudiese hacer con Tony o Gutiérrez. Debía hacerlo yo sola, con mi padre empezó todo esto y conmigo se terminaría.

Conducir por Segovia era más difícil que hacerlo por Madrid. No era por su ritmo frenético, por la falta de responsabilidad de muchos ni por el humo que salía de los miles de tubos de escape. Lo que dificultaba la conducción era ese adoquinado que parecía que me frenaba más que otra cosa y también las pequeñas callejuelas que se asemejaban a partes de un laberinto que tenía que resolver para llegar a la meta.

Pensaba en Sandoval. Si habíamos superado un accidente de tráfico juntas, superaríamos también esto. Tenía todas mis fuerzas puestas en ella para que se recuperase pronto, pero me guardaba alguna para mí. También pensaba en mi madre, en el daño que aquel hijo de puta le había ocasionado sin ser consciente de ello. Me acordé de Gutiérrez y de la culpabilidad que llevaba años quemándole por dentro. No olvidé a Tony y sus ganas inmensas por estar a mi lado, que casi le cuestan la vida. Y aprecié a Henry y su lealtad absoluta hacia Sebastián y luego hacia mí. Por último, centré mi atención en mí. Pensaba en el inmenso dolor que todo esto me había estado ocasionando muchos años antes de saber la triste y perversa realidad.

Miré de reojo a Henry y me fijé en cómo observaba la ciudad, en cómo su paz me hacía estar mucho más segura de mí misma. «Tendría que haber escuchado tus ladridos mucho mejor, amigo. Porque cuando entramos con Tony por primera vez en el archivo, tú ya me avisaste de que sucedía algo. Porque tú sabías desde el principio quién era. El que tenía la respuesta sin poder hablar». Al fin y al cabo, si de algo podía fiarme era de su instinto y del mío. Porque a ninguno de los dos nos había fallado.

Estaba a punto de llegar a la iglesia de la Vera Cruz y me di cuenta de que un Volkswagen Polo rojo me venía siguiendo casi desde que salí. El juego ya había empezado para los periodistas. Cuando Gutiérrez y yo ideamos la trampa para desestabilizar al asesino del aire en vena y atraerlo, sabíamos que también tendría que lidiar con la presencia de periodistas. No es que esa parte fuese la más difícil, pero debía ser sumamente cauta. Los reporteros que cubrirían la noticia casi a tiempo real no vendrían a ayudarme, sino más bien a estorbarme.

Por fin llegué a la explanada de tierra de la iglesia de la Vera Cruz y aparqué mientras el coche rojo paraba bastante lejos de mí. En el fondo me hacía gracia que pensaran que no me había dado cuenta de que me seguían, por lo que continué hacia mi destino sin hacer mucho caso.

Allí estaba yo, frente a la puerta cerrada, la misma que días atrás se había abierto para salvarnos la vida a Tony y a mí. La observé durante unos segundos y empujé para abrirla. Si aquello hubiese sido la secuencia de una película, una música épica y emocional habría acompañado mi mano hasta que entornara la puerta por completo y, una vez abierta, el silencio habría inundado la gran pantalla.

Cerré a mi espalda. Las iglesias emanan un frío muy particular cuando entras, pero de aquella recibías un bofetón de aire helador. Como si estuviese entrando en el mismísimo Ártico sin el atuendo oportuno, solo con mi cuerpo, aún caliente de rabia y fervor. Coloqué un listón de madera para que nadie pudiese entrar. La otra puerta no estaba asegurada, pero no quería que la misma por la que salí con vida se convirtiese de nuevo en la protagonista de mis recuerdos. Aunque quizá no tendría tanta suerte esta vez. Até a Henry a una pequeña columna que se hallaba en la primera parte de la iglesia. Lo miré a los ojos, lo besé en el hocico y le dije:

—Gracias por haber sido el mejor compañero que haya podido desear. —Y le dejé allí aullando para acompañarme. Sabía que aquel podría ser mi final, pero estaba más tranquila de lo que jamás hubiese imaginado. La calma del que sabe que su final tiene sentido. La paz de irme con la verdad. Porque, al fin y al cabo, está tan subestimada que, en multitud de ocasiones, apenas nos paramos a descubrirla. Como si realmente no importase, como si fuese una mera palabra del diccionario sin ningún significado trascendental. Pero para mí la verdad lo era todo.

Anduve unos cuantos pasos más mientras observaba los resquicios del pequeño incendio que tuvo lugar unos días atrás. Muchas zonas estaban precintadas, pero eso no iba a detener mi camino. Quité los precintos hasta llegar a aquel altar que, presidido por la imagen de Jesucristo en la cruz, había sido testigo de la muerte de muchas personas y del origen del asesino del aire en vena. Hablaba por sí solo. Lo miré fijamente a él, a Jesús. Me santigüé y escuché el eco de una voz:

—«Entrad por la puerta estrecha; porque ancha es la puerta y espacioso el camino que lleva a la perdición, y muchos son los que entran por ella; porque estrecha es la puerta, y angosto el camino que lleva a la vida, y pocos los que la hallan». —Estaba allí—. Y ahora, querida hermana, toma asiento. La misa va a empezar.

22

¡Papá! ¡Mamá! Mirad lo que nos han regalado. Un pin con las tres violetas del colegio —les grité a mis padres corriendo feliz hacia ellos.

—Qué bonito, hija. Estás preciosa —me dijo mi madre.

—Tu madre tiene razón. Eres la chica más guapa de todo el colegio —corroboró mi padre.

Frente a ese altar me asaltaron los recuerdos de mi primera comunión, y fueron esos y no otros porque ir a la iglesia no era uno de los pasatiempos favoritos de mi familia. Tal vez por ello, pese a ir a un colegio católico, mi afán por la fe no era algo que hubiese desarrollado ni trabajado con el tiempo. Pero ese día sí lo recordaba. Y me acordaba porque era el primer evento en nuestra familia en el que yo era la protagonista. De blanco, igual que las demás niñas. El vestido lo detestaba porque me picaba por todo el cuerpo; los zapatos duros y poco flexibles me hacían daño. La diadema se me caía cada dos por tres porque me quedaba grande y la medalla que mi abuela me regaló se me enganchaba constantemente. Sin embargo, fue un gran día.

Tal vez ahora no sea así, pero antes, cuando hice la comunión, era casi como una boda. Primero la ceremonia y luego el gran banquete al que se invitaba a toda la familia y amigos. Con entrante, primero, sorbete clásico de limón, segundo y postre. No faltaba la gran tarta casi nupcial que se les hacía a los niños para que disfrutasen mientras un payaso ayudaba a cortarla. Y no sabías si tenías que sonreír con el payaso o morirte de miedo por la misma razón. Al menos así fue mi comunión y la de mis amigos. Recuerdo ese día porque, pese a haber asistido a muchas misas del colegio, esa fue más seria y larga. Y es ahí donde aprendí que santiguarse, signarse y persignarse no era lo mismo.

Yo veía que los mayores se hacían tres cruces: una sobre la frente, otra sobre la boca y otra sobre el pecho. Y no sabía si eso solo podían hacerlo ellos o era una cosa de todos. Se me quedó grabado el momento en el que el cura, al ver que yo no tenía ni la más remota idea, paró la misa para explicármelo. Nunca se me olvidó.

Mi mente se teletransportó a aquel instante, pero era la voz en off del asesino del aire en vena la que oficiaba mi comunión. Don Fernando o Martín, el único superviviente de la masacre de la iglesia de la Vera Cruz, sacaba jeringuillas en vez de pan ácimo. Iba recitando las palabras mientras todos mis compañeros, sus padres y los profesores miraban a la nada.

—La gracia y la paz de parte de Dios, nuestro Padre, y de Jesucristo, el Señor, estén con todos ustedes —decía como si fuese el cura en mi propia comunión.

—Y con tu espíritu —todos contestaron como si estuviesen alienados en mi casi paranoia.

Sucedía la ceremonia ante mi impasible mirada de desconcierto. Mi mente era tan poderosa que podía hacer esas cosas, jugarme estas malas pasadas. Es decir, abstraerme de la realidad e incluir una mentira en un recuerdo.

—Hermanos, para celebrar dignamente estos sagrados misterios, reconozcamos nuestros pecados. ¿Verdad, Paula? —se dirigió a mí sacándome del trance—. Responde conmigo, Paula, no seas vergonzosa. —Me llegaba su voz en off—. Yo confieso ante Dios todopoderoso y ante ustedes, hermanos, que he pecado mucho, de pensamiento, palabra, obra y omisión. —Se hizo un silencio—. Continúa, Paula... —Me quedé muda—. ¡RESPONDE! —gritó.

—Por mi culpa, por mi culpa, por mi gran culpa —recité con los ojos totalmente perdidos en la imagen de Jesucristo que yacía frente a mí, pidiéndome perdón por lo que estaba a punto de suceder.

—SEÑOR, TEN PIEDAD —gritó a la vez que soltó una trágica carcajada.

Henry ladraba a lo lejos sin parar y yo comencé a mirar para todos los lados de la iglesia. Me estresaba no verlo, no saber dónde estaba. Realmente parecía omnipresente. Siempre acechando sin que lo viese nadie. Una presencia pendiente de mis pasos y con algo que decir en cada lugar. Me sentía como en aquel ascensor donde no podía controlar mis pasos. Atrapada en una jaula.

—¡Sal de donde estés, Martín! —grité mientras me giraba de golpe al escuchar un ruido.

—Oh…, pequeño Martín. Llámame don Fernando mejor, han pasado muchos años. —El sonido del eco cambió, se aproximaba.

Seguí mirando hacia todas partes, Henry cada vez se angustiaba más y sus ladridos no paraban de retumbar en toda la iglesia.

—Heeenry… Tú eres un alma pura y sin pecados, Henry… —Las carcajadas se intensificaban.

El sonido de las puertas al cerrarse, de las ventanas al abrirse y de los pasos era cada vez más vehemente. Miraba en todas direcciones, inquieta y asustada. Saqué la pistola con el pulso tembloroso, apunté hacia todos los lados: al altar, a las escaleras, al techo, a las paredes, incluso a la imagen de Jesucristo. Sentía el peso del destino en mis manos. Pero, finalmente, al girarme de nuevo con ímpetu, encañoné al asesino del aire en vena. Cara a cara.

—Vaya, vaya…, apuntas a un simple hombre desarmado, Paula. ¿Qué diría tu padre al respecto? —Se reía mientras andaba de un lado a otro.

—No lo nombres, hijo de puta. Tú no eres un simple hombre. —Seguí apuntándole.

—En eso tienes razón. —Volvió a reírse—. Yo soy Dios. —Se escondió detrás de una columna.

—Dios jamás asesinaría a seres humanos.

—Pero sí a pecadores, Paula. ¿Recuerdas el diluvio universal? ¿Las siete plagas? Actos divinos con el fin de la salvación. —Volvió a salir de detrás de la columna con una sonrisa espantosa y los ojos muy abiertos.

Levantó ambas manos y pude comprobar que iba desarmado. Me dolían los brazos de sujetar la pistola y la tensión acumulada en cada parte de mi cuerpo. La metí detrás de mi pantalón.

—¿Por qué ellos, Martín? —Comenzamos a andar en círculos a una distancia prudencial.

—Porque eran pecadores, Paula. La lujuria, la ira... La soberbia, como tu padre. —Hizo hincapié en esa última frase.

Contuve cada una de las palabras que hubiese deseado decirle y todas las lágrimas que habrían caído después. No podía dejar que me desestabilizase ni un solo segundo. El miedo engrandece a un asesino.

—Sí, tus... siete víctimas de Barcelona. ¿Y las de Madrid?

—Buena pregunta, Paula. Dios cometió el error de nombrar solo siete pecados capitales. Oh, Dios mío, ahí fallaste —dijo dirigiéndose a la imagen de Jesucristo—. Hay muchos pecados más. La crueldad de Sebastián. El egoísmo de Esther. La ectopía de Almudena. La injusticia de Ernesto. Necesitaba cerrar el círculo, Paula, con el sacrificio de los que no deben vivir.

—¿Qué círculo debes cerrar?

—¡Mira a tu alrededor, Paula! Mira a tu alrededor y cuenta los lados que tiene esta iglesia. ¡MÍRALA! —gritó con los ojos inyectados en sangre.

Los conté y me di cuenta de que la planta de la iglesia de la Vera Cruz era dodecagonal. Estaba en el centro del origen de todo. En el epicentro de aquel terremoto que perduraba tantos años después. Me encontraba de pie, dando vueltas sobre mí misma. Doce lados de la iglesia que evocaban a los doce discípulos, las doce tribus de Israel, las doce puertas de Jerusalén, los doce signos del Zodiaco y los doce meses del año. Los pájaros revolotearon sobre nuestras cabezas, como si una energía potente hubiese irrumpido al percatarme de que estaba ante la explicación más certera.

—Doce metros —dije en alto—. Has dejado a tus víctimas un metro más lejos que la anterior. Querías cumplir el rito de los doce metros.

El asesino del aire en vena se rio como un loco mientras aplaudía y vitoreaba mi respuesta. Doce metros. Necesitaba doce víctimas para poder cerrar su propio círculo. Para poder crear su historia, su legado, su leyenda…

—Solo son once… —murmuré—, solo hay once víctimas. —Fruncí el ceño.

—Dilo en alto, Paula. ¡DILO EN ALTO! —gritó.

—Falta una para cumplir el círculo de los doce metros.

—Cuenta los pasos que tienes hasta la imagen de Jesucristo, Paula. —Sus ojos denotaban cada vez más locura.

Doce metros. No necesité contarlos para saber que me separaban de aquella imagen exactamente doce metros. Ya dudaba de si yo había atraído al asesino del aire en vena o el asesino del aire en vena me atrajo a mí. Pero no estaba dispuesta a morir. No ese día y no en ese lugar. Lo miré fijamente a los ojos. Transmití toda la tranquilidad que supe y pude para que no creyese que podría conmigo.

—Dime una cosa antes de matarme. ¿Por qué aire en vena? —le pregunté.

—Por piedad, Paula —respondió mientras su rostro se suavizaba—. Les otorgo la oportunidad de ascender al reino de los cielos... —soltó una carcajada—, más bien de descender a las entrañas del infierno, pero sin dolor, porque Dios todopoderoso es compasivo y misericordioso. —Juntó sus manos en señal de oración.

—¿Por qué has estado tanto tiempo sin asesinar? —le pregunté de nuevo.

—Buena pregunta, querida... Resulta que en aquellos años era aún inocente, pensaba que solo existían siete pecados capitales, y te diré más... tu padre no estaba en mis planes, pero cuando le vi tan cerca de mí..., oh, Paula... —Sonreía—. Comprendí que el destino lo puso en mi camino para que fuese el pecado de la soberbia... —Seguía sonriendo como un perturbado—. Pero con el paso del tiempo sentía un fuerte instinto de limpiar el mundo de muchos pecados más... y entonces... llegó la noticia que me sirvió de epifanía: «Paula Capdevila se instalará en Madrid en la nueva Unidad de Intervenciones Especiales en su condición de criminóloga». Y de nuevo la vida me mostró el camino... La hija de Pol Capdevila... Todo fue como... una revelación para mí. Los doce metros de esta sala eran el camino para que yo, el pequeño Martín, dejase el legado a la humanidad de los doce pecados capitales.

—¿Qué pasó? ¿Qué pasó el 20 de agosto de 1959, Martín? ¿Provocaste tú el incendio?

—¡JAMÁS! —Sus ojos volvieron a inyectarse en sangre.

—Entonces... ¿qué sucedió aquel día? —Quería que su mente se transportara hasta ese momento y conocer el origen de todo. Abrir una brecha en su propia memoria.

El gesto de su cara se quedó totalmente estático, como si aquellos recuerdos hubiesen irrumpido sin permiso en su psique. Ya no se reía ni miraba como un loco. Parecía un niño desvalido en medio de su propio pasado. Fue tan grande el cambio que se sentó en uno de los bancos de la iglesia y yo me puse a su altura, pero de pie. Lo miraba y esperaba a saber la verdad. Tartamudeó. Su voz temblaba y parecía que iba a llorar de un momento a otro. «¿Sería Martín quien me hablase ahora?», pensé.

—Yo era muy pequeño y todos me llamaban Martín. El pequeño y bueno de Martín. Era el monaguillo de la iglesia y normalmente ayudaba al párroco a oficiar el culto, pero aquel día fui con mis padres. Ir a misa no suponía una obligación para mí, me gustaba de verdad. Me proporcionaba una profunda tranquilidad. La devoción por el Señor. —Sonreía con lágrimas en los ojos—. Me gustaba ser feliz con ellos. Me querían. Eran los únicos que me querían de verdad. Y yo a ellos... —Rompió a llorar.

—¿Cómo empezó el fuego? —le pregunté acercándome lentamente.

—La gente que venía a esta iglesia... ¡Todos eran pecadores! —gritó. Su tono de voz era como una montaña rusa—. Menos mis padres, ellos no. Eulalia, la vecina de mis tíos, era infiel a su marido. Su hijo acosaba a otras chicas. Don Ginés era alcohólico y pegaba a su mujer. Patricia mentía a todo el mundo… ¡Y así todos! ¡Todos eran unos pecadores! —Se levantó y señaló la imagen de Jesucristo—. Entonces él, nuestro Dios, provocó un incendio en la sacristía.

—Pero las puertas estaban cerradas por fuera —le repliqué.

Empezó a reírse de nuevo.

—Sí, las cerraron unos gamberros que querían hacer la gracia. Lo hacían a menudo y, a veces, estábamos un buen rato hasta que alguien venía a abrirnos.

—¿Cómo escapaste? —pregunté.

—Había una salida secreta que solo yo conocía por ser el monaguillo. Intenté que mis padres viniesen conmigo, pero no me hicieron caso. Eso no tenía que haber pasado, Paula… —Lloró como un niño pequeño y repitió la misma frase una y otra vez—. Eso no tenía que haber pasado. No tenía que haber pasado. Deberían haber salido conmigo, pero el fuego era cada vez mayor y mi padre quiso ayudar a la gente y mi madre le siguió y yo… me asusté y salí corriendo… —Cada vez lloraba más y más mientras balanceaba su cuerpo—. Esos pecadores… debían morir, Paula. —Me miró directamente a los ojos—. Como tu padre, que pecó de soberbia al intentar frenarme… a mí. —Se levantó inmerso en una rabia profunda—. ¡A DIOS! —gritó.

Saqué la pistola de nuevo.

—Yo no quería que ellos murieran, Paula. —Dio rienda suelta al llanto—. He vivido toda mi vida con esa culpa. Pero yo no los maté, fueron los pecadores que, en vez de buscar una solución para todos, solo querían salvar sus propias vidas. Y los gamberros esos que pecaban una y otra vez…

Mi vida ha sido un infierno desde aquel día, Paula. He estado solo toda la vida. Siempre con la culpa de que mis padres murieran y no pude hacer nada. Todos los días pensando en esas puertas cerradas. —Cada vez se acercaba más a mí.

—Entonces tú tampoco estás libre de pecado, Martín —le dije apartando la pistola—. Tú eres otro pecador —sentencié.

—No, no me digas eso. —La mirada de niño volvió a brotar—. Yo solo limpio el mundo de pecadores para que no hagan daño a nadie más. Para que no vuelvan a matar a mis padres. —Frotaba sus manos.

—Asesinaste a mi padre, que era inocente. Te tomaste la justicia por tu mano. Te creíste Dios. Tú fuiste soberbio intentando frenar a Dios, no él. ¿En qué te convierte eso, Martín? —pregunté.

Se volvió a sentar y llorando sin parar se cogió la cabeza con las manos oscilando como un niño. Cada vez más frágil, cada vez más vulnerable. Cada vez más pequeño ante mí.

—Dilo, Martín. ¿En qué te convierte eso? —volví a preguntar con más fuerza.

—No…, no…, no… —Siguió balanceándose sentado.

—¿En qué te convierte, Martín?

—¡Cállate! —Su estado se intensificaba, su llanto era desolador.

—Mírame, mírame. —Me acerqué por completo a él hasta que levantó los ojos—. En un pecador. Ahí tienes tu decimosegundo pecado. La soberbia. La soberbia del asesinato usando el nombre de Dios en vano. El asesinato de muchas personas. De gente que podía cambiar y no les diste la oportunidad de hacerlo. —Le cogí de los brazos para que me mirase más profundamente—. Pero no pasa nada, Martín. Porque puedes cumplir tu penitencia. Puedes resarcirte de todos tus pecados. Puedes hacerlo, y yo te voy a ayudar. ¿Sabes por qué? Porque la justicia divina no la hace un individuo. La hace Dios. Y tú solo eres un pobre hombre perturbado por sus propios pecados. —Lloraba desconsoladamente con la boca llena de saliva.

La puerta principal de la iglesia se abrió de golpe y dejó pasar la luz del exterior como si el mismísimo Dios nuestro señor hubiese irrumpido con toda su fuerza. Ambos nos quedamos mirando esa luz cegadora que nos impedía ver quién había detrás.

Henry ladró de nuevo con fuerza ante todo lo que estaba ocurriendo. De pronto, pude atisbar a Gutiérrez, a Tony y a más de una decena de policías. Ya habían llegado.

—¡Aléjate de ella! —gritó Tony apuntando su arma directamente a la cabeza de Martín, el asesino del aire en vena.

—¡No disparéis! —grité.

—¡Policía! Levanta las manos, ¡ya! —gritó Gutiérrez con la cara desencajada.

Martín se levantó asustado, sacó una jeringuilla de su bolsillo, me cogió por detrás y me puso la aguja en el cuello. Sentí el final de todo en aquel momento. Los doce metros señalados. Yo sería la víctima número doce.

—¡Atrás! —gritó mientras me alejaba del grupo arrastrándome con él.

—Martín, escúchame. Este no tiene por qué ser el final —le dije en voz baja.

—No hay otro final, Paula. Gracias a ti voy a cumplir-
lo, voy a dejar una herencia divina en el mundo —me mur-
muró sin apartar su mirada de Tony y Gutiérrez, quienes
seguían apuntándole.

—Martín, te perdono.

—No puedes perdonarme.

—Sí. Sí puedo, es lo que nuestros padres hubiesen querido. Tus padres y mi padre. Ellos eran buenas personas que
dedicaron sus últimos momentos a ayudar al prójimo.

Y así era, no le estaba mintiendo. Martín era un hombre
totalmente perturbado y llevaba sobre sus hombros el peso de
uno de los peores sentimientos que un humano puede cargar.
La culpabilidad. Atormentado por ello. Afligido por sus recuerdos. A Martín le rompieron la vida el 20 de agosto de 1959.
Solo era un crío. Un niño que, con el paso de los años, ante la
soledad, la rabia, la culpa y la falta de amor, se convirtió en un
monstruo. Confundido por todo su sufrimiento, creyó en su
paranoia que estaba haciendo el bien. De verdad lo creía. Y con
esa piedad de la que hablaba asesinaba a sus víctimas sin dolor.
Después de conversar con él y conocer sus secretos más pro-
fundos, me compadecí. Me compadecí incluso sabiendo que
era el culpable de la muerte de mi padre. Y no tenía ni idea de
por qué sentía eso hacia él. Me daba tanta lástima que no quería que le disparasen. ¿Realmente se merecía morir?

—¡No disparéis! —exclamé de nuevo.

—¡Suéltala! —gritó Tony con la garganta a punto de
estallar.

Noté cómo la aguja se alejaba de mi cuello. Cómo el
dolor nos envolvía a los dos lentamente. Sentí aquella piedad

de la que me hablaba, el sentimiento de misericordia que yo también tenía con él. Me soltó y dio tres largos pasos hacia detrás. Yo di otros tres largos pasos hacia delante y me giré para mirarlo.

—Gracias, Paula. Tenías razón. Soy un pecador. «Si confesamos nuestros pecados, él es fiel y justo para perdonarlos y limpiarnos de toda maldad». «No juzguen, y no serán juzgados. No condenen, y no serán condenados. Perdonen, y serán perdonados». «Te confesé mi pecado; no oculté mi maldad. Me dije: "Confesaré al Señor mi rebeldía", y tú perdonaste la maldad de mi pecado» —pronunció mirándome directamente a los ojos.

—Podemos arreglarlo, Martín. Suelta eso. —Levanté las manos tratando de que soltase la jeringuilla.

—No. No se puede arreglar un pecado. Tan solo intentar redimirte, pero yo no puedo. —Me sonrió sereno—. Siento haberme equivocado de víctima. Lamento haberle arrebatado la vida a tu padre y haber creado en ti ese dolor que yo también sentí cuando tan solo era un niño.

Cogió la jeringuilla en sentido contrario y la puso en su cuello.

—¡No! No lo hagas —le imploré.

—Sigo pensando todo lo que ya sabes. El mundo debe estar libre de pecado. Pero… quien esté libre de pecado, que tire la primera piedra, ¿no? —Volvió a sonreírme y se acarició la cara.

Tony me agarró y me arrastró hacia el muro de agentes dispuestos a dar su vida por mí. Quise soltarme, lo intenté con todas mis fuerzas. Deseaba llegar hasta él y quitarle esa arma que con tanta piedad y tanto dolor él mismo había sujetado ante tantas víctimas. Gutiérrez se adelantó con tiento y le pidió en reiteradas ocasiones que bajase la jeringuilla para poder hablar tranquilamente. Enfundó su arma y con un discurso sobre el bien y el mal intentó por todos los medios que Martín no concluyera en ese preciso instante el círculo de los doce metros.

Pero a veces la vida no te da más opciones. O, mejor dicho, tu propia mente no te las da. Dicen que el aleteo de las alas de una mariposa se puede sentir al otro lado del mundo, que ese simple acto en Sri Lanka puede provocar un huracán en Estados Unidos. Tal vez sí sea una teoría matemática, pero en aquel momento tuve claro que todas las cosas tienen un efecto. Quizá había una explicación, dejando la teoría del caos como analogía o metáfora. Quizá era posible huir del determinismo y aplicar variables constantes a la causalidad.

Si Fernando Martín Bermejo Muñoz nunca hubiese ido aquel 20 de agosto de 1959 a la iglesia de la Vera Cruz con sus padres, no habrían muerto y, por ende, él nunca habría sentido ese instinto de supervivencia que todos los seres humanos tenemos ante el peligro. Y si eso no hubiese pasado, él no habría sido don Fernando, y sí el bueno de Martín. Su vida no se habría visto truncada y jamás habría sentido tanto odio por esa idea de pecado que albergaba en su mente y en su corazón. Y si todo aquello no hubiese sucedido, quizá habría sido un hombre bueno, con una pareja, con una familia, con un trabajo que le hubiese permitido ser feliz. Habría podido dejar a sus hijos con sus padres, haber ido a veranear cada año y celebrar las navidades, como yo misma hacía. Y si todo eso hubiese sido diferente, mi padre probablemente habría seguido con vida, yo jamás habría sentido su ausencia como puñales y estaría viéndome ahora crecer personal y profesionalmente en Barcelona.

Pero toda acción tiene su efecto, y la decisión que tomaron Martín y sus padres aquel día produjo que ellos perdiesen la vida y él se convirtiese en el asesino del aire en vena con el paso de los años. Esto creó en mi padre una frustración profunda e incluso provocó su propia muerte. Y todo me trajo a mí a Madrid para resolver este caso y descubrir la verdad oculta en mi vida.

Porque eso es la vida, una intensa y continua decisión. Decisiones que nos llevan a lugares a los que muchas veces no queremos ir, pero que debemos asumir hasta el final. Decisiones que lo cambian todo, absolutamente todo.

Tony no me soltó, jamás hubiera permitido que evitase lo que finalmente ocurrió. Martín se inyectó la suficiente cantidad de aire en la vena como para morir. Rezó un avemaría mientras lo hacía, con los ojos llenos de arrepentimiento por la muerte de mi padre y llevándose la culpabilidad que sentía por los suyos. Así cerró lo que un día empezó, el círculo de los doce metros.

Gutiérrez corrió hacia él lo más rápido que pudo. Intentó reanimarlo, pero sus esfuerzos fueron inútiles. En realidad ninguno pudimos hacer nada al respecto.

Tardé unas horas digerir todo lo que había ocurrido, pero sin lugar a dudas lo que más me costó entender fue por qué sentía tanta compasión por un asesino en serie. Y fui consciente de que era porque lo entendía. Con eso no es que justificase, ni mucho menos, todos los asesinatos, pero tal y como él me lo explicó tenían cierto sentido aunque fuese el razonamiento de una mente perturbaba. En su delirio tenía sentido.

Hubiese preferido que Martín tomase otra decisión, pero como comprendí en aquel momento, tal vez él fue la mariposa que provocó huracanes tan dolorosos y, por eso, el final estaba escrito desde el principio.

Aquel día Segovia se convirtió en el escenario de un crimen. Terminaron para siempre las muertes del asesino del aire en vena. El país entero aplaudió ese final, porque así quisieron que fuese los medios y los mandamases del país. Aquel criminal había sido derribado por la nueva Unidad de Intervenciones Especiales. Nada más, sin contar quién fue Martín. Supongo que solo importaba el efecto y no la causa.

Regresamos a Madrid lo más pronto que pudimos. Además Sandoval había despertado del coma. Necesitaba estar con ella.

Apenas pude articular unas palabras de vuelta con mis compañeros. Mi mente divagaba sobre Martín. Después de la tragedia de su infancia, se refugió en los libros de arte, de poesía, en la literatura. Siguió siendo devoto, pero de su propia religión. Se convirtió en un fanático absoluto del bien y del mal; sin embargo, su bien y su mal eran erróneos. Me parecía increíble cómo una sola persona había podido desarrollar esa manera tan metódica de asesinar, me preguntaba cuánto tiempo habría estado estudiando cada palmo de Barcelona y Madrid para no ser captado por ninguna cámara ni testigo. Cómo era posible que se hiciese invisible para la sociedad de esa manera. Recordaba al jardinero del Retiro cuando me dijo que al principio pensaba que Sebastián estaba dormido. ¿Cómo es posible que un ser humano solo en el mundo no importe en esta sociedad? Eso los crea: la invisibilidad. La indiferencia de la gente los hace invisibles.

Martín habría continuado siendo un alma rota e invisible para todos si no se hubiese convertido en el asesino del aire en vena. Tal vez nunca recibió la ayuda psicológica del sistema porque ni siquiera se pararon a buscar a esa persona desaparecida tras el incendio; simplemente asumieron que murió y se desintegró en cenizas. Creció en ese tipo de soledad con la que no te reconcilias. Trabajó en varios archivos entre Barcelona, Madrid y Segovia y, sin que nadie sospechase lo más mínimo, se adentró en las entrañas de la paranoia hasta convertirse en el personaje más conocido de los últimos tiempos: el asesino del aire en vena.

23

Estoy profundamente orgullosa de ti, hija. Eres la heroína de este país. Te quiero», ese fue el mensaje que me envió mi madre cuando estaba a punto de entrar en la habitación de Sandoval. Ya era de noche. No pude llevar bombones ni flores ni nada. Tan solo mi cansancio más absoluto y mi alegría mezclada con tristeza. Abrí la puerta y allí estaba ella, despierta.

—Ey…, mi heroína. —Estiró la mano para que se la cogiese y me sentase a su lado.

—¿Te despiertas de un coma y es lo primero que te cuentan? —Sonreí.

—Y de no haber sido así, estaría dando voces. ¿Cómo estás, Paulita?

—Bien. Bien. Contenta —respondí con la boca pequeña.

—¿Por qué siento que no es así? —preguntó mientras me apretaba la mano.

—¿Puedo ser franca?

—Siempre.

—Me da... pena —respondí sin tapujos.

—Hablas de él, ¿no? Y supongo que tiene una historia detrás que explica muchas cosas. —Ella siempre tan empática.

—Así es. —Agaché la cabeza.

—Paula, hay situaciones que por más vueltas que puedan darse alrededor de ellas tienen el final que tienen. Eres noble, buena y te preocupan las personas. Por eso puedo entender que hayas empatizado con él, pero... debes mantener ajenos tus sentimientos en casos como este. Los seres humanos somos así, errantes por naturaleza. No importa la historia que tengas detrás, sino la que dejas, lo que inspiras al mundo... y este señor, por más explicación que tenga su comportamiento, tan solo ha dejado dolor.

Tony y Gutiérrez entraron en la habitación. Sabía que la única que podría llegar a entender algo de lo que sentía era ella. No fue fácil contarle a una persona que un asesino en serie que había matado a mi padre me daba pena.

—Bueno, ahora que estamos todos sanos y salvos, tengo una noticia importante que daros —anunció Gutiérrez.

—Dispara —respondió Sandoval con su característico humor.

—Se hará oficial mañana a primera hora, pero hemos pasado el periodo de prueba. Oficialmente, la Unidad de Intervenciones Especiales queda instaurada en España. —Sonreía como nunca.

—Enhorabuena, señor. No hubiese sido posible sin usted —dijo Tony estrechándole la mano y le dio un abrazo.

—No. Esto es gracias a vosotros. Tengo que agradeceros profundamente vuestro trabajo en esta prueba piloto y disculpadme por aquellas cosas que tendría que haber dicho o gestionado mejor. Ha sido un verdadero reto para todos. Estoy muy orgulloso.

Me levanté, lo miré y lo abracé. «Gracias, señor», le dije al oído sin poder evitar que se me saltaran las lágrimas pensando en mi padre. A él le pasó lo mismo.

—Oye, que yo no puedo levantarme. Venid a abrazarme hasta aquí —dijo Sandoval alzando los brazos.

Nos fundimos en un caluroso abrazo cargado de emociones, tranquilidad y dolor… No solo nos convertimos en la nueva Unidad de Intervenciones Especiales, sino que éramos como una familia. Eso es, sin duda, lo mejor que pude sacar de aquel año.

A la mañana siguiente, tal y como nos dijo el comisario principal Gutiérrez, se celebró una ceremonia con todos aquellos involucrados en la comisión de la nueva Unidad. No cabía ni un alfiler por la cantidad de periodistas nacionales e internacionales que estaban cubriendo la noticia. Nos llamaron «los nuevos héroes del país» y nuestra foto apareció en primera plana con titulares laudatorios. En esa imagen no faltó, por supuesto, mi perro Henry, aclamado y querido por toda España. Mi pequeño y gran Henry estuvo en los momentos más difíciles a mi lado. Me hubiese gustado que estuviese mi madre y el resto de mi equipo. También me hubiera encantado que estuviese mi padre. Pero al fin y al cabo esos actos son más postureo que otra cosa, o al menos así lo sentía yo.

Había sido sin duda el año más duro de toda mi vida. Lo fue para todos nosotros. Aquellos asesinatos nos unieron, nos desunieron, nos enfadaron y nos reconciliaron. Creo que no me equivoco cuando digo que nos hicieron pasar por todos los estados emocionales. Pero, sobre todo, me hicieron ponerme a prueba y aprender sobre mí misma. Pude conocer partes de mí que ni siquiera sabía que existían. Paula Capdevila ya no era la misma persona que unos meses atrás se bajó de aquel tren en Madrid mientras escuchaba a ese compositor que pondría banda sonora a su nueva vida. Paula Capdevila era una persona totalmente diferente, mejor.

Al terminar la ceremonia y cumplir con nuestra obligación, nos informaron que, ante la situación acaecida, en particular para mí, nos otorgaban el beneplácito de unas vacaciones. Todos nos miramos y resoplamos porque realmente las necesitábamos.

Gutiérrez se quedó en Madrid, decía que se tomaría unos días libres, y puede que lo hiciese, pero todos sabíamos que no le duraría mucho. Sandoval esperó a recuperarse del todo para irse unas semanas a Portugal y recorrer sus ciudades y su costa. Adoraba ese país. Y Tony respetó mis deseos de pasar una temporada a solas con mi madre y Henry en Barcelona, así que decidió irse unos días a recorrer la costa Amalfitana él solo. Después se pasaría por Barcelona para conocer a mi madre y, bueno, hacer juntos esas cosas que suelen hacer las parejas.

Antes de que aconteciera todo esto, mi apartamento se quedó algo más vacío cuando quité mi mapa de investigación. Ese que me había ayudado y perturbado a la vez. Lo metí todo en cajas para cerrar por fin ese caso y guardarlo, junto con todo lo demás, en el nuevo archivo de la Unidad de Intervenciones Especiales. Entre la información registrada estaban las cajas de mi padre.

Me costaba poner fin y precintar todo aquello. Pero en el fondo me sentía totalmente liberada. La televisión no paraba de hablar de nosotros una y otra vez. Veía en la pantalla el acueducto de Segovia y me estremecía. Todo parecía un sueño o más bien una pesadilla. Pensaba en Martín. En la iglesia de la Vera Cruz. En los parques de Madrid. En las estatuas. En las víctimas y sus familiares. En todo. Resoplé y cerré la última caja. Al día siguiente partiría en tren a Barcelona. Tenía unas ganas inmensas de estar con mi madre y con Henry tranquilamente. Y así fue.

Cuando el tren paró en la estación de Barcelona Sants, ella estaba esperándome con los ojos llorosos y los brazos abiertos. Fue el abrazo que más había echado de menos. El rostro que más necesitaba ver. Mi madre era hogar, era calma, era paz.

Nada más llegar e instalarme en mi casa, le estuve contando todo a mi madre, con pelos y señales, como si se tratase de una novela. A medida que iba desarrollando la historia tal y como sucedió, me resultaba estremecedor ver por todo lo que habíamos pasado. Me costaba creer que aquello fuese real. Ella estaba entusiasmada escuchándome, le faltaba coger una bolsa de palomitas y una copa de vino tinto. No paraba de hacerme preguntas, de pedirme detalles… todo. Podía ver en sus ojos el miedo que había pasado todo este año y el orgullo que inundaba su corazón. Podía sentir a mi padre allí con nosotras. Sin duda alguna, lo que más le dolió fue conocer la verdad sobre la muerte de su marido. Como siempre he dicho, no es lo mismo que la vida te arrebate a un ser querido a que lo haga otra persona. El dolor no es igual.

Henry le encantó, hicieron muy buenas migas. Parecía que llevaba conmigo toda la vida; de hecho, ya no la concebía sin él.

Sentarme en la terraza, oler el jazmín de mi madre, verla pasar frente a mí, volver a sentir el calor de mi casa… eso sí era una inyección de aire. No podía evitar pensar en Martín y en toda la vida que se había perdido. Tampoco podía evitar pensar que, si Dios existía, esperaría que hubiese sido indulgente con él y le hubiera explicado con claridad los pecados, el perdón, la misericordia… todos esos conceptos que había entendido erróneamente.

Lo mejor es que estaba a punto de llegar la Navidad y disfrutarla con ella era mi mayor afición. Mi madre amaba esa época. Le encantaba decorar las cosas con adornos que ella misma había creado. Era toda una artista y nuestra casa siempre tenía la mejor decoración. Aunque en mi casa la Navidad no llega hasta que mi madre trae langostinos. Ese año en especial trajo muchos más porque Tony llegaría a tiempo para celebrarlo con nosotras y con Henry. Estaba convencida de que se llevarían bien.

Los días pasaron volando, las luces de Navidad se mimetizaron con el entorno, los langostinos se terminaron muy pronto y Henry estaba pletórico disfrutando, por primera vez, de un hogar. Los villancicos no pararon de sonar todos los días. Tony y mi madre se encantaron y pasamos unas fiestas muy bonitas, tanto que parecía irreal. Brindamos en varias ocasiones por los que estábamos, por los que ya no estaban y por los que llegarían. En mi casa siempre habíamos tenido la costumbre de brindar por las cosas buenas de la vida. Esa tradición enamoró aún más a Tony.

Y qué bonito habría sido todo si hubiese seguido de la misma manera: recibir las fotos de Sandoval mientras recorría nuestro país vecino, feliz y serena; escuchar las historias de Tony, y enviar a Gutiérrez postales navideñas para que no se sintiese solo. Hubiese sido maravilloso terminar las vacaciones viendo por televisión lo mucho que nos adoraba la gente y el impacto tan brutal que tuvimos dentro y fuera de España, o paseando con Henry por Barcelona, una ciudad que sería también su hogar en distintas épocas del año. No hubiera estado mal seguir viendo las Ramblas iluminadas como si fuesen un parque temático o haciendo el amor con Tony de madrugada mientras la nieve caía sin parar.

En realidad, todo eso ocurrió. Pero también se frenó en seco cuando, a través de una llamada grupal entre Gutiérrez, Sandoval, Tony y yo, recibimos la noticia. El comienzo de una nueva etapa o, tal vez, de un nuevo enigma.

—Chicos, volvemos —nos dijo Gutiérrez serio.

—¿Ha pasado algo, señor? —preguntó Tony.

—Tenemos dos cuerpos. Es hora de regresar.

AGRADECIMIENTOS

Un día entendí que escribir era la única manera que tenía de poder expresar mis sentimientos y, desde entonces, nunca he parado de hacerlo. Como dijo Umberto Eco: «No hay nada mejor que imaginar otros mundos para olvidar lo doloroso que es el mundo en que vivimos».

Tengo cientos de escritos almacenados. Múltiples sentimientos escondidos en papeles. Numerosas historias reales que jamás he podido expresar en alto.

Con el paso del tiempo me aventuré a crear mis propias historias. Mis propios personajes. Sus propios sentimientos. Y aprendí que salir de la realidad era una bonita manera de rendirle homenaje. Os regalo esta historia.

Quiero agradecer, con toda la emoción del mundo, a Suma de Letras y a todo su maravilloso equipo la oportunidad de que una parte de mí llegue al mundo. Hoy es esta historia. Por favor, disfrutadla, sentidla, entreteneos y salid de vuestra realidad por unos instantes.

Gracias a todas y cada una de las personas que habéis puesto vuestras ganas, vuestros oídos y vuestros ojos en sentirme, escucharme y leerme. Gracias por haber confiado en el poder de la palabra. Gracias por brindarme la oportunidad de entrar en vuestras vidas.

Vais a permitirme, por favor, que dedique el mayor de los agradecimientos a una sola persona, mi madre, y para ello debo contaros algo. Ella ha sido, sin duda alguna, la fuerza y la luz. Ella es una guerrera de la vida, ha librado innumerables batallas desde el amor y la paz. Ella ha conseguido darle claridad a la oscuridad. Siempre ha sabido pronunciar las palabras exactas. Casi nunca le ha temblado el pulso y, cuando lo ha hecho, ha sonreído. Su bálsamo es el humor y esa es la mayor muestra de inteligencia que un ser humano puede tener.

Gracias, mamá. Gracias por mirarme a los ojos y decir: yo creo en ti. Gracias por hacerlo incluso cuando ni yo misma lo hago. Gracias por hacerme entender que creer y crear van unidas de la mano.

Y, por último, a todas las personas que sintáis que un papel y un boli son vuestro punto de fuga. Continuad, hacedlo, escribid, cread, inventad. Porque nunca sabremos el poder que tiene una historia hasta que es contada.

Con todo mi respeto, admiración y cariño, gracias a ti, que me estás leyendo.

TATI BALLESTEROS

Este libro
se terminó de imprimir en España
en el mes de abril de 2022